Rotraud Falke-Held
Das Landhaus im Elsass

AF236996

zum Inhalt:

Die Paderborner Kartenlegerin Sidonia braucht dringend eine längere Auszeit von ihrem beruflichen Alltag. Sie erfüllt sich einen langgehegten Wunsch und bricht auf, um ein paar Wochen durch Frankreich zu reisen.
Doch gleich bei ihrer ersten Station in Colmar begegnet sie Alexandra Werle. Die junge Frau arbeitet für eine Firma die Landhäuser kauft und in Hotels verwandelt. Als Innenarchitektin ist sie für die Ausstattung zuständig. Sie hat sich auf diese Aufgabe gefreut, doch nun vermisst sie ihren Kollegen Patrick Köhler, der im Auftrag der Firma den Kauf abhandeln sollte.
Patrick scheint spurlos verschwunden zu sein und Alexandra befürchtet, dass ihm etwas zugestoßen ist. Da es Hinweise gibt, dass Patrick sich einfach etwas Zeit nimmt, um noch eine Weile durch Frankreich zu reisen, unternimmt die Polizei bisher nichts. Doch Alexandra misstraut diesen Spuren.
Sidonia bietet ihre Hilfe an. Die beiden Frauen versuchen herauszufinden, was mit Patrick geschehen ist. Dabei geraten sie in große Gefahr, denn um das Landhaus rankt sich ein altes Geheimnis…

Rotraud Falke-Held

Das Landhaus
Im Elsass

Idee und Text: Rotraud Falke-Held
Titelbild: Karin Mackenbrock
© 2021   Rotraud Falke-Held
Herstellung und Verlag BoD – Books on Demand,
                      Norderstedt

ISBN: 9783754311905

Besuchen Sie die Autorin doch
mal im Internet:
www.rotraud-falke-held.de

Ein paar Worte vorweg:

Dieses Buch ist ein Roman. Nichts davon ist wirklich passiert. Alle handelnden Personen sind frei erfunden, Namensgleichheiten wären absolut zufällig. Ebenso sind die Namen aller Firmen, Hotels und Gaststätten frei erfunden.

Auch das Hotel Bougainville habe ich erfunden. Seinen Namen hat es von dem Seefahrer und Schriftsteller Louis Antoine de Bougainville bekommen. Dieser hat im Auftrag von König Louis XV von Dezember 1766 bis März 1769 als erster Franzose die Welt umsegelt.

Die pazifische Insel Bougainville ist nach ihm benannt, ebenso ein Seegebiet in Neuguinea, ein Tiefseegraben, ein Korallenriff vor Nordost-Australien sowie Cape Bougainville und Port Louis auf den Falklandinseln.

Sein Reisebegleiter, der Botaniker und Schiffsarzt Philibert Commerson benannte auch die Pflanzengattung der Bougainvillea nach dem Kapitän.

Eigentlich hatte ich geplant, selbst Frankreich zu bereisen, bevor dieses Buch erschien. Leider war das aufgrund der Corona-Pandemie dann nicht möglich.

Ich habe mich dazu entschieden, Sidonia dennoch reisen zu lassen und der Pandemie in dieser fiktiven Geschichte keine Bedeutung zu geben.

Ich wünsche allen Lesern und Leserinnen gute Unterhaltung

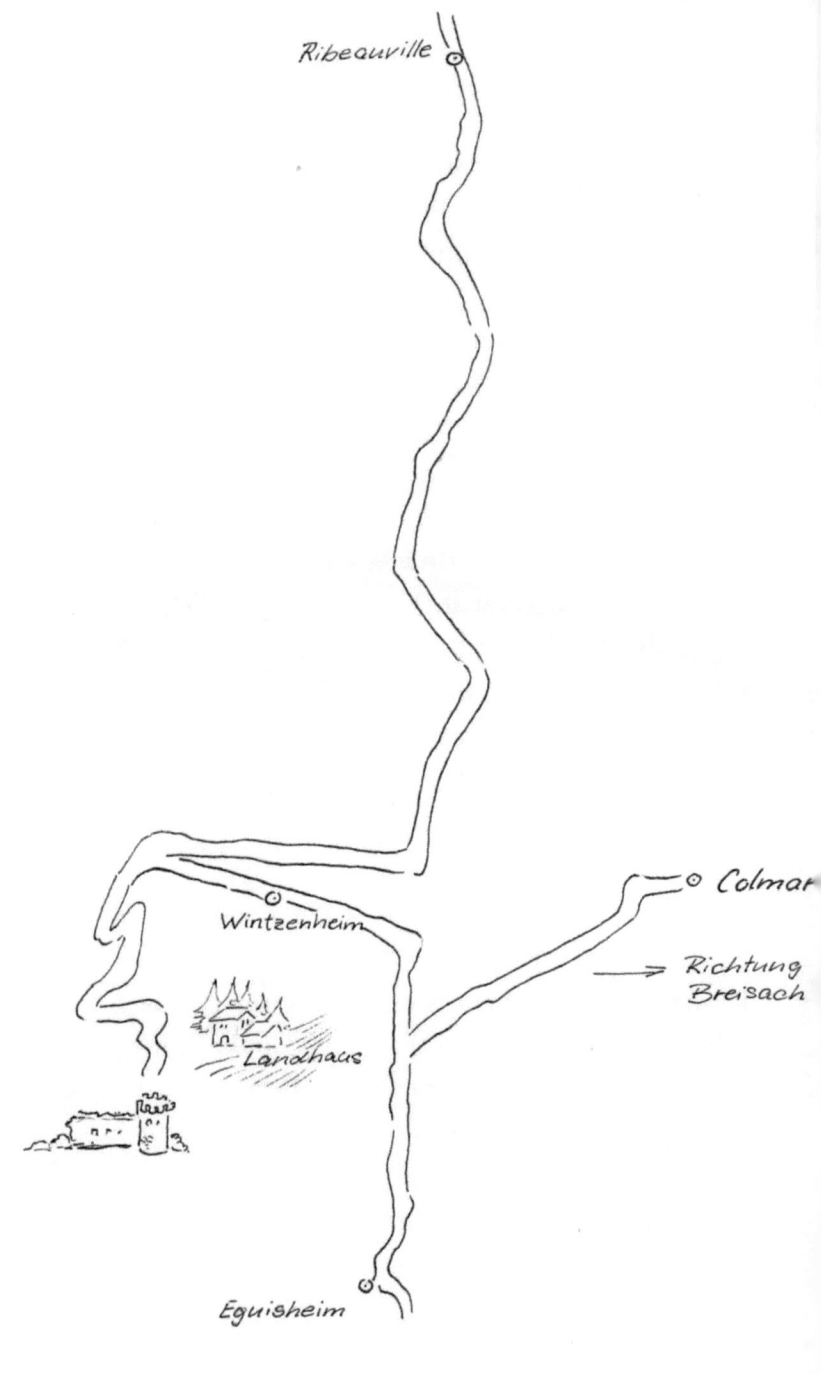

Ribeauville

Colmar

Richtung
Breisach

Wintzenheim

Landhaus

Eguisheim

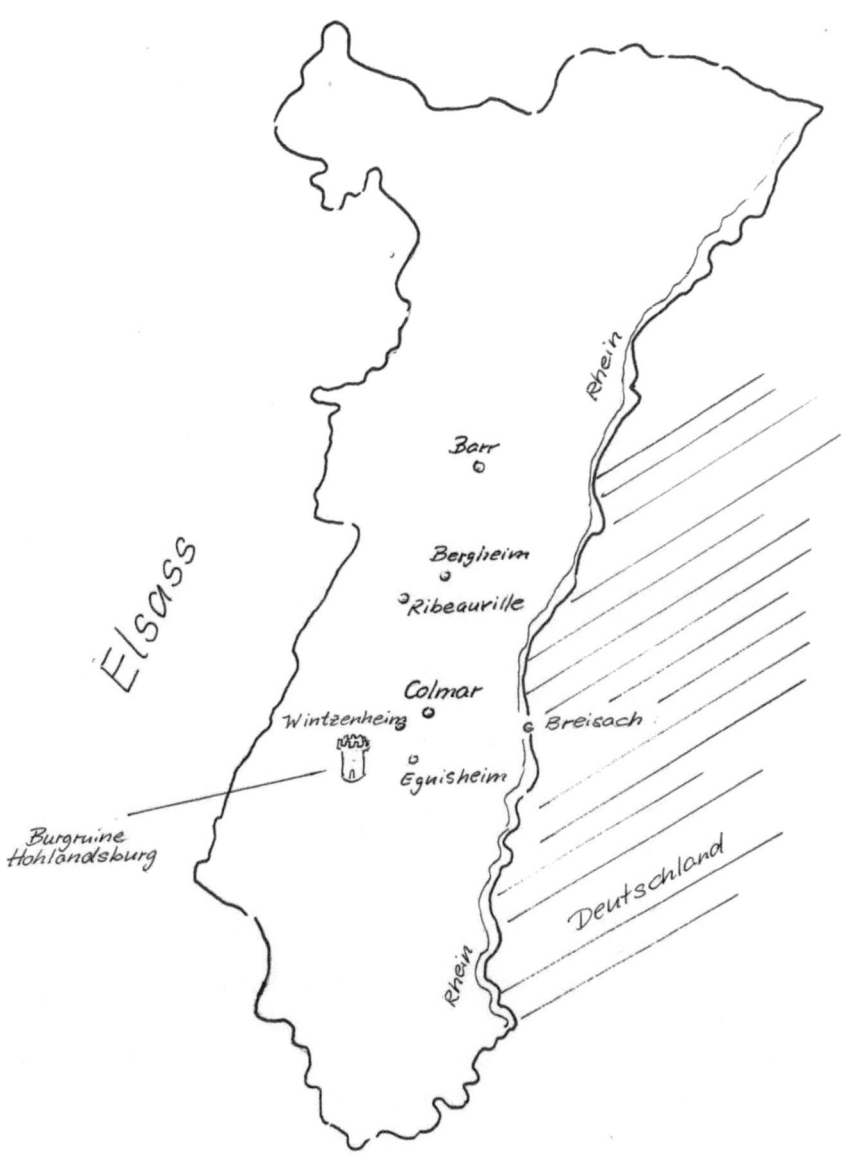

Elsass

Barr

Bergheim

Ribeauvillé

Colmar

Wintzenheim

Eguisheim

Breisach

Burgruine
Hohlandsburg

Rhein

Rhein

Deutschland

Die wichtigsten Personen:

Sidonia Okebe	Kartenlegerin aus Paderborn
Mercedes Okebe	Sidonias Tochter
Bruno Feldmann	Privatdetektiv aus Deutschland
Patrick Köhler	Vertreter der Firma Danner & Co,
	Käufer eines Landhauses im Elsass
Alexandra Werle	Patricks Kollegin, Innenarchitektin
Henri Fontaine	alter Mann, der Junge von 1944
Magalie Dubois	Henris Enkelin
Jerôme Dubois	Magalies Bruder
Margaux Dubois	Magalies Mutter, Henris Tochter
Guillaume Dubois	Margaux' Ehemann
Laurent Bouchard	Portier im Hotel Bougainville
	in Colmar
Fabrice Charpentier	Commissaire bei der Polizei
Philippe Allard	Fabrice' Kollege
Xavier+Karine Pasquier	Vorbesitzer des Landhauses
Sylviane Tremblay	Immobilienmaklerin
Guido Uhland	Sozialarbeiten in einem Heim
Dirk Norden	für gestrauchelte Jugendliche
Hannes Pohlmeier	Soldat im 2. Weltkrieg

Prolog
März 2010

Guido Uhland fühlte sich frustriert. Er war Theologe und Sozialarbeiter und versuchte, gestrauchelte Jugendliche in seinem Jugendtreff in Stuttgart wieder auf den rechten Weg zu führen. Unterstützt wurde er dabei von dem Sozialpädagogen Dirk Norden, der selbst als Jugendlicher vollkommen in den Drogensumpf abgerutscht war und deshalb die Sorgen der Teenager absolut nachvollziehen konnte. Im Gegensatz zu Guido, der durchaus behütet aufgewachsen war, wusste Dirk genau, was es bedeutete, ungeliebt zu sein, kein stabiles Elternhaus zu haben, eine Clique zu finden, zu der man unbedingt dazugehören wollte und für die man schlichtweg alles tun würde.

Beide hatten sich diesem Milieu aus unterschiedlichen Gründen verschrieben. Guido, weil er Menschen, die benachteiligter waren als er selbst, etwas geben wollte; Dirk, weil er genau wusste, wie die Jugendlichen sich fühlten, und sie daraus holen wollte. Er selbst hatte es nur mit Hilfe eines engagierten Pädagogen geschafft.

„Schlechte Neuigkeiten", verkündete Dirk jetzt. „Die staatliche Unterstützung für unseren Treffpunkt wurde gekürzt."

„Was?" Guido fuhr auf. „Was soll das denn? Wir leisten hier doch gute und wichtige Arbeit. Wie viele haben wir schon aus dem Sumpf geholt? Haben ihnen geholfen, eine Ausbildungsstelle zu bekommen."

„Es gibt aber auch immer einige, denen wir nicht helfen können. Und Lutz hat die Ausbildungsstelle verloren. Er hat seinen Chef bestohlen."

„Scheiße!" schrie Guido. „Wir können doch auch nicht mehr, als unser Bestes zu geben. Wir reißen uns den Arsch auf, aber den Herren von der Behörde reicht das nicht." Dirk hob die Schultern. „Wir müssen etwas ändern. Lass uns ein Wohnheim gründen. Das müsste dann klappen. Außerdem kommen einige wirklich aus gutem Haus, wir könnten Geld von den Eltern nehmen und damit könnten wir auch die Ärmeren finanzieren. Wie wär's?"

Guido sah ihn an, als käme er aus einer anderen Welt. Über so etwas hatte er noch gar nicht nachgedacht.

„Ich weiß, die Idee klingt etwas halbseiden wegen des Geldes, aber hey – bevor wir uns gar nicht mehr finanzieren können?"

„Ist 'ne Überlegung wert."

„Guido, du hast neben Sozialwissenschaften auch Theologie studiert, wir könnten das Ganze doch als religiösen Ort aufziehen und so an die Kirche herantreten."

Jetzt war Guidos Überraschung noch größer. „Ein Kloster?"

„So würde ich das nicht nennen. Eine religiöse Glaubensgemeinschaft. Hey, die Werte, die dort vermittelt werden, sind doch durchaus in Ordnung. Außerdem könnten wir zusätzlich Geld verdienen. Wir könnten Schnitzereien herstellen, irgendwelche Basteleien oder Gemüse anbauen. Ein passendes Haus lässt sich bestimmt finden. Und wir hätten die Jugendlichen sehr viel besser unter Kontrolle als wenn sie nach zwei, drei Stunden Betreuung wieder verschwinden und sich mit ihren Cliquen treffen."

Guido nickte sacht. „Ich denke drüber nach."

Kapitel 1
April 2021

Henri Fontaine lag in seinem Haus im Bett. Sein ganzes Leben hatte er hier in dem kleinen Dorf in der Nähe von Colmar im Elsass verbracht. Und nun ging dieses Leben zu Ende. Henri war nicht traurig und haderte auch nicht mit seinem Schicksal. Er hatte ein gutes Leben gehabt, auch wenn er seine frühe Kindheit im Krieg hatte verbringen müssen.

Jetzt war er achtundachtzig Jahre alt und würde sterben. Ach, der Tod war niemals etwas gewesen, das er als Drama empfunden hatte. Jeder, der auf der Welt war, musste sterben. Der Tod gehörte zum Leben wie die Geburt. Das hatte er immer so empfunden, vielleicht, weil er durch den Krieg schon so früh mit dem Tod konfrontiert worden war. Sein Vater hatte ihn nicht überlebt. Er war in der Normandie gefallen.

Henri hatte großes Glück in seinem Leben gehabt. Er war nie ernsthaft krank gewesen. Natürlich war er in den letzten Jahren nicht mehr so fit gewesen, hatte die Beine nur noch schwer voreinander gekriegt und konnte sich ohne Rollator nicht mehr bewegen, aber immerhin war er noch mobil. Und im Kopf war er immer noch klar, das betrachtete Henri als große Gnade.

Nein, es fiel ihm nicht schwer, diese Welt zu verlassen.

Seine Kinder und sogar seine Enkelkinder waren bereits erwachsen. Sie liebten ihn und waren für ihn da, aber sie brauchten ihn nicht mehr.

Seine geliebte Frau Giselle war schon vor vielen Jahren gegangen und hatte ihn zurückgelassen. Das war seine größte Lebenskrise gewesen. Größer sogar, als der Krieg. Sie waren eine solche Einheit gewesen, so etwas gab es heute gar nicht mehr. Und dann kam der Krebs und hatte sie dahingerafft. Jahre hatte sie - hatten sie beide - dagegen gekämpft. Jahre hatte Giselle dem Tod abgetrotzt, bis es eben doch nicht mehr ging, bis sie keine Kraft mehr zum Kämpfen hatte. Sie hatte ihn gebeten, mit dem Kämpfen aufhören zu dürfen, gehen zu dürfen. Das war eine Frage gewesen, die ihm das Herz zerrissen hatte, aber er hatte es ihr erlaubt und nur wenige Tage später war sie eingeschlafen. Zwölf Jahre war das jetzt her.

Sie hatten trotzdem Glück gehabt, sie hatten fast fünfzig Jahre miteinander verbracht. Nicht immer unbeschwerte, aber doch glückliche Jahre. Sie hatten einfach zusammengehört. Und jetzt würde er zu ihr gehen. Er würde sie wieder sehen, davon war er überzeugt und darauf freute er sich.

Auch finanziell war es ihnen gut gegangen. Sie hatten ein Weingut im Elsass bewirtschaftet, das inzwischen seine Tochter Margaux und ihr Mann Guillaume leiteten. Henris ältester Sohn hatte damit nichts am Hut, sein Herz schlug für die Wissenschaft, er lebte in Paris, eine andere Tochter lebte in Straßbourg und ein weiterer Sohn in Nancy.

Jetzt waren alle hier. Er genoss es, sie alle noch einmal um sich zu haben.

„Großvater, geht es dir gut?" Die Stimme seiner Enkelin Magalie war ganz nah. Magalie war Margaux' Tochter. „Ich habe dir einen Tee gebracht, soll ich dir helfen, ihn zu trinken?", fragte sie.

Henri tätschelte ihre Hand. Sie war ein liebes Mädchen – nein, sie war kein Mädchen mehr – eine liebe junge Frau war sie mit ihren inzwischen fünfundzwanzig Jahren. Sie sah aus wie Giselle in dem Alter und sie war immer genauso fröhlich. Ach, war das damals schön gewesen, sie und ihren Bruder Jerôme hier zu haben, kleine Füße herumtrippeln zu hören. Alles noch einmal miterleben zu dürfen. Giselle und er hatten es sehr genossen, Margaux und ihre Familie hier zu haben.

Er lächelte vor sich hin, als er vor seinem geistigen Auge die kleine Magalie durch die Weinberge tanzen sah. Er genoss es, sich in diesen letzten Tagen an jede Kleinigkeit in seinem Leben zu erinnern. Da war so vieles im Alltag verschüttet gewesen.

Aber dann… halt… er wurde ganz unruhig. Sein Atem ging plötzlich schwer und stoßweise.

„Großvater, was ist mit dir? Maman! Ko…"

Er umklammerte Magalies Hand fester.

„Lass es, ruf sie nicht", keuchte er. Er bemühte sich um einen ruhigen Atem. „Es geht schon wieder. Magalie, komm, setz dich auf mein Bett."

„Was ist, Großvater? Stimmt etwas nicht?"

„Ja, etwas stimmt nicht, aber es ist anders als du jetzt denkst, Magalie. Ich muss dir unbedingt etwas erzählen. Bitte, setzt dich zu mir und hör mir zu. Es gibt etwas, das du für mich tun musst. Ich habe es versäumt vor vielen, vielen Jahren. Und irgendwann habe ich es vergessen. Verdrängt. So viel Anderes war wichtig. Der Krieg ging vorüber und das Leben hatte uns wieder und ich war doch damals noch ein Kind."

14

Magalie lächelte und streichelte ihrem Großvater über die Wange. „Ich verstehe kein Wort."

„Ja, ja, du hast recht. Komm, setzt dich. Ich erzähle es dir von Anfang an."

Magalie kam seinem Wunsch nach und setzte sich auf die Bettkante, hielt die Hand ihres Großvaters und ließ ihn erzählen. Seine Stimme war nicht laut, aber ungewöhnlich fest. Sie zitterte nicht, sie brach nicht. Diese Geschichte zu erzählen, schien ihm ausgesprochen wichtig zu sein: „Es ist viele Jahre her, sehr viele Jahre. Noch war Krieg. Die Alliierten waren in Frankreich gelandet, um das Land von den Nazis zu befreien. Damals lebte meine Familie auch schon hier, wie du weißt. Ich war ein zehnjähriger Junge, der schon viel mitbekam von dem Krieg, der seinen Vater verloren hatte und der sich nur wünschte, mit seiner Familie in Frieden leben und mit seinen Freunden spielen zu können. Auf Bäume zu klettern, im Fluss zu baden, durch die Weinberge zu laufen. Ich hatte ganz normale Wünsche, so wie wohl alle Kinder. Aber damals waren die einfachsten Dinge nicht realisierbar."

Er seufzte und betrachtete das junge Gesicht seiner Enkelin. „Ich streifte trotzdem viel herum, ich war ungeheuer abenteuerlustig."

„Ist alles in Ordnung, Großvater? Strengt es dich auch nicht zu sehr an?", fragte Magalie besorgt.

Er lächelte und sein Gesicht legte sich in tausend kleine Falten. Magalie fand, dass es wunderschön aussah.

„Nein, es ist gut. Ich muss diese Geschichte erzählen, bevor es zu spät ist."

Magalie schluckte, aber sie sagte nichts dazu. Was hätte sie sagen sollen, was keine leere Phrase gewesen wäre? Und so hätte das auch ihr Großvater empfunden. Also sollte er erzählen.

Sie nickte ihm zu.

„Damals traf ich bei meinen Streifzügen einen deutschen Soldaten. Er hatte sich in dem alten Landhaus verschanzt – du weißt schon, das, in dem jetzt die Familie Pasquier lebt." Sie nickte wieder. Sie hatte gehört, es sollte verkauft werden. Aber das war jetzt gleichgültig.

„Er hatte sich unerlaubt von der Front entfernt, war also ein Deserteur und hielt sich in dem Landhaus versteckt. Es ist wohl nicht verwunderlich, dass er von dort fliehen musste. Ein deutscher Soldat im Elsass... Die Aliierten rückten näher und nach Deutschland traute er sich als Deserteur zu dem Zeitpunkt auch nicht. Obwohl das alles war, was er wollte. Heim, zu seiner Familie. Nun, das wäre ihm wohl auch nicht gut bekommen. Na ja, für mich war das damals ein Riesenabenteuer. Zuerst dachte ich, er sei Franzose, weil er eine französische Uniform trug. Er sprach auch unsere Sprache, aber nicht gut genug. Er musste also fliehen bevor er nach Deutschland zu seiner Familie zurückkehren konnte. Aber er wollte unbedingt, dass seine Familie eine Nachricht von ihm bekam. Sie sollten nicht glauben, er sei tot oder in Gefangenschaft geraten. Er hatte eine Art Tagebuch geschrieben. Das hat er beendet, um es zu versenden und er vertraute es mir an. Doch unsere Poststelle war ausgebombt. Ach, es ging alles nicht so, wie ich es wollte. Ich war ungeheuer stolz darauf, dass er mir dieses Geheimnis anvertraute und hielt dicht. Ich erzählte niemandem von der Begegnung und nahm mir vor, das Tagebuch zu verschicken, wenn der Krieg vorbei war."

Henris Gesicht war jetzt ernst. Es musste schwer für ihn gewesen sein. Magalie wurde das Herz schwer, sie wollte nicht, dass ihr Großvater sich seine letzten Tage mit alten Problemen schwer machte. Aber sie sagte nichts. Sie wusste, dass es keinen Sinn hatte. Er musste sich das von der Seele reden.

„Ich habe das Heft versteckt und es später vollkommen vergessen."

„Großvater, du warst ein Kind, mach dir doch darüber keine Gedanken. Das ist mehr als verständlich."

„Ist es das? Ein solches Erlebnis? Ein solches Geheimnis? Aber es war tatsächlich einfach weg aus meinem Kopf, als hätte es den Soldaten nie gegeben. Und seine Familie hat niemals das Tagebuch bekommen."

Eine einzelne Träne rollte über seine Wange.

Magalie wischte sie sanft fort.

„Sicher ist er nach dem Krieg nach Hause gekommen und konnte seine Geschichte erzählen. Es ist nicht deine Verantwortung. Du warst doch noch ein Kind."

„Sicher. Magalie, bitte, schick das Heft an seine Nachkommen."

Sie erschrak ein wenig. „Großvater! Seine Ehefrau wird nicht mehr leben, vielleicht nicht einmal mehr seine Kinder. Warum ist das so wichtig?"

„Es ist das Vermächtnis eines Mannes, das seine Familie oder seine Nachkommen erhalten sollten. Es ist einfach richtig."

„Wie soll ich die Nachkommen ausfindig machen? Ich kenne mich mit solchen Recherchen nicht aus."

Er krallte seine Hand um ihre. „Magalie! Bitte! Such dir Hilfe, vielleicht bei einem Detektiv."

Er klang ganz klar.

Sie nickte. Sie konnte ihm den Wunsch einfach nicht abschlagen.

„Weißt du denn noch, wo das Tagebuch ist?"

„Nein, nicht genau. Such in den alten Sachen auf dem Dachboden. Irgendwo dort muss es liegen. Magalie, versprich es mir. Erfüll ein altes Versprechen, das dein Großvater gegeben hat. Ich kann es ja nicht mehr."

Sie nickte.

Er lächelte.

Seine Hand lockerte sich wieder. Er entspannte sich und schien wieder in seine Traumwelt zu gleiten.

Kapitel 2
Juni 2021

So., 06. Juni

Alexandra Werle saß daneben, als ihr Kollege Patrick Köhler seinen Koffer packte, um sich im Auftrag ihrer Firma, der Danner & Co Immobilien GmbH, auf den Weg ins Elsass zu machen, um den Kauf eines Landhauses abzuwickeln. Er wollte bereits heute, am Sonntagnachmittag, fahren, damit er sich gleich am nächsten Morgen um alle Formalitäten kümmern konnte.

Nach den Bildern, die Alexandra gesehen hatte, war es ein wunderschönes Haus inmitten von Wäldern und Weinbergen, im typischen Fachwerkstil der Gegend. Es war bisher in Privatbesitz gewesen, aber nun wollten sich die Besitzer, ein älteres Ehepaar, davon trennen. Sie hatten sich entschlossen, direkt nach Colmar zu ziehen, um ihren Ruhestand mit den Annehmlichkeiten der Stadt, wie der Nähe von Geschäften und Ärzten zu genießen.

„Es würde mir viel Freude machen, so ein Landhaus auszustatten, Gästezimmer neu einzurichten und natürlich auch einen Wellnessbereich. Das wäre ja dann wohl meine Aufgabe", meinte die Innenarchitektin Alexandra.

Patrick lachte. „Auf jeden Fall. Jetzt lass mich erst mal fahren und den Kauf abwickeln. Das ist doch nur noch eine Formsache. In ein paar Tagen bin ich zurück."

Alexandra nickte. „Melde dich zwischendurch."

„Das ist doch klar."

Er drückte die Verschlüsse seines Koffers zu und grinste der zweiunddreißigjährigen Frau zu, die auf seiner Bettkante saß. Sie waren Kollegen in der kleinen Geschäftskette, die sich darauf spezialisiert hatte, gemütliche, rustikale, landschaftsbezogene Häuser zu kaufen, um diese in Wellness-Urlaubshäuser zu verwandeln. Sie hatten bereits Häuser in verschiedenen Regionen Deutschlands, zum Beispiel auf Rügen, Fehmarn, im Sauerland und Harz, an der See und in den Bergen gekauft und ausgestattet. Außerdem besaßen sie Restaurants und Wellness-Oasen, wo sich Menschen tageweise entspannen konnten.

Jetzt wollten sie zum ersten Mal ins Ausland gehen, nach Colmar in Frankreich.

Patrick hatte vor einigen Wochen das Haus bereits zusammen mit seinem Chef besichtigt und musste jetzt nur noch die Formalitäten abwickeln. Er freute sich auf die kurze Reise.

Mit Alexandra verband ihn nur etwas mehr als Freundschaft und Kollegialität. Sie führten eine lockere Beziehung. Das bedeutete, dass sie sich das gaben, was sie hin und wieder brauchten, aber keine tieferen Verpflichtungen damit verbanden. Sie waren beide Karrieremenschen, fürchteten, dass zu enge Bindungen ihren beruflichen Plänen im Weg stehen würden.

Patrick ließ sich auch durchaus gerne mit ihr sehen. Sie waren ein hübsches Paar. Sie – eine schöne, elegante junge Frau mit ihren einen Meter siebzig, der schlanken Figur und tollen Beinen, ihrem ovalen, ebenmäßigen Gesicht, den graugrünen Augen und den braunen, leicht gewellten Haaren, die weit über die Schultern fielen. Er mochte es, wenn sie sie offen trug, aber oft drehte sie sie zu einer Frisur am Hinterkopf zusammen. Zu einem Dutt oder einer Banane, wie sie das nannte. Aber er mochte es auch, die Haarnadeln herauszuziehen und dann ihre Haare weich über die Schultern fließen zu sehen.

Und dann er selbst – mit seinen einen Meter fünfundachtzig überragte er sie auch dann noch, wenn sie hohe Absätze trug. Er hatte ein leicht kantiges Gesicht, dunkelblonde, akkurat kurz geschnittene Haare, graue Augen und einen gepflegten Bart. Alles in allem sah er nicht gerade aus wie aus einem Moderjournal entsprungen, aber unattraktiv war er sicher nicht.

Er ging einen Schritt auf Alexandra zu und streichelte über ihre Wange. „Ich werde dich vermissen."

Sie lachte. „Jetzt werd mal nicht sentimental. Es sind doch nur ein paar Tage."

Er sagte nichts. Manchmal hatte er das Gefühl, er kam ihr näher als sie ihm. Ob ihm das gut tat, wusste er noch nicht.

Alexandra winkte ihm nach, als er mit seinem BMW davonfuhr. Es war gut, dass er eine Weile fort war und sie sich nicht sehen konnten, auch nicht in der Firma. Das gab ihr etwas Zeit, wieder mentalen und emotionalen Abstand zwischen ihnen zu schaffen.

Er kam ihr gefühlsmäßig näher, als sie es zulassen wollte. Für ihn als Mann war es einfacher sich gehen zu lassen. Aber auch sie wollte Karriere machen. Das war ihre Priorität im Leben. Keine heile Familienidylle. Sie hatte es doch erlebt – bei ihren Eltern – bei ihrer Schwester. Der Mann lebte weiterhin sein Leben und die Frau steckte zurück. Das wollte sie nicht. Oder ging wirklich beides so problemlos, wie die Medien es manchmal schilderten? Sie war sich nicht sicher. Es gab so vieles, das ständig erledigt werden musste, wenn man Familie hatte. Sie stöhnte. Gut, dass er erstmal fort war. Und wenn alles gut über die Bühne gegangen war, würde sie eine Weile nach Frankreich fahren, die Einrichtung planen, Möbel und Accessoires aussuchen, Stoffe, den Wellnesbereich aufteilen. Und später musste sie den eventuellen Umbau und die Einrichtungen überwachen. Damit würde sie eine Weile beschäftigt sein. Sie freute sich auf die Aufgabe. Und die zeitweise Trennung von Patrick würde ihr Luft zum Atmen geben.

Mi., 09. Juni

Patrick Köhler war zufrieden. Der Kaufvertrag war unter Dach und Fach. Das Haus war perfekt, die Umgebung einfach fantastisch. Das hatte er jetzt, bei seinem erneuten Besuch hier für sich noch einmal bestätigen können. Hier konnte man Urlaub machen und sich erholen. Wenn dann auch noch Wellness angeboten wurde…

Er hatte im Hotel bereits ausgecheckt und würde sich nachher auf den Heimweg begeben. Aber zuerst wollte er noch einmal in die Weinberge fahren.

Jetzt stand er zum ersten Mal allein in dem Landhaus und ließ es auf sich wirken. Er trat an die Fensterfront und blickte hinaus über die Weinberge. Auch die hatte das Ehepaar Pasquier abgegeben. Aber Wein würde weiter produziert und den würden sie in ihrem Hotel anbieten. Was für eine fantastische Möglichkeit, den Gästen Wein anbieten zu können, der direkt vor ihrer Nase angebaut wurde. Vielleicht konnten sie ja sogar ein Wochenende anbieten, bei denen die Teilnehmer bei der Weinlese helfen konnten. Für ihn persönlich wäre diese Art Urlaub nichts, aber an der Mosel oder in der Pfalz wurde so etwas gut angenommen. Und Weinproben. Ja, die durften auf keinen Fall fehlen. Er öffnete die Fenster und atmete tief durch. Und dann gab es hier im Elsass soviel zu entdecken. Sie könnten kleine Touren anbieten, die Weinstraße entlang oder nach Straßbourg. Manche Menschen waren froh, wenn sie nicht selbst planen und fahren mussten. Sich einfach in den Bus setzen, nicht überlegen, wo es lang ging, zum Mittagessen ohne Reue ein Glas Wein trinken – das hatte ja auch durchaus etwas für sich. Nun, das würde sich alles finden. Später. Jetzt ging es erstmal an die Umbauarbeiten. Von außen würden sie nichts ändern, aber innen musste natürlich etwas getan werden. Sie brauchten eine Rezeption und einen Frühstücksraum und alle Zimmer mussten mit Bad ausgestattet werden. Das zu planen und zu überwachen würde Alexandras Aufgabe sein.

Er wollte die Fenster wieder schließen, als er ein Geräusch hörte. Er lauschte. War das ein Auto? Na, wieso auch nicht. Hier entlang ging es doch auch zu irgendeiner Burg.

Er schloss die Fenster wieder. Vielleicht sollte er selbst auch einfach mal weiterfahren bis zu der Burg. Ein bisschen die Gegend erkunden, wenn er schon mal hier war. Bis nach Hause, nach Heidelberg, fuhr er etwas mehr als zwei Stunden, mehr nicht. Da konnte er sich ruhig noch etwas Zeit nehmen.

Er könnte sogar ein paar Tage dranhängen, sicher hätte sein Chef nichts dagegen. Seine Arbeit hier war erledigt. Ja, genau, das würde er tun. Jetzt war es blöd, dass er im Hotel Bougainville vorhin ausgecheckt hatte statt zu versuchen, zu verlängern. Aber er könnte auch weiterfahren und woanders versuchen, ein Hotelzimmer zu bekommen, vielleicht sogar bis nach Paris? Er würde seinen Chef nachher kontaktieren. Und Alexandra auch. Aber die hatte sicher nichts dagegen. Ihre Reaktion auf sein *Ich werde dich vermissen* war ja deutlich gewesen. Gut, sie whatsappten täglich miteinander, aber dabei ging es mehr um das Haus. Er hatte ihr auch schon einige Fotos geschickt. Jetzt, da er allein hier war, könnte er noch ein paar von den Räumen machen. Das würde ihr gefallen, dann konnte ihre kreative Ader sich schon mal entfalten.

Aus den oberen Fenstern konnte er ein Auto in der Nähe stehen sehen. Einen dunkelblauen Kombi. Er rümpfte die Nase. Was konnte der hier wollen? Hier war doch nichts zu besichtigen. Aber nicht alle Menschen waren nur auf Besichtigungen aus. Es konnte ein Naturliebhaber sein, der hier spazierenging, vielleicht mit seinem Hund.

Patrick zuckte die Schultern und wandte sich vom Fenster ab. Er schoss ein paar Fotos für Alexandra und ging die Treppe wieder hinunter.

„Okay, das war's für heute", murmelte er und drückte die Haustür auf.

Er trat aus dem Haus und wollte die Tür gerade wieder abschließen, als er einen Schlag auf den Kopf bekam. Vor seinen Augen wurde es schwarz und er sackte einfach zusammen.

Fr., 11. Juni

Alexandra war allmählich irritiert, weil sie nichts mehr von Patrick hörte. Das war ungewöhnlich. Sie hatten zumindest jeden Tag whatsappt. Sie hatte ihm von zu Hause, von Heidelberg, erzählt, von ihrer Arbeit im Büro und er hatte ihr Fotos von dem wirklich schönen Landhaus geschickt und auch von der Umgebung. Auch die Stadt Colmar hatte Patrick besichtigt. Alexandra freute sich danach noch mehr auf ihren eigenen Aufenthalt im Elsass.

Und dann rissen vor zwei Tagen die Nachrichten plötzlich ab. Nicht einmal Antworten auf ihre eigenen WhatsApps kamen.

„Hi Patrick, wie geht es dir? Was treibst du so?"

Keine Antwort

„Wann kommst du zurück? Du wolltest doch nur ein paar Tage bleiben!"

Nichts. Nicht einmal eine Lesebestätigung

Las er die Nachrichten gar nicht? War sein Handy kaputt? Oder hatte er es verloren?

Sie rief in dem Hotel an, in dem er abgestiegen war.

„Monsieur Köhler hat bereits vor zwei Tagen ausgecheckt", sagte man ihr dort.

„Aber er ist nicht wieder in Heidelberg angekommen."

„Das tut mir leid, Madame, aber er ist nicht mehr im Hotel. Vielleicht macht er noch ein paar Tage Urlaub."

„Ohne Bescheid zu sagen? Das kann ich mir nicht vorstellen."

„Es tut mir leid, aber ich kann Ihnen da nicht helfen."

25

Alexandra stöhnte stumm. Nein, der Mann konnte wirklich nichts dafür und er konnte das Problem auch nicht lösen. „Dankeschön", sagte sie etwas steif und legte auf.

Im Hotel konnte man ihr nicht weiterhelfen, aber die Antworten machten für sie keinen Sinn. Wenn er noch ein paar Tage hätte dranhängen wollen, wäre er doch in dem Hotel geblieben. Oder nicht? Vielleicht nicht, wenn er durchs Land hätte fahren wollen. Aber er hätte sich auf jeden Fall gemeldet. Auch in der Firma wusste niemand, wo er blieb. Das war so überhaupt nicht Patricks Art.

Und dann kam heute eine Ansichtskarte mit vier wunderschönen Motiven von Colmar und Umgebung. Fachwerkhäuser, eine Burg in den Wäldern, der Fluss Lauch in Klein Venedig.

Sie hielt die Karte in der Hand und las die wenigen Zeilen.

Hallo Alex, ich hänge noch ein paar Tage dran, es ist hier so idyllisch. Ich melde mich, wenn ich wieder zurückreise. Du kannst mich nicht erreichen, mein Handy ist kaputt, aber ich werde mir hier kein neues besorgen. Mal sehen, wie es sich ohne lebt.

Bis bald, Dein Patrick.

Es war Patricks Handschrift, aber sonst stimmte nichts daran. Patrick war eindeutig ein Kind der modernen Zeit. Der schickte Fotos per WhatsApp, aber doch keine Ansichtskarten.

Er würde auch niemals einen Ort als idyllisch bezeichnen. Als schön, toll, beeindruckend, ungewöhnlich. Aber idyllisch war ein viel zu malerischer Ausdruck für den praktisch denkenden Patrick. Außerdem hatte er sie noch nie Alex genannt. Alexa vielleicht oder eben Alexandra.

Und offenbar war er noch immer in Colmar, warum also war er dann nicht im Hotel Bougainville geblieben? War es ausgebucht? Das musste sie jetzt unbedingt herausfinden. Aber ihr war auch so schon klar, dass irgendetwas nicht stimmte. Aber was könnte das sein? Er hatte sicher die Karte nicht geschrieben, weil sein Handy kaputt war. Er hätte telefonieren können. Im Hotel oder irgendwelchen öffentlichen Stellen. Oder er hätte eine Mail schreiben können. Er hatte seinen Laptop doch dabei. Er musste sich doch auch in der Firma melden.

Und zu guter Letzt: Patrick ohne Handy? Die Vorstellung war zwar schwer, aber möglich war es immerhin. Gerade sehr technisch orientierte Menschen wollten manchmal Auszeiten nehmen.

Sie besprach sich mit ihrem Chef und rief dann bei der Polizei in Colmar an. Dort beruhigte man sie. Die Ansichtskarte sprach schließlich eine deutliche Sprache. Ein erwachsener Mann, der ein paar Tage Urlaub an einen geschäftlichen Termin hängte. Im Prinzip war das doch eine gute Idee, nichts Ungewöhnliches.

„Bitte, nehmen Sie die Daten auf. Da stimmt etwas nicht. Es ist nicht Patricks Art, Karten zu schreiben. Nichts passt. Ich weiß das, ich bin nicht nur seine Kollegin. Ich bin…" Ja, was war sie denn? Seine Gespielin, Geliebte, lockere Affäre? „…eine gute Freundin. Ich kenne ihn gut."

„Je compris – ich verstehe", kam es durch den Hörer und Alexandra war ziemlich sicher, dass der Polizist wirklich genau verstand, was sie zu sagen versuchte.

Er nahm die Daten auf und Alexandra legte kein bisschen beruhigt auf.

Ich werde dich vermissen. Die Worte, die Patrick beim Abschied gesagt hatte, klangen noch in ihren Ohren. Sie hatte gelacht und gesagt: *Es sind doch nur ein paar Tage.* Hatte er es besser gewusst? Hatte er nie vorgehabt nach ein paar Tagen zurückzukommen? War er nicht glücklich mit ihrer Art Beziehung, mit ihrem Arrangement?

Und noch eine andere Frage bohrte sich in ihr Hirn: Wie würde es jetzt mit dem Landhaus weitergehen? Patrick hatte zwar den Kauf abgewickelt, aber es würde weiter gehen müssen. Vielleicht konnte sie ins Elsass fahren und sich um alles Weitere kümmern und ganz nebenbei nach Patrick fragen.

Kapitel 3
So., 13. Juni 2021

„Hast du alles?", fragte Mercedes ihre Mutter.

„Ich denke schon." Sidonia entfuhr ein Seufzer. Es war ein merkwürdiges Gefühl, dass sie so kurz davor stand, sich diesen Traum zu verwirklichen. Mindestens vier Wochen lang wollte sie durch Frankreich reisen.

Sie war, ohne es zu merken, die ganzen Jahre über von ihrer Arbeit so sehr vereinnahmt worden. Sidonia hatte sich beruflich immer weiterentwickelt, sie verstand sich heute als Lebensberaterin. Seit über fünfundzwanzig Jahren legte sie Menschen die Karten, las ihr Schicksal in ihren Handflächen, bot inzwischen Meditationsstunden an.

Ihre Kunden waren hauptsächlich Frauen. Sidonia teilte deren Schicksale, fühlte mit ihnen. In den letzten Jahren war dieses Mitfühlen und Mitleiden so stark geworden, dass sie es kaum noch ertragen konnte. Auch hatte sie in den letzten Jahren einige Male plötzliche Visionen erlebt. Vor vier Jahren war das besonders stark gewesen, als eine junge Kundin und Freundin, Judith Schlüter, in Detmold in Gefahr gewesen war. Sidonia hatte urplötzlich ein so starkes Gefühl von Gefahr erlebt, dass sie – als sie Judith telefonisch nicht erreicht hatte – von Paderborn nach Detmold gerast war, um sie zu warnen. Gerade noch rechtzeitig war ihr das gelungen.

Und dann waren diese Vorahnungen vor zwei Jahren wieder extrem stark gewesen, als ein Kunde von ihr ermordet worden war und der Freund ihrer Tochter sich gemeinsam mit dem Privatdetektiv Bruno Feldmann in die Ermittlungen eingeschaltet hatte.

Beide Male war sie persönlich betroffen gewesen, aber es war so schwer, die Probleme und Gefahren schon vorherzusehen, die Sorgen, die Ängste. Reichte es nicht, Probleme zu fühlen, wenn sie auftraten? Musste sie diese für ihre Freunde und Familie auch noch im Vorfeld fühlen? Es war einfach zu schwer. Nicht mehr zu tragen.

Vor zwei Jahren hatte sie beschlossen, diese Reise durch Frankreich, von der sie schon so lange träumte, anzutreten. Das Haus für ein paar Wochen zu verschließen, das Geschäft ein paar Wochen ruhen zu lassen. Um ihre beiden Katzen, die pechschwarze Malou und die getigerte Shila konnte sich ihre Tochter Mercedes kümmern. Sidonia hatte alles geplant. Aber dann hatte sie immer wieder Gründe gefunden, die Reise zu verschieben. Ein Kunde, um den sie sich kümmern musste - um Mercedes, als sie sich von ihrem Freund David getrennt hatte - um eine erkrankte Nachbarin. Noch ein bisschen mehr Geld sparen.

Sie verstand es manchmal selbst nicht. Wollte sie überhaupt fahren? Oder hatte sie ganz einfach Angst davor, diese Reise allein anzutreten? Ach, es war in ihrem Alter eben nicht so einfach, etwas so Neues in Angriff zu nehmen. Aber sie wollte sich nicht hinter ihrem Alter verstecken, das passte nicht zu ihr. Diese ganze Zauderei passte nicht zu ihr. Also traf sie schließlich den unwiderruflichen Entschluss, setzte den Termin, buchte ein Appartement im Elsass und nun war es tatsächlich endlich so weit.

Koffer, Getränke, Kühltasche standen im Wagen.

Sidonia schulterte zum Schluss noch ihre Handtasche und ging durch den Flur, sah sich noch einmal um. Ein merkwürdiges Gefühl war es jetzt trotzdem, für einige Wochen alles zurückzulassen. Zum ersten Mal würde sie auch ihre Tochter mehrere Wochen lang nicht sehen. Sidonias Blick fiel in den Garderobenspiegel. Sie sah eine dunkelhäutige Frau mit einem schmalen, ovalen Gesicht, großen, dunklen Augen und vollen Lippen. Sie trug eine weite Pumphose und eine bunte Tunika darüber – ihr bevorzugter weiter Schlabberlook, dem sie all die Jahre treu geblieben war. Passte er jetzt eigentlich noch zu ihr? Oder war sie inzwischen zu alt dafür geworden? Ihre einst tiefschwarzen wilden Locken waren grau geworden, aber sie trug sie noch immer schulterlang und heute zu einem Zopf im Nacken gebändigt. Sie war nicht allzu groß und noch immer schlank, was wohl daran lag, dass sie zwischendurch nicht viel naschte und oftmals nicht einmal kochte, wenn Merci in der Uni aß.

Sie streckte ihrem Spiegelbild die Zunge heraus und ging durch die Haustür. Da stand ihre Tochter und lachte. Sie war ihr Ebenbild aus früheren Jahren, nur ihre Haut war etwas heller, weil ihr Vater ein Weißer war. Mercis Haare waren zwar dunkel, aber nicht ganz so tief schwarz wie Sidonias, allerdings ebenso ungebändigt. Früher hatte Merci sie geglättet, aber heute fielen sie lang und lockig fast bis zur Taille.

„Was ist? Gefällt dir nicht, was du im Spiegel gesehen hast?", fragte sie fröhlich.

„Nein, da drin war eine alte Frau", erwiderte Sidonia und verzog den Mund.

„Ach Quatsch. Man ist so jung wie man sich fühlt."

„Das sagt sich so leicht in deinem Alter. Mal ehrlich, egal, wie ich mich fühle, ich bin achtundfünfzig. Eine Zahl, sicher, aber daran ist nichts zu rütteln. Ich werde alt, Merci. Wenn ich Glück habe, werde ich gesund alt und kann noch viel unternehmen, aber dass ich alt werde, daran gibt es keinen Zweifel."

Mercedes nahm ihre Mutter in den Arm und küsste sie auf die Wange. „Die einzige Alternative taugt auch nicht", meinte sie leichthin.

Sidonia hob die Augenbrauen. „Seit wann ist meine Kleine so weise?", grinste sie.

„Hab eine gute Reise, Mama. Und viel Spaß in Frankreich", grinste Mercedes ohne auf die Frage einzugehen.

Sidonia nickte. „Und du pass gut auf Shila und Malou auf."

„Das werde ich."

Die beiden Frauen verabschiedeten sich herzlich voneinander.

Dann stieg Sidonia in ihren Renault Twingo, den sie schon seit Jahren fuhr, und startete.

Sie war gut vorbereitet, hatte sich die Route auf Google Maps genau eingeprägt. Auf die Autobahn Richtung Kassel – Frankfurt – Karlsruhe – und schließlich auf der Höhe von Straßbourg über die Grenze und dann die Weinstraße entlang bis in das kleine Dorf Eguisheim in der Nähe von Colmar, wo sie sich für die ersten Nächte ein kleines Appartement gemietet hatte.

Sie hatte das Navi im Halter, aber sie würde es vorläufig noch nicht brauchen. Sie würde es erst später anmachen.

Sie fuhr aus ihrer Straße heraus. Es war ein gutes Gefühl. Jeder Meter befreite sie von dem Gespinst, dass ihre Arbeit gewoben hatte. Um sie herum und in ihrem Kopf. Sie ließ alles zurück und fuhr diesen Gefühlen davon.

Alexandra Werle war nach Absprache mit ihrem Chef für ein paar Tage nach Colmar gereist, um nach Patrick zu suchen und natürlich, um sich schon einmal mit dem Innenleben des Hauses zu beschäftigen. Sie hatte nur noch keine Vorstellung davon, wo sie nach ihrem Freund und Kollegen suchen sollte und wie sie das anstellen konnte. Ebenso wenig wusste sie, wie sie in das Haus hineinkommen sollte, denn der Schlüssel dürfte wohl bei Patrick sein.

Ach, sie stieß auf immer mehr Probleme und Ungereimtheiten in Bezug auf sein Verschwinden. Und je mehr sie darüber nachdachte, desto weniger konnte sie sich vorstellen, dass Patrick so handeln würde. Ohne eine Nachricht, mit dem Schlüssel des Hauses im Gepäck würde er nicht einfach verschwinden.

Alexandra stieg im Hotel Bougainville in Colmar ab, ebenso wie Patrick es getan hatte. Es war merkwürdig, aber sie hatte erwartet, Bougainvillea an dem Haus empor ranken zu sehen, aber dem war nicht so. Es war ein Gebäude mit blassblauem Anstrich mit dunkleren Fensterläden und einem spitzen roten Dach mit einzelnen Erkern. Es fügte sich gut in das Stadtbild ein. Sie betrat das Haus und war sofort begeistert. Die moderne Großzügigkeit der Halle hatte man von außen so nicht erwartet. Sie steuerte auf die glänzend schwarze Rezeptionstheke zu. Sie hatte von zu Hause aus ein Zimmer gebucht. Auf ihre Frage versicherte man ihr, dass das Hotel in den letzten Wochen nicht vollständig ausgebucht gewesen war. Also hatte Patrick schon mal nicht ausgecheckt, weil das Hotel ausgebucht war, er aber noch eine Weile bleiben wollte. Hatte er in einen anderen Ort reisen wollen?

Natürlich erkundigte sie sich sofort nach ihm, als sie ankam. Der diensthabende Portier wirkte etwas steif in seiner strahlend blauen Uniform, war aber ausgesprochen freundlich. Doch wirklich weiterhelfen konnte er ihr nicht. Patrick hatte ganz normal ausgecheckt und man hatte ihn auch nicht mehr gesehen. Nein, auch sein Wagen war nicht mehr da, das wäre aufgefallen. Und Monsieur Köhler hatte auch keine Nachricht hinterlassen und auch nicht erwähnt, welche Pläne er hatte. Ja natürlich würde er sich gerne bei seinen Kollegen umhören, aber sie seien ein sehr gut organisiertes Haus, wenn Monsieur Köhler eine Nachricht hinterlassen hätte, wäre sie hier am Empfang deponiert, erklärte er in geschäftsmäßigem Ton.

Alexandra seufzte schwer. Der Portier schien ihre Sorgen nachzuempfinden. Er nahm plötzlich einen wärmeren Tonfall an und beugte sich leicht über die Theke zu ihr.

„Madame, machen Sie sich nicht zu große Sorgen. Die Gegend hier ist wunderschön, er wird sie sich ansehen wollen."

„Na ja, das wäre wohl möglich, er hatte noch ein paar Tage Urlaub. Aber wieso ist er dann nicht hier im Hotel geblieben? Und vor allem hätte er sich bestimmt inzwischen mal gemeldet. Auf jeden Fall!"

Oder doch nicht? Das Nötigste zum Haus hatte er ja gemeldet. Vielleicht ging es bei seinem Verschwinden ja gerade um sie. Brauchte er etwas Abstand? War er sich nicht im Klaren darüber, wohin ihre Beziehung steuerte? Das wäre kein Wunder, sie wusste es ja auch nicht. Aber wie sie es auch drehte und wendete, es blieb doch die Tatsache: Patrick wäre nie einfach so ohne Absprache und noch dazu mit dem Schlüssel des Landhauses im Gepäck durch das Land gezogen, ohne dass irgendjemand eine Ahnung hatte, wo er war. Und wo war sein Auto? Das sprach ihrer Meinung nach als Einziges dafür, dass er weggefahren war.

„Wenn Sie die Polizei benachrichtigen wollen... Ich bin Ihnen gerne behilflich, ich rufe gerne an. Ihr Französisch ist sicher gut genug, um mit der Polizei zu sprechen, ansonsten stehe ich Ihnen auch gerne als Übersetzer zur Verfügung. Madame, es ist sicher nichts passiert. Von einem Unfall oder dergleichen hätte man doch erfahren. Er hat Papiere dabei, man wüsste, wohin man sich wenden könnte."

Sie versuchte ein dankbares Lächeln, das aber völlig misslang.

„Ja natürlich. Vielen Dank."

„Melden Sie sich, wenn Sie Hilfe brauchen."

„Das ist nett von Ihnen, das werde ich tun."

„Mein Name ist Laurent Bouchard. Aber natürlich steht Ihnen auch jeder meiner Kollegen zur Verfügung."

Sie nickte ihm zu. Dieses Mal gelang das Lächeln besser. Die Nennung seines Namens hatte die Anspannung in ihr gelöst. Dadurch wurden seine Angebote, ihr zu helfen, verbindlicher, eben mehr als die höfliche Floskel eines Hotelangestellten. Jedenfalls empfand sie es so.

Natürlich hatten sie bereits von Deutschland aus die Polizei verständigt, aber bisher nichts mehr gehört. Also hatten sie Patrick wohl nicht gefunden, vermutlich hatten sie noch gar nicht nach ihm gesucht. Für die Polizei schien der Vorfall nicht sehr besorgniserregend zu sein. Sie sollte einmal persönlich aufs Polizeirevier gehen und darauf drängen, dass in der Sache etwas unternommen wurde. Und dann würde sie zum Landhaus fahren. Dann hatte sie es zumindest schon mal in natura gesehen, wenn sie auch nicht hineingehen konnte.

Jetzt mal ganz ruhig, redete sie sich in Gedanken zu. Als Erstes packst du deine Tasche aus und isst etwas. Dann kann es losgehen. Auf eine Stunde mehr oder weniger kommt es jetzt auch nicht mehr an.

Bei der Polizei richtete Alexandra nicht allzu viel aus. Natürlich hatte man die Daten ordnungsgemäß schon bei ihrem Anruf bei der Polizei in Colmar aufgenommen. Sie gingen alles noch einmal gemeinsam durch. Alexandra versicherte, dass weder sie noch ihr Arbeitgeber seit ihrem Anruf etwas von Patrick gehört hatten.

„Es gibt keine Hinweise, wohin er gefahren sein könnte", berichtete der Polizist. „Wir haben natürlich im Hotel nachgefragt und auch bei der Immobilienfirma, die mit dem Verkauf des Landhauses beauftragt wurde. Es ist schon merkwürdig, dass Ihr Kollege sich überhaupt nicht meldet, aber er könnte Gründe dafür haben."

„Und welche sollen das bitte sein?"

„Da fällt mir eine Vielzahl ein. Er ist ein erwachsener Mann, er kann über seinen Aufenthaltsort frei bestimmen. Möglicherweise braucht er Zeit für sich allein. War er überarbeitet? Hatte er Stress mit Kollegen oder anderen Leuten? Möchte er eine Weile niemanden sehen? Hat er Freunde in unserem Land, die er besuchen könnte?"

„Nein, das trifft alles nicht zu und erklärt auch nicht, dass er sich nicht meldet. So etwas müsste er schließlich nicht heimlich tun."

„Wir tun wirklich, was wir können, Madame, aber es liegt kein Verdacht auf ein Verbrechen vor. Monsieur Köhler hat völlig normal ausgecheckt und ist abgefahren. Und Sie haben uns ja sogar von einer Postkarte erzählt."

Jetzt bedauerte Alexandra, dass sie das preisgegeben hatte. Jetzt wurde genau das natürlich für einen Hinweis gehalten, dass Patrick einfach eine Weile für sich sein wollte.

„Das sieht ihm aber überhaupt nicht ähnlich", versuchte sie es verzweifelt. „Außerdem würde das bedeuten, dass er einfach mit dem Schlüssel des Landhauses weggefahren ist. Er wusste doch, dass die Arbeiten daran losgehen sollen."

„Hat er das tatsächlich getan? Oder hat er ihn vielleicht bei der Immobilienfirma oder im Hotel hinterlegt?"

Alexandra wurde allmählich sauer. Es kam ihr fast so vor, als würde der Polizist sie für komplett verrückt und überdreht halten.

„Nein, das hat er nicht getan, das wissen Sie genau", erwiderte sie schärfer als beabsichtigt. „Wenn es so wäre, hätte man Ihnen das sicher mitgeteilt. Sie sagten doch, dass Sie dort nach Patricks Verbleib recherchiert haben."

Der Polizist registrierte mit einem kurzen Zucken der Mundwinkel, wie aufgeregt sie reagierte, sagte aber nichts dazu. Er schrieb es ihrer Verzweiflung und Hilflosigkeit zu. Ber uhigend legte er seine Hand auf ihre. „Bleiben Sie ruhig, Madame. Es ist sicher nichts passiert. Wir können ja noch einen Aufruf im Radio oder sogar Fernsehen schalten. Im besten Fall hört er den Aufruf und meldet sich daraufhin."

Ein Hoffnungsschimmer. Ihr Gesicht entspannte sich sofort. „Ja bitte, tun Sie das. Bitte."

Er nickte. „Ich werde es veranlassen."

Als sie wieder vor dem Polizeirevier stand, atmete sie kräftig durch. Das Wetter war schön, frühlingshaft. Wie sehr könnte sie diesen Aufenthalt in Colmar genießen, wenn die Situation nicht so besorgniserregend wäre.

Sie würde jetzt erst einmal zu dem Landhaus fahren, denn natürlich war sie neugierig darauf. Sie wollte es sehen. Vielleicht konnte sie sich dort Patrick sogar nahe fühlen. Es war ein dummer Gedanke, sie wusste es, aber sie konnte die Idee nicht einfach beiseite schieben.

Sie programmierte ihr Navi und fuhr los.

Die Straße führte kurvenreich in die bewaldeten Berge.

Das Haus begeisterte sie auf den ersten Blick. Es lag einsam am Waldrand wie ein kleines Schlösschen, aber doch nahe an den Weinbergen. Es war im Fachwerkstil gebaut, hatte drei Etagen plus das Dachgeschoß. Was nicht zu sehen war, war der Keller, aber Alexandra wusste, dass er vorhanden war. Sie stellte sich vor, darin einen Wellnessbereich unterzubringen. Ob man auf dem Grundstück wohl auch einen Swimmingpool anlegen konnte?

Obwohl sie es von Anfang an gewusst hatte, machte sich Enttäuschung breit, dass es verschlossen war und sie es nicht von innen besichtigen konnte. Sie glaubte zwar nicht daran, aber vielleicht hatte die Maklerin ja trotzdem noch einen Schlüssel. Nein, sie hatte nicht nachgefragt, ob Patrick dort seinen Schlüssel hinterlegt hatte, auf den Gedanken war sie überhaupt nicht gekommen und es kam ihr auch jetzt noch völlig widersinnig vor. Das hätte Patrick doch gemeldet. Eine kurze WhatsApp: *Mache noch ein paar Tage Urlaub, Schlüssel liegt bei der Maklerin.* Wäre das so schwierig gewesen? Konnte man das wirklich damit erklären, dass sein Handy kaputt oder verloren war?

„Quatsch", sagte sie laut zu sich selbst. „Er hätte telefonieren können. Und der Patrick, den ich kenne, hätte sich auf der Stelle ein neues Handy besorgt. Außerdem hat die Polizei mit der Maklerin gesprochen und wenn die mehr gewusst hätte, hätte sie das spätestens dann ja erzählt."

Außerdem hatte er ja angeblich eine Karte geschickt, was bedeuten würde, dass er den Kontakt halten wollte – wenn er denn die Karte überhaupt geschrieben hatte, was sie bezweifelte. Oh Mann, ihr Kopf war ja schon ganz wirr vor lauter Gedanken, die darin kreisten.

„Patrick, was ist mit dir los?"

Sie stöhnte laut und versuchte, das Gedankenwirrwarr abzuschütteln.

Aufgeregt lief sie um das Haus herum und schaute in jedes Fenster des Erdgeschosses hinein. Was sie sah, begeisterte sie.

Den großen Salon würde sie als Speisezimmer einrichten, als Frühstücksraum und später für Snacks oder sogar ausgiebige Diners, wie es in Frankreich üblich war. Am liebsten würde sie sofort loslegen. Wenn sie die Augen schloss, sah sie alles schon ganz lebhaft vor sich.

Sie staunte, wenn sie daran dachte, dass dies alles einst einer einzigen Familie gehört hatte. Reichen Weinbauern, die hier lebten. Natürlich hatte auch das Personal darin gelebt. Dennoch – es war kaum vorstellbar – so ein großes Haus. Erbaut wurde es bereits im letzten Jahrhundert. Was hatte es wohl schon alles gesehen? Zwei Kriege hatte es überstanden, verschiedene Besitzer beherbergt, Menschen waren hier aufgewachsen und gestorben. Und nun wurde es einer neuen Bestimmung zugeführt.

Sie schrak ein wenig zusammen. War da gerade ein Geräusch? Sie blickte sich um, schaute nach oben zu den Fenstern der oberen Etage. Sie runzelte die Stirn. War da gerade jemand gewesen? Sie trat ein paar Schritte zurück, schaute genau hin. Aber nein, da war niemand. War ja auch totaler Blödsinn. Wer sollte dort sein? Und wie sollte er hereingekommen sein? Da hatte ihr wohl die Fantasie ein Schnippchen geschlagen.

Hinter sich bemerkte sie jetzt die kleinen Nebengebäude. Eine Hütte in Form eines Weinfasses und eine Laube. Ob man dort Weinproben anbieten konnte? Ach, was könnte sie das alles begeistern, wenn Patrick jetzt bei ihr wäre und sie sich alles gemeinsam ansehen würden, wenn sie ihre Fantasie schweifen lassen könnten, planen, beratschlagen, träumen könnten.

Ihre Gedanken schweiften schon wieder zu Patrick. Natürlich war er erwachsen und durfte tun und lassen, was er wollte. Die Worte des Portiers kamen ihr wieder deutlich in den Sinn: *Von einem Unfall oder dergleichen hätte man doch erfahren. Er hat Papiere dabei, man wüsste, wohin man sich wenden könnte.* Von einem Unfall oder dergleichen. Was war denn *dergleichen*? Konnte es sein, dass Patrick Opfer eines Verbrechens geworden war? Ach, sie war dumm gewesen, bei der Polizei nicht mehr zu drängen. Ob ein öffentlicher Aufruf etwas erreichen würde? Was, wenn Patrick wirklich einem Verbrechen zum Opfer gefallen war? Wenn er keine Papiere mehr bei sich hatte und nicht identifiziert werden konnte? Scheiße, darüber wollte sie gar nicht nachdenken, aber es war die einzig sinnvolle Erklärung dafür, dass sie so gar nichts mehr von ihm hörte.

Ein heißer Strom voller Angst floss plötzlich durch ihren Körper, sie begann zu zittern. „Beruhige dich", redete sie sich ein. „Beruhige dich. Du fährst jetzt erst mal wieder ins Hotel und morgen zu dieser Immobilienfirma. Du kannst für Patrick nichts tun, am besten fängst du schon mal mit der Planung für die Einrichtung an, um dich abzulenken."

Sidonia fuhr ihrem Ziel entgegen. Sie war ein bisschen aufgeregt gewesen. So eine weite Strecke war sie vollkommen allein noch nie gefahren. Sonst war immer jemand bei ihr gewesen – eine Freundin oder ihre Eltern und später Mercedes. Auch wenn die noch ein Kind gewesen war, war es doch etwas anderes gewesen als ganz allein zu sein. Sie hätte auch jetzt eine Freundin mitnehmen können, aber sie wusste, dass sie diese Reise allein unternehmen musste. Sie brauchte Zeit nur für sich.

Sie fuhr auf der Weinstraße an Colmar vorbei zu dem kleinen Ort Eguisheim, der nur knapp eine Viertelstunde von Colmars Zentrum entfernt war. Sie würde sich gleich morgen die Stadt ansehen, Klein Venedig und eine Bootsfahrt auf der Lauch machen.

Ihr Navi führte sie zu dem kleinen Gästehaus, in dem sie ein Appartement gebucht hatte – ein Schlafzimmer, Wohn-Küchenraum und Bad. Es war ein günstiges Angebot gewesen und die Möglichkeit, sich auf etwas mehr Raum bewegen zu können als nur im Schlafzimmer, hatte ihr ausgesprochen gut gefallen.

„Sie haben Ihr Ziel erreicht", meldete die Stimme aus dem Navi. Sidonia parkte ihren Twingo und stieg aus. Einen Moment blieb sie stehen, betrachtete das blassgelbe Fachwerkhaus mit den blauen Fensterläden. Sie atmete tief ein. Sie war angekommen. Ein gutes Gefühl. Jetzt würde sie ihr Appartement beziehen und als Erstes eine WhatsApp an Mercedes senden.

Sie nahm erstmal nur ihre Handtasche mit und betrat das Haus. Luxus umgab sie hier nicht, eher Behaglichkeit, etwas Heimeliges. Sie fühlte sich sofort wohl. Eine kleine Theke schien die Anmeldung zu sein und sie strebte darauf zu.

„Bonjour Madame", begrüßte sie die ältere Frau dahinter.

„Bonjour. Je suis Sidonia Okebe", stellte sie sich vor.

„Ah, vous avez fait une reservation pour un studio – Sie haben das Studio reserviert. Wo ist Ihr Gepäck? Wir helfen Ihnen gerne, es hinaufzutragen."

„Vielen Dank, es ist noch im Auto."

„Möchten Sie zuerst die Anmeldung ausfüllen?"

„Ja gerne."

Die Frau schob ihr ein Formular zu und Sidonia füllte den Anmeldebogen aus. Mit ihm zusammen reichte sie der Frau Ihren Personalausweis.

„Sie können den Ausweis heute Abend wieder holen. Haben Sie Pläne für das Abendessen?"

„Ich möchte heute auf jeden Fall nicht mehr Auto fahren", erwiderte Sidonia.

Die Frau lächelte ihr freundlich zu. „Das kann ich verstehen. Sie hatten eine weite Fahrt. Hier im Ort gibt es sehr gute Restaurants. Sie können aber auch hier im Haus bleiben und etwas essen. Dort entlang..." Sie wies einen Gang hinunter, „...geht es zum Restaurant. Dort können Sie auch frühstücken, wenn Sie das nicht in ihrem Appartement zubereiten möchten."

„Vielen Dank. Zuerst möchte ich mich jetzt etwas frisch machen und auspacken. Dann mache ich vielleicht noch einen Spaziergang."

„Natürlich."

Die Hotelangestellte tippte eine kurze Nummer im Telefon, sagte ein paar Worte in schnellem Französisch und sofort darauf erschien ein junger Mann, der Sidonia half, ihren Koffer, die Sportasche, Kühltasche und Laptop aus dem Auto zu holen und in das Studio in der zweiten Etage zu tragen.

Das Studio gefiel Sidonia auf Anhieb sehr. Als die Tür mit der Karte geöffnet wurde, stand sie in einem kleinen Wohnzimmer.

Sie lächelte dem jungen Mann zu und griff in ihre Handtasche, um ihm etwas Trinkgeld geben zu können. „Vielen Dank", sagte sie dabei. Der junge Mann bedankte sich seinerseits für das Trinkgeld und zog im Gehen die Tür hinter sich zu.

Sidonia sah sich in Ruhe um. Auf einem Tischchen standen ein Obstkorb und eine Flasche Wein. Sie lächelte vor sich hin. Die würde sie heute Abend noch öffnen und ein Glas bei einem Buch oder beim Fernsehen genießen. Um den Tisch standen ein Zweiersitz und ein Sessel. Dieser Sitzgruppe gegenüber befand sich eine Kommode mit einem Fernseher darauf. An einer Wand auf der rechten Seite befand sich die Küchenzeile und auf der anderen Seite des Raumes war eine Tür. Sidonia ging hindurch und betrat das Schlafzimmer mit einem breiten Doppelbett und einem Nachtschränkchen an jeder Bettseite.

Neben dem Bett stand ein rustikal wirkender Kleiderschrank. Vom Schlafzimmer aus ging es in ein kleines, fensterloses Bad mit Dusche.

Sidonia ging zurück in den Wohnbereich, öffnete das raumhohe Fenster und stellte sich davor. Einen Balkon gab es leider nicht, aber sie hatte auch nicht vor, allzu viel Zeit in dem Zimmer zu verbringen.

Sie blickte über eine heimelige, enge Straße mit Fachwerkhäusern und Kopfsteinpflaster. Ein Traum. Wunderschön. Ein Bild, wie aus einem Märchenbuch.

Sie schloss die Augen, atmete tief durch. Spürte das Gefühl von Freiheit. Fort zu sein von allen Verpflichtungen.

Sie lächelte vor sich hin.

44

Und dann – ohne jede Vorwarnung – überkam sie wieder dieses Gefühl. Ein heißer Strom floss durch ihren Körper, Unruhe machte sich breit. Nein!, schrie es in ihr. Nein! Ich will das nicht! Keine Unruhe, keine Vorhersehung! Das kann doch gar nicht sein. Nein! Sie wollte das Gefühl einfach wegschieben, verdrängen, aber sie wusste doch, dass das nicht so einfach möglich war.

Dabei war sie genau dem doch davongefahren. Sie wollte Ruhe vor diesen Dingen haben.

Doch so schnell dieser Anflug regelrecht über sie hergefallen war, so schnell verflog er auch wieder. Sie beruhigte sich. Der Strom versiegte und ihr Herz schlug wieder ruhig. Sie atmete erleichtert aus. Es war nur die ungewohnte Situation. Sie war ganz allein in Frankreich, auf großer Reise, denn das Elsass sollte ja nur die erste Station sein. Sie wollte weiterfahren über Lyon nach Carcassonne, nach La Rochelle und durch das Loiretal wieder Richtung Heimat. Sie hatte sich schon eine Route überlegt, deren einzelne Strecken sie nicht überfordern würden.

Sie riss sich von dem Anblick vor dem Fenster los, ging wieder in den Raum hinein und nahm ihr Handy aus der Handtasche. Sie tippte eine Nachricht an Mercedes: *Hey Süße, hat alles super geklappt. Ich bin gut angekommen und habe ein schönes Studio.* Dann machte sie ein Foto vom Wohnzimmer und eines vom Blick aus dem Fenster und schickte diese ebenfalls ab.

Die Antwort kam prompt zurück: *Sieht echt super aus. Mach dir eine tolle Zeit, Mama.*

Na prima, zu Hause war ja wohl alles in Ordnung. Dann würde sie jetzt erstmal den Koffer auspacken. Ein paar Tage wollte sie schließlich bleiben und sie hatte nicht vor, aus dem Koffer zu leben.

Kapitel 4
Mo., 14. Juni 2021
- der 1. Tag im Elsass -

Alexandra schlief schlecht. Sie frühstückte nur ein wenig Toast und Kaffee, obwohl ihr Hotel ein gutes Frühstücksbuffet anbot. Sie wollte möglichst schnell zu der Immobilienfirma, die im Auftrag der ehemaligen Besitzer das Landhaus verkaufte.

Sie befand sich neben anderen Firmen in einem modernen Gebäude vor den Toren der Stadt, das nicht recht in diese Landschaft zu passen schien.

Alexandra erreichte die zuständige Immobilienmaklerin Sylviane Tremblay so früh noch nicht, aber sie konnte immerhin herausfinden, dass Patrick wirklich alle Schlüssel bekommen hatte. Nun, das hatte sie zwar erwartet, aber es war trotzdem ernüchternd. Damit konnte sie also endgültig nicht in das Haus.

Verdammt, wo steckte Patrick nur? Wieso hörte sie nichts von ihm? Hatte er doch einen Unfall und war nicht gefunden worden, weil er vielleicht auf irgendeiner einsamen Straße lag?

Am Ende kam sie nicht umhin, sich einzugestehen, dass die wahrscheinlichste Möglichkeit die war, dass er einem Verbrechen zum Opfer gefallen war. Wie sonst könnte ein Mensch dermaßen spurlos verschwinden? Es sei denn, er wollte nicht gefunden werden. War das möglich? Wollte Patrick verschwinden? Nein, er würde nicht mit den Hausschlüsseln einfach verschwinden und die Firma so hängen lassen.

Sie schüttelte sich. Jetzt drehte sie sich aber im Kreis. Immer die gleichen Überlegungen. Das führte doch zu nichts.

Sie war überrascht, dass sie schon wieder am Hotel angekommen war, parkte ihr Cabriolet und ging zu Fuß in die Innenstadt von Colmar. Es war schon bald Mittag und sie verspürte trotz ihrer quälenden Sorgen etwas Hunger. Sie setzte sich auf die Terrasse eines kleinen Restaurants an der Lauch und beobachtete das Wasser und die Boote, die darauf fuhren. Normalerweise hätte sie gern eine Fahrt auf der Lauch gemacht, aber sie fühlte sich viel zu deprimiert und mutlos.

Hunger hatte sie trotzdem, niemandem würde es nützen, wenn sie verhungerte. Sie schlug entschieden die Speisekarte auf.

Nach einem leckeren, aber nicht sehr reichhaltigen Frühstück, das sie bei einem guten Roman allein in ihrem Studio eingenommen hatte, war Sidonia mit dem Bus in die Innenstadt von Colmar gefahren. Sie hatte wirklich keine Lust, sich auf Parkplatzsuche in einer fremden Stadt zu begeben. Außerdem hieß es, dass das Parken in Colmar nicht so einfach sei.

Sidonia war begeistert und neugierig auf die Stadt.

Diese wundervollen Fachwerkhäuser strahlten für sie eine Idylle aus, die sie kaum fassen konnte.

Sie sah sich um, sah Menschen zusammenstehen und miteinander reden, ging in ein Geschäft, stöberte ein wenig. Eine Verkäuferin sprach sie an, fragte auf Französisch, ob sie helfen könne.

„Oui, je cherche une cadeau pour ma fille – ich suche ein Geschenk für meine Tochter", antwortete sie.

Die Verkäuferin begann, ihr wortreich ein paar hübsche Artikel zu zeigen, aber Sidonia verstand nicht, was sie sagte. „Parlez lentement, s'il vous plait – Sprechen Sie bitte langsam", lachte sie. Die Verkäuferin stimmte in ihr Lachen ein und wiederholte ihre Vorschläge etwas langsamer.

Sidonia kaufte schließlich eine kleine Kugel, in deren Inneren sich eine Ansicht der von Fachwerkhäusern umsäumten Lauch befand und verließ gutgelaunt das kleine Geschäft. Sie fühlte sich rundum wohl. Ach, eine solche Reise war längst überfällig gewesen. Sie hatte einfach rausgemusst aus diesen Problemen, mit denen sie durch ihren Beruf täglich konfrontiert wurde.

Noch dazu nach dieser Affäre mit Bruno Feldmann, die sie vor zwei Jahren gehabt hatte. Sie hatte sich schnell wieder von ihm getrennt. Die Zeit mit ihm war schön gewesen. Es hatte ihr gefallen, mit ihm auszugehen, jemanden zu haben, der sich für sie interessierte, mal wieder als Frau wahrgenommen zu werden. Aber es war nicht das richtige Leben für sie. Sie liebte ihre Ungebundenheit und Freiheit. Sie wollte keine Partnerschaft. Gerade jetzt nicht. Mercedes ging ihre eigenen Wege und sie konnte das jetzt auch. Und sie wollte das auch.

Natürlich hatte Sidonia in den letzten Jahren auch Urlaub mit Mercedes gemacht und das würde sie auch weiterhin tun. Aber diese Zeit allein – nur sie mit sich selbst – das war mal etwas ganz Anderes, etwas Neues, aber etwas, das sie gerade so dringend brauchte wie die Luft zum Atmen. Bruno hatte es mit Fassung getragen. Vermutlich hatte er nie damit gerechnet, dass sie den Rest ihres Lebensweges gemeinsam gingen. Im Grunde war er ja genauso wie sie. Auch er lebte allein, auch er brauchte seine Unabhängigkeit und hatte Träume, die er nach seinem Berufsleben verwirklichen wollte. Und ihre Träume passten wirklich nicht zueinander.

So hatte ihre Trennung keinen von beiden sehr geschmerzt, sie verletzten sich nicht und machten sich keine Vorwürfe. Es war, wie es eben war.

Sie lächelte versonnen vor sich hin. Die Sonne schien sanft. Der nahe Sommer war schon zu fühlen, aber es war noch nicht sehr heiß. Alles war irgendwie genau richtig.

Und genau in dem Moment überfiel sie wieder dieses merkwürdige, unerklärbare Gefühl. Ihre Haut kribbelte. Aber das konnte doch nicht sein. Nein! Neiiiin! Sie schrie innerlich. Nein!

Keine Omen. Sie schaffte es nicht, sich vorzumachen, dass dieses Gefühl aus der Nervosität kam, allein hier in Frankreich zu sein. Aber was war denn dann los? War etwas mit Mercedes? Hier gab es nichts, das dieses Gefühl auslösen könnte. Hier kannte sie niemanden, der ihr nahe genug stand.

Sie zückte ihr Handy und schickte ihrer Tochter eine WhatsApp. Sie war jetzt sicher in der Uni, da wollte sie nicht anrufen.

„Ich weiß, was ich mache. Ich mache jetzt erst einmal eine dieser romantischen Schifffahrten auf der Lauch", murmelte sie laut vor sich hin. Das würde sie ablenken. Es brachte nichts, hier nervös herumzustehen und auf Mercis Antwort zu warten.

„Pardon?", eine vorbeigehende Frau war sich nicht sicher, ob sie angesprochen worden war.

„Oh, excusez moi, je n'ai que quelque chose consideré – ich habe nur etwas überlegt."

Die Passantin nickte, aber sie schien dieses laute Vorsichhinsprechen doch sehr merkwürdig zu finden.

Sidonia sah sich um, wo eine Anlegestelle für die Boote war und buchte eine Fahrt auf der Lauch.

Nach etwa einer halben Stunde stieg sie entspannt wieder aus dem Holzboot aus. Die Fahrt hatte ihr sehr gut gefallen. Eine Stadt vom Wasser aus zu besichtigen, war doch etwas ganz Anderes.

Sie sah auf ihr Handgelenk, erinnerte sich, dass sie keine Armbanduhr angelegt hatte und zog ihr Handy aus der Handtasche.

„Oh, schon nach zwei", murmelte sie wieder laut vor sich hin. „Kein Wunder, dass ich Hunger habe."

Sie schlenderte durch die Straßen, hielt die Augen auf der Suche nach einem geeigneten Restaurant auf. Ihr Blick blieb schließlich an einer jungen Frau hängen, die auf der Mauer saß und ihre Beine über dem Fluss baumeln ließ. Sie hatte ihre braunen Haare am Hinterkopf zu einem Zopf zusammengebunden. Sie blickte auf das Wasser. Sidonia konnte ihre Augen nicht gut erkennen, aber ihre ganze Körperhaltung wirkte irgendwie traurig. Obwohl... nein, nicht traurig. Ach, sie konnte es nicht genau sagen, aber irgendetwas stimmte mit der Frau nicht.

„Geh weiter", flüsterte ihr eine innere Stimme zu. „Du bist im Urlaub. Auszeit." Sie ging wirklich weiter. Was ging sie die Frau an? Aber das Gefühl, das sie aussandte, war stark. Sidonia drehte sich um. Sie wunderte sich, dass niemand sonst es wahrzunehmen schien. Aber vielleicht lag es doch nur an ihrer besonderen Gabe. Warum sollte nicht eine junge Frau hier sitzen und den Blick in den Fluss genießen? Es war wunderschön hier, das Wetter war angenehm und Wasser faszinierte viele Menschen.

Sie ging wieder ein paar Schritte weiter. „Und wenn du die Einzige bist, die es bemerkt? Sprich sie an", sagte jetzt eine andere Stimme.

„Unsinn. Selbst wenn sie ein Problem hat, dann hat sie sicher auch Freunde oder Familie, mit der sie das besprechen kann. Du bist nicht für jeden verantwortlich. Außerdem will sie sich sicher sowieso nicht irgendeiner wildfremden Frau anvertrauen."

Sidonia blieb stehen, als wäre sie gegen eine Wand gelaufen.

Nicht verantwortlich.

Sie erinnerte sich an einen Film im Fernsehen. Auf der einen Schulter des Helden saß ein kleines Teufelchen, auf der anderen ein kleiner Engel. Beide flüsterten ihm unablässig ins Ohr, was er tun sollte. Genau so fühlte sie sich in diesem Augenblick.

52

Nicht verantwortlich. Nein, verantwortlich war sie nicht. Und sie war auch keiner dieser Gutmenschen, die sich um jedes Problem in der Welt kümmern mussten. Sie war Kartenlegerin, Handleserin und dadurch auch Lebensberaterin. Aber das war ihr Job, dafür bekam sie Geld. Und dieser Aufgabe versuchte sie doch gerade für eine Weile zu entfliehen.

Sie stand noch immer unbeweglich da. Jetzt drehte sie sich ganz langsam um. Die Frau saß noch da, als wäre sie eine Statue.

„Sie weiß nicht, was sie tun soll", flüsterte das Engelchen auf ihrer Schulter.

Sidonia seufzte. „Das sehe ich."

Eine vorübergehende Passantin blickte sie irritiert an. Ach, es war ja kein Wunder, die Leute mussten ja denken, sie sei völlig verrückt, wenn sie dauernd vor sich hin redete.

„Und wenn schon, es geht sie sowieso nichts an", murmelte sie weiter vor sich hin. Sie seufzte. Sie war ja selbst schon ganz durcheinander.

Ob sie heute Nacht würde schlafen können, wenn sie die Fremde auf der Mauer nicht wenigstens ansprach?

Sie machte einen Schritt auf sie zu. „Du hast Urlaub", flüsterte das Teufelchen, aber es wurde leiser. Sie würde ja sowieso hingehen.

Sie hatte die junge Frau bemerkt, die ihrerseits Sidonia überhaupt nicht wahrnahm. Sidonia setzte sich neben sie auf die Mauer, ließ ihre Beine die Wand herabbaumeln.

„C'est beau ici – es ist schön hier", sagte sie mehr zum Fluss als zu der Frau. Die Frau erwiderte nichts. Hatte sie

sie nicht verstanden oder sprach sie kein Französisch? Oder fühlte sie sich einfach nicht angesprochen?

„Geht es Ihnen nicht gut?"

„Oh, Entschuldigung, sprechen Sie mit mir?", fragte die Frau jetzt etwas verwirrt.

„Ja, Sie sehen so aus, als ginge es Ihnen nicht gut", erwiderte Sidonia.

Endlich blickte die Frau sie an. Der Ausdruck ihrer Augen ängstigte Sidonia. „Je vous peux aider? Kann ich Ihnen helfen?", fragte sie.

„Sie sind keine Französin, nicht wahr?", fragte die Frau jetzt.

„Nein, ich komme aus Deutschland."

Jetzt lächelte die Fremde ein wenig. „Ich auch. Aus Heidelberg. Machen Sie hier Urlaub?"

„Ja."

Die Frau sagte nichts mehr.

„Und Sie?", fragte Sidonia nach einer Weile.

„Ich bin geschäftlich hier."

Die junge Frau war einsilbig, aber Sidonia verstand das. Warum sollte sie ihr, einer völlig Fremden, ihr Herz ausschütten?

„Mein Name ist Sidonia Okebe. Mir ist aufgefallen, dass Sie sehr... traurig oder besser - ratlos wirken. Kann ich Ihnen helfen?"

„Ich glaube nicht. Wie sollten Sie?"

Sidonia lächelte die Fremde an. „Das kann man vorher nie sagen. Würden Sie mir Ihre Hand geben? Ich bin Handleserin."

Die Fremde zögerte, musterte Sidonia. Sah die weite Kleidung, das bunte Tuch in den wilden Haaren. Vermutlich dachte sie: Ach, so eine ist das... schmeichelt sich ein und will nur Geld abstauben durch Wahrsagen.

„Verzeihen Sie", wandte Sidonia ein, „ich will kein Geld dafür, aber vielleicht kann es Ihnen ja helfen. Ich bin hier im Urlaub, ehrlich."

Die Fremde blickte sie immer noch an. Dann zuckte sie die Schultern und reichte ihr die Hand. Mehr gleichgültig als interessiert. „Von mir aus", sagte sie teilnahmslos.

Sie macht sich nichts draus, dachte Sidonia. Aber egal. Vielleicht gab es ihr einen Hinweis, wie sie der jungen Frau helfen konnte.

„Sie sind zurzeit mit einem großen Problem beschäftigt", erläuterte Sidonia. „Und Sie fühlen sich allein." Sie runzelte die Stirn. Was sie sah, konnte sie kaum deuten. Das war ihr noch nie passiert. „Haben Sie einen nahe stehenden Menschen verloren?", fragte sie.

„Hat das nicht jeder schon mal?" Der Tonfall wirkte etwas patzig. Ging sie der Frau auf die Nerven? Sie ließ die Hand los.

„Entschuldigung, ich wollte nicht aufdringlich sein. Ich wünsche Ihnen noch einen schönen Tag." Kaum ausgesprochen, kam ihr der Wunsch etwas höhnisch vor. Sie stand auf, aber noch bevor sie sich aufrichten konnte, hielt die Fremde sie zurück.

„Nein, mir tut es leid. Sie wollten nett sein und ich maule hier rum. Ich habe tatsächlich jemanden verloren, aber nicht so, wie Sie vielleicht denken. Es ist sehr kompliziert."

„Ich bin eine gute Zuhörerin."

Sidonia hätte sie gern auf einen Kaffee oder Kakao in ein Cafe eingeladen. Sie hatte Hunger, aber sie wollte nicht riskieren, dass die Frau es sich durch eine Unterbrechung anders überlegte. Warum auch immer. Eigentlich könnte sie darüber doch froh sein. Warum wollte sie unbedingt schon wieder fremden Problemen auf den Grund gehen? Sie war sicher, dass sie kein Helfersymdrom hatte.

Sidonia setzte sich wieder neben die Fremde auf die Mauer und hörte ihr zu.

Als die junge Frau geendet hatte, hielt Sidonia für einen Augenblick den Atem an. „Was für eine furchtbare und verwirrende Geschichte", sagte sie dann leise."

„Ja, ich weiß einfach nicht, was ich davon halten soll. Patrick scheint spurlos verschwunden zu sein."

Tausend Gedanken flogen durch Sidonias Kopf. Was konnte da passiert sein? Konnte er entführt worden sein? Aber dann gäbe es doch eine Lösegeldforderung. Konnte es sein, dass irgendjemand an ihm Rache nehmen wollte und ihn aus dem Weg geräumt hatte? Vielleicht hatte er Feinde, von denen seine Kollegin nichts wusste.

Schluss damit, schalt sie sich in Gedanken.

„Seien Sie mir nicht böse, aber ich muss dringend etwas essen. Würden Sie mit mir einen Kaffee trinken gehen? Vielleicht fällt uns etwas ein, was wir noch tun können."

„Uns? Wir?"

Sidonia hob die Schultern. Was sollte sie sagen? *Das war eine spannende Geschichte und jetzt sehen Sie mal zu, wie Sie da wieder rauskommen?* So war sie nicht. Jetzt, da die Frau sich ihr anvertraut hatte, ging es sie auch etwas an. Jetzt war es zu spät, sie allein zu lassen.

Sie stand auf. Die Fremde erhob sich ebenfalls. „Ich würde Sie gerne einladen", sagte sie. „Ein kleines Dankeschön für Ihre Zeit. Und das Handlesen." Endlich flog ein kleines Lächeln über ihr Gesicht.

„Hab ich gern getan", erwiderte Sidonia.

Sie beratschlagten in einem kleinen Cafe, in dem Sidonia elsässischen Flammkuchen bestellte, was sie tun könnten.

Alexandra Werle, so hatte sich die junge Frau vorgestellt, hatte für Wahrsagerei nicht viel übrig. Sie war eine moderne junge Frau, die mit beiden Beinen fest im Leben stand, eine Karriere anstrebte, die unabhängig war. Und jetzt fühlte sie sich so hilflos wie noch nie in ihrem Leben. Wie ein zwölfjähriges Kind allein in einer fremden großen Stadt.

Sie saßen sich gegenüber und blickten über die Häuser der Stadt.

Alexandra nippte an ihrem Café au lait.

Sidonias Magen füllte sich und sie fühlte sich dadurch deutlich besser. Irgendetwas in ihr fand sogar Gefallen an Alexandras Geschichte. Oder nein - so konnte man das wohl nicht ausdrücken. Sie fand keinen Gefallen an der Geschichte, die doch recht beängstigend war. Aber die Vorstellung gefiel ihr, der Frau beizustehen, sich gemeinsam mit ihr auf das Abenteuer einzulassen, diesen jungen Mann wiederzufinden, der ihrer Meinung nach Alexandra viel mehr bedeutete, als ihr selbst bewusst war.

„Wenn es für Sie in Ordnung ist, würde ich gerne morgen mit Ihnen zu dem Haus fahren", schlug Sidonia vor. Über Alexandras Gesicht ging eine Leuchten. „Wirklich? Warum? Warum tun Sie das?"

Sidonia hob die Schultern. „Ich weiß selbst nicht. Vielleicht fällt mir ja irgendwas auf. Außerdem ist es nun mal mein Job, Menschen zu helfen." Vielleicht fühle ich etwas, dachte sie. Aber das wollte sie so nicht sagen. Das wäre für Alexandra viel zu abgehoben. Obwohl sie sich selbst niemals abgehoben empfunden hatte. Sie stand doch auch mit beiden Beinen fest im Leben, hatte immer für sich und ihre Tochter allein sorgen müssen.

Eigentlich sind wir uns gar nicht so unähnlich, wie es auf den ersten Blick den Anschein hat, dachte Sidonia.

„Ja, wir können hinfahren. Es ist nicht sehr weit. Und für Sie ist es sicher ein schöner Ausflug. Das Haus liegt in den Weinbergen, nahe am Wald und auch nicht weit von einer Burg entfernt. Sie machen schließlich Urlaub", stimmte Alexandra zu.

Bevor sie sich trennten, tauschten sie ihre Handynummern aus.

Sidonia streifte noch ein wenig durch die Stadt, bevor sie wieder mit dem Bus in ihr Hotel fuhr. Die Freiheit musste noch etwas warten bis sie mit Alexandra zusammen diesen Patrick Köhler gefunden hatte. Aber es war in Ordnung. Ihre Entscheidung war richtig gewesen.

Es ging ihr gut.

Alexandra fühlte zum ersten Mal seit sie hierher gekommen war, eine gewisse Erleichterung. Was hatte die ältere fremde Frau nur an sich? Sie flößte Vertrauen ein. Sie war jemand, der sich für ihre Geschichte interessierte und ihr helfen wollte.

Sie musste Patrick unbedingt finden. Sie würde in ihrer Firma anrufen und sich Urlaub nehmen. Hoffentlich ließ sich ihr Chef so spontan darauf ein. Aber er kannte ja die Hintergründe. Wenn nicht, musste sie eben unbezahlten Urlaub nehmen oder...

Stop! Eins nach dem anderen, mahnte sie sich in Gedanken selbst. Entscheide, wenn er sich quer stellt.

Kapitel 5
Die., 15. Juni 2021
- der 2. Tag im Elsass -

Sidonia frühstückte wieder in ihrem kleinen Appartement und wartete darauf, dass Alexandra sie abholte. Sie registrierte überrascht, dass sie sich auf das Treffen freute. Sie mochte die junge Frau, sie war ihr sympathisch. Es würde bestimmt nett werden, mit ihr einen Ausflug zu machen, die Gegend kennen zu lernen, gemeinsam zu Mittag zu essen. Nur war es eben kein normaler Ausflug. Sidonia hatte keine Ahnung, was da auf sie zukam. Ob sie bereuen würde, sich darauf eingelassen zu haben. Sie ahnte, dass mehr hinter der Geschichte steckte, als man bisher annahm. Es musste ja so sein. Kein Mensch verschwand einfach spurlos.

Pünktlich um halb zehn holte Alexandra Werle Sidonia ab. Die junge Frau war leger gekleidet mit leichter Jeans, T-Shirt und Leinenschuhen. Ihre Haare hatte sie zu einem geflochten Zopf gebunden, der weit über ihren Rücken fiel.

Auch Sidonia hatte ihre Haare im Nacken mit einem Zopfband zusammengefasst. Sie trug – ganz wie es ihrem Stil entsprach - eine weite Pumphose, eine weite, bunte Bluse darüber und an den Füßen beige Leinenschuhe.

Die beiden unterschiedlichen Frauen begrüßten sich herzlich, als würden sie sich schon ewig kennen.

Alexandra fuhr ein sportliches Cabrio, dessen Dach sie allerdings jetzt nicht geöffnet hatte.

Sie fuhren an Weinbergen vorbei und dann in ein Waldstück hinein. Sidonia genoss es, durch diese Landschaft zu fahren. Ach, wie dringend hatte sie das gebraucht. Einfach raus in die Natur. Am liebsten würde sie weiterfahren bis zu dieser Burgruine Hohlandsberg, die gerade ausgeschildert gewesen war, um dort ein wenig durch den Wald wandern. Aber das würde sie schon noch tun können. Sie hatte ja Zeit.

Bei einem wunderhübschen, ziemlich großen Landhaus im Fachwerkstil parkte Alexandra den Wagen.

„Wir sind da!", verkündete die junge Frau.

Sie stiegen beide aus. Sidonia sah sich um, atmete tief ein. Ach, tat das gut. Und kein Mensch weit und breit.

„Ihnen scheint es hier gut zu gefallen", stellte Alexandra fest.

Sidonia blickte die Jüngere an und lachte auch. „Oh ja, sehr. Wissen Sie, ich brauche gerade ein wenig Einsamkeit. Und hier ist es so herrlich ruhig und friedlich."

„Haben Sie auch Probleme?"

„Probleme? Nein, das eigentlich nicht. Ich musste nur einfach mal raus. Wissen Sie was, Alexandra, da ich ganz offensichtlich die Ältere von uns beiden bin, nehme ich mir mal die Freiheit und biete Ihnen an, dass wir uns duzen. Ich bin Sidonia."

„Gerne. Ich bin Alexandra oder Alexa. Nicht Alex, wie Patrick mich in seiner Karte genannt hat."

„Ja, das hätte mich auch stutzig gemacht. Wenn Menschen plötzlich etwas ganz gegen ihre Gewohnheiten machen, ist das einfach merkwürdig."

Sie gingen beide auf das Gebäude zu.

„Auch das Haus ist fantastisch", meinte Sidonia. „Früher gehörte es einer einzigen Familie. Reichen Weinbergbesitzern."

„Und jetzt wird es ein Hotel. Es ist einfach ein Traum." Alexandra freute sich über Sidonias Lob. „Ich sag Ihnen… dir was, wenn du mir wirklich hilfst, Patrick zu finden, dann lade ich dich ein, hier zu wohnen, wann immer du willst – na ja, wenn ein Zimmer frei ist, natürlich. Unabhängig davon, wie diese Geschichte ausgeht."

„Das ist sehr nett. Danke." Innerlich stöhnte sie. Aus der Nummer würde sie nicht mehr rauskommen. Sofort machte sie sich Vorwürfe wegen ihres egoistischen Gedankens. Alexandra schien sich auf sie zu verlassen und sie würde sie nicht im Stich lassen.

Die beiden Frauen gingen auf das Haus zu.

Urplötzlich fuhr Sidonia ein Schreck durch alle Glieder. Sie sah sich hektisch um.

„Was ist los?", fragte Alexa.

„Keine Ahnung", murmelte Sidonia.

„Haben Sie – hast du was gehört?"

„Nein, das eigentlich nicht", antwortete Sidonia geistesabwesend. Sie horchte immer noch in den Wald hinein, aber ein Geräusch vernahm sie nicht. Kein Knacken von Zweigen, kein Rascheln. Nichts. Nur Vogelgezwitscher. Und trotzdem stimmte etwas nicht. Ihr war plötzlich richtig unheimlich zumute. Es war hier nicht so friedlich, wie sie gedacht hatte.

Alexandra neben ihr schien es nicht zu bemerken.

„Schade, dass ich keinen Schlüssel habe", sagte sie und schaute durch ein Fenster im Erdgeschoss, das in den zukünftigen Aufenthaltsraum wies. Im selben Moment erstarrte auch sie. Sidonia bemerkte es. Was hatte Alexa gesehen? Sidonia fragte nicht, sie schaute einfach ebenfalls durch das Fenster.

Darin lag alles durcheinander. Schubladen waren aus Kommoden gerissen, Regale waren umgeworfen worden. Ohne ein Wort zu sagen ging sie weiter und blickte durch das nächste Fenster. In dem Zimmer sah es nicht besser aus.

„Sollten die ganzen Möbel mitverkauft werden?", fragte Sidonia.

„Nein, zumindest nicht alle. Vielleicht hätten wir die ein oder andere Kommode behalten, sehen doch toll aus, oder?"

„Ja, schon. Aber jetzt sind sie ja völlig zerstört."

„Ich verstehe überhaupt nicht, was hier passiert ist. Gestern sah das noch nicht so aus." Alexa schien vollkommen durcheinander zu sein. Ihr Atem ging hektisch und stoßweise. Panik machte sich breit.

„Atme ganz ruhig, Alexandra", riet Sidonia, als sie den Zustand der jungen Frau bemerkte. Sie legte ihre Hand auf Alexandras Arm, signalisierte ihr, dass sie nicht allein war.

„Wenn hier eingebrochen wurde, dann… dann stimmt doch etwas nicht. Was ist hier los? Was ist mit Patrick passiert?"

„Das sind gute Fragen. Aber du hast recht. Irgendetwas stimmt hier nicht und das muss mit dem Haus zusammenhängen."

Laurent Bouchard, der junge Portier des Hotels Bougainville saß in dem kleinen Büro hinter dem Empfang und fand endlich einen kurzen Moment, um einmal die Zeitung aufzuschlagen und sich über die Neuigkeiten im Land und in der Welt zu informieren. Zumindest kurz durchblättern wollte er sie. Sein Blick blieb direkt auf einem kurzen Hinweis auf der Titelseite hängen.

Die Polizei bittet um Mithilfe.

Junger Geschäftsmann vermisst. Ein junger Mann, der sich geschäftlich in Colmar aufgehalten hatte, wird seit Mittwoch, dem 09. Juni vermisst. Weder Freunde noch seine Kollegen wissen etwas über seinen Verbleib. Und dann, etwas kleiner: *weiter auf Seite 5.*

Laurent blätterte hektisch weiter. Es ging doch sicher um den jungen Mann, der hier im Hotel gewohnt hatte und den diese Alexandra Werle jetzt suchte. Laurent hatte den Artikel gefunden. Er war nicht zu übersehen, er war ziemlich groß und in der Mitte prangte ein Foto von Patrick Köhler. Ja, ganz zweifellos war das der Mann. Laurent konnte sich gut an ihn erinnern. Er hatte im Auftrag seiner Heidelberger Firma den Kauf des Pasquier-Landhauses abgewickelt. Ihm wurde ganz heiß, als er überlegte, ob es irgendetwas gab, das ihm hätte auffallen müssen. Aber ihm fiel absolut nichts ein. Nein, er hatte doch ganz normal ausgecheckt. Es gab absolut nichts, was hier im Hotel als merkwürdig hätte auffallen können. Er musste sich wirklich keine Gedanken machen. Er war doch wirklich abgereist oder?

Es war schon eine äußerst merkwürdige Angelegenheit. Sollte er der Polizei melden, was ihm durch den Kopf spukte? Nein, das würde er wohl nicht tun. Das gab nur Ärger und es hatte ganz bestimmt nichts damit zu tun.

Sidonia und Alexandra sahen dem Polizeiauto entgegen, das auf ihren Anruf hin zum Landhaus kam, um den Einbruch – denn das musste es ja gewesen sein – aufzunehmen.

Nachdem Alexandra die Situation erklärt und sich als Vertreterin der Eigentümer ausweisen hatte, öffneten die Polizisten die Haustür des Landhauses, um sich ein Bild von der Lage machen zu können. Diese Zeit konnte Sidonia nutzen, um sich das ganze Haus anzusehen, das ihr auch von innen ausgesprochen gut gefiel. In diesem Moment beschloss sie, Alexandras Angebot auf jeden Fall anzunehmen und ihren nächsten Urlaub im Elsass in diesem Hotel zu verbringen, vielleicht mit Mercedes. Bestimmt würde es auch ihrer Tochter hier gut gefallen.

Sie stieg hinter Alexandra und den Polizisten die Treppe hinauf und sah, dass auch in der oberen Etage einige Räume verwüstet waren.

„Was ist hier nur los?", fragte Alexandra mehr sich selbst als Sidonia.

„Sie waren also noch nie in diesem Haus?", fragte der ältere der beiden Polizisten.

„Nein, wie ich bereits erklärt habe, hat mein Kollege das Vertragliche abgewickelt. Ich sollte mich jetzt um die Innenarchitektur kümmern. Es ist bereits aktenkundig, dass mein Kollege Patrick Köhler spurlos verschwunden ist. Deswegen konnte ich ja bisher nicht hinein."

„Ah ja, davon weiß ich", antwortete der Polizist. „Es war ja heute auch ein Aufruf in der Zeitung und im Radio. Haben Sie ihn gelesen oder gehört?"

„Nein, leider nicht. Aber ich wusste, dass ein Aufruf gestartet werden sollte. Freut mich, dass das so schnell geklappt hat. Hoffentlich erinnert sich jemand an Patrick und kann einen Hinweis geben", meinte Alexandra hoffnungsvoll.

Der ältere Polizist hob die Schultern. „Wir werden sehen", brummte er. „Sie haben dieses Durcheinander also wirklich nicht selbst angerichtet?"

Jetzt sah Alexandra ihn mit großen Augen völlig perplex an. „Natürlich nicht, warum sollte ich?"

„Im Zuge des Umbaus?"

„Noch einmal: Ich hatte keinen Schlüssel und konnte gar nicht hinein!" Alexas Stimme wurde immer lauter und etwas schrill.

„Bleiben Sie ruhig", wies der Polizist sie auch schon zurecht. „Und Ihr Kollege? Könnte er..."

„Nein! Welchen Grund sollte er dafür haben? Außerdem war ich gestern schon einmal hier, da war dieses Chaos noch nicht. Ich habe nämlich durchs Fenster geschaut, weil ich gerne wissen wollte, wie das Haus von innen aussieht."

„Aber oben könnte es trotzdem schon so ausgesehen haben, du konntest ja nicht in die oberen Fenster sehen", ergänzte Sidonia.

„Nein, das natürlich nicht."

Der Polizist notierte, was ihm gesagt wurde.

„Da fällt mir etwas ein", fuhr Alexandra fort. „Vielleicht ist es nicht wichtig, aber ich hatte einmal kurz das Gefühl, dass ich etwas gehört und am oberen Fenster jemanden gesehen hätte."

„Hätte? Sie sind nicht sicher?", hakte der Polizist nach.

„Nein." Alexandra zögerte. „Ich dachte, ich hätte es mir eingebildet, weil es ja eigentlich gar nicht möglich war. Niemand hat einen Schlüssel. Und es war ja auch nur so… ich weiß nicht, wie die Bewegung eines Schattens".

„Das klingt sehr poetisch."

Alexandra hob die Arme. „Ich weiß nicht, wie ich es beschreiben soll. Ich habe eben nicht wirklich eine Person gesehen, sonst hätte ich das ja nicht meiner Fantasie zugeschrieben."

Der Polizist notierte weiter, sagte aber nichts mehr dazu. „Ist etwas gestohlen worden?", fragte er dann.

Alexandra hob in einer ratlosen Geste die Arme und ließ sie wieder fallen. „Woher soll ich das wissen? Ich habe doch schon mehrere Male gesagt, dass ich nie im Haus war."

„Ja natürlich, aber vielleicht wissen Sie, ob etwas Wertvolles hier aufbewahrt wurde."

„Nein, davon weiß ich nichts", erwiderte sie jetzt ruhiger.

„Vielleicht kann Ihnen die Immobilienfirma darüber Auskunft geben oder die Vorbesitzer? Das Ehepaar Pasquier?"

Der Polizist notierte weiter. „Gut Madame, es wäre gut, wenn Sie aufs Revier kämen, um Ihre Aussage zu unterschreiben."

Alexandra nickte.

„Das machen wir gern später", mischte sich Sidonia ein.

„Selbstverständlich. Kommen Sie einfach im Laufe des Tages vorbei."

Als der Polizist sich entfernt hatte, sagte Sidonia: „Lass uns weiterfahren zu der Burg oder in irgendeines dieser Dörfer an der Weinstraße, um etwas zu essen und runterzukommen. Das hier war doch ein ziemlicher Schock.

Außerdem musst du deine Firma benachrichtigen. Und vielleicht fällt dir doch noch jemand ein, der dahinter stecken könnte oder was wir dazu beitragen können, um den Fall aufzuklären."

Alexandra sah erstaunt auf die ältere Frau neben sich. „Wir?", fragte sie wie bereits am Vortag.

„Ja, wir. Ich lasse dich doch nicht allein mit diesem Schlamassel. Das entspricht einfach nicht meiner Natur", erwiderte Sidonia resolut. Dabei wünschte sie sich, es wäre anders. Sie könnte einfach gehen. Sie wäre fähig, Alexandra allein zu lassen. Die Sache war in den Händen der Polizei, wo sie hingehörte. Eigentlich ging sie das alles gar nichts an.

Aber sie wusste, dass es anders war. In dem Augenblick, als sie die junge Frau gestern auf der Mauer angesprochen hatte, hatte sie eine Entscheidung getroffen. Es ging sie etwas an. Sie konnte jetzt nicht zurück und einfach sagen: Das wird mir jetzt doch deutlich zu kompliziert. Keine Lust, kein Interesse. Und sie bemerkte Alexandras Gesichtsausdruck, der deutlich die Erleichterung zeigte, nicht mehr allein mit dem Problem zu sein.

Nachdem sie nach wenigen Minuten Fahrzeit den Parkplatz der Burg Hohlandsberg erreicht hatten und ausgestiegen waren, brachte Sidonia das Gespräch wieder auf das Landhaus.

„So, jetzt lass uns mal ganz in Ruhe überlegen, wer überhaupt ein Interesse an dem Landhaus haben könnte."

„Es gab zwei weitere Interessenten, so viel ich weiß. Ein Weinbauer aus der Pfalz, der sich hier in dieser Gegend vergrößern wollte und ein Geschäftsmann aus Paris, der daraus ein Museum vom Elsass machen wollte, angefangen vor dem ersten Weltkrieg, als das Elsass noch deutsch war. Das Ehepaar Pasquier hatte sich nicht so sehr für unsere Firma als viel mehr für die Idee des Wellnesshotels entschieden. Wir versicherten ihnen auch, das Äußere des Hauses zu erhalten."

„Gut, das Interesse an dem Haus muss ja mit der Absage für den Erwerb nicht erloschen sein", überlegte Sidonia.

„Das nicht, aber das ist doch kein Grund, im Haus alles zu verwüsten. Und außerdem haben auch die anderen Interessenten keinen Schlüssel", meinte Alexandra.

„Es könnten auch vollkommen unbeteiligte Menschen Interesse daran haben. Jemand, der gar nichts mit dem Kauf zu tun hat", überlegte Sidonia.

„Und wer?"

„Das weiß ich auch nicht, vielleicht gibt es Verwandte der Pasquiers, die sich erhofft hatten, das Haus zu erben?"

Alexandra hob die Schulter. „So etwas wäre natürlich möglich, klar."

Sidonia knabberte nachdenklich an ihrer Unterlippe. Sie nahm die alten Gemäuer der Burgruine kaum wahr. Den Gedanken, der ihr gerade durch den Kopf ging, wollte sie lieber nicht aussprechen. Sie war sicher, dass die Polizei auf die Idee kommen würde und dann sollten lieber die Alexandra damit konfrontieren: Mit der Möglichkeit, dass derjenige, der offiziell als Einziger einen Schlüssel hatte, mit dem Einbruch zu tun haben könnte. Und das war Patrick Köhler persönlich. Denn immerhin war weder das Haustürschloss noch das Schloss der Hintertür aufgebrochen worden und kein Fenster war eingeschlagen. Sidonia warf einen Blick auf ihre Uhr, die sie als Kette um den Hals trug. „Es ist noch ein bisschen früh zum Mittagessen", meinte sie dann. „Aber wollen wir uns dort hinsetzen und einen Kakao trinken oder etwas anderes?"

Alexandra nickte und so ließen sie sich auf der Terrasse der Brasserie nieder und bestellten einen Kakao und einen Orangensaft.

„Weißt du, mir geht die ganze Zeit eine Möglichkeit durch den Kopf", begann Sidonia.

„Ja, was denn?"

„Ich bin unsicher, ob es klappt. Ich kenne in Paderborn einen Privatdetektiv. Er hat mir vor zwei Jahren sehr geholfen. Allerdings habe ich keine Ahnung, ob er bereit wäre, hierher ins Elsass zu kommen."

„Wenn es eine Frage des Geldes ist…"

„Sicher auch. Aber nicht ausschließlich."

„Ich werde meinen Chef kontaktieren und ihn fragen. Ich habe ja keine Ahnung, was so ein Detektiv kostet, aber vermutlich könnte ich den Aufenthalt und die Arbeit des Mannes sogar privat bezahlen. Und wenn wir Patrick gefunden haben, würde er sich bestimmt auch daran beteiligen. Am Geld soll es auf keinen Fall scheitern."

Sidonia nickte. Sie war immer noch völlig in Gedanken versunken, bekam kaum mit, dass die große Tasse Kakao vor sie auf den Tisch gestellt wurde. Der Gedanke an Bruno war ihr schon während der Fahrt hierher gekommen und sie hatte darüber gegrübelt, ob sie es überhaupt vorschlagen sollte. Wollte sie Bruno Feldmann überhaupt herholen? Die

Frage war, wie es für sie sein würde, hier in Frankreich wieder mit ihm zusammen zu arbeiten.

„Sicher gibt es auch Privatdetektive in Colmar, aber dort kennen wir keinen und wohl auch niemanden, der einen empfehlen kann?"

„Nein", erwiderte Alexandra und nippte an ihrem Saft.

„Soll ich es versuchen?"

„Diesen Mann in Deutschland zu kontaktieren? Oh ja, bitte."

„Soll ich warten, bis du mit deinem Chef gesprochen hast?"

Alexandra schüttelte heftig den Kopf. „Nein. Wie gesagt, zur Not..."

„...kannst du ihn selbst bezahlen. Unterschätz das aber nicht. Die Reise und der Aufenthalt hier kommen ja zusätzlich auf seinen normalen Preis."

Alexandra nickte. „Klar. Aber es geht schließlich um Patrick. Vielleicht ist ihm etwas zugestoßen."

Verflixt, Alexandra sah plötzlich fröhlicher aus. Ihr wurde eine Lösung offeriert und das tat ihr gut. Sidonia konnte es verstehen, aber sie wollte nicht, dass die junge Frau sich darauf versteifte.

„Es kann sein, dass er ablehnt. Vielleicht hat er einen Fall und ist gerade unabkömmlich", gab sie zu Bedenken.

„Bitte, versuch es einfach. Wenn er wirklich ablehnt, können wir immer noch nach einer Alternative suchen."

Jetzt nickte Sidonia. „Ist gut." Sie zückte ihr Handy und tippte eine kurze Nachricht.

Hallo Bruno, bin gerade in Colmar und hier in eine verrückte Sache gerutscht. Hättest du Interesse und Zeit, hier als Privatdetektiv tätig zu werden? Deine Bezahlung wäre geklärt. Wir können ja später telefonieren. LG, Sidonia.

Fürs Erste würde das reichen. So wurde Bruno nicht von ihrem Vorschlag am Telefon überrumpelt und konnte schon mal überlegen, ob er grundsätzlich bereit war, hierher zu kommen. Wenn ja, konnte sie ihm später die Einzelheiten am Telefon auseinanderlegen.

„Okay, dann warten wir mal, was er dazu sagt. Und ab jetzt machen wir uns einen schönen Tag. Wir können im Augenblick sowieso nichts tun."

„Außer natürlich noch bei der Polizei vorbeifahren."

„Das machen wir auch noch."

Bruder Lucian saß hinter seinem massiven dunklen Schreibtisch und erledigte die Buchhaltung. Das war nicht gerade seine Leidenschaft, aber es musste eben auch getan werden. Er unterhielt zusammen mit seinem Kollegen Bruder Baldur eine Art Kloster, in dem sie gestrauchelte oder vernachlässigte junge Männer betreuten. Eine ehrenwerte Aufgabe, wie Lucian fand.

Der Fünfzigjährige war nicht allzu groß, hatte aber eine ziemlich stämmige Figur, ein rundes Gesicht und eine Halbglatze. Irgendwie schaffte er es trotz seines unvorteilhaften Körperbaus, den Respekt der Jugendlichen zu erlangen.

Für seine unliebsame Schreibtischarbeit hatte er seine braune Kutte abgelegt und ordentlich über eine Sessellehne gelegt, so dass er jetzt nur ein langärmliges Shirt und eine Sporthose trug, über deren Bund sich sein Bauch wölbte.

Neben sich hatte er eine große Tasse Kaffe und eine Packung Schokoladenkekse. Das war Nervennahrung, ohne die er glaubte, diese Arbeit nicht durchstehen zu können. Als das Telefon schrillte, stöhnte er. Er wurde bei dieser lästigen Arbeit nicht gerne gestört. Trotzdem hob er ab und meldete sich.

„Bruder Lucian."

„Dieser Patrick Köhler, der vor ein paar Tagen in Colmar plötzlich verschwunden ist, wird jetzt mit einem öffentlichen Aufruf gesucht. Inzwischen scheint die Polizei nicht mehr zu glauben, dass er sich nur ein paar schöne Tage macht", berichtete der Anrufer ohne große Vorrede.

„Dankeschön. Das ist eine wichtige Information", erwiderte Lucian kurz und bündig. Er legte sofort auf. Smalltalk war nicht seine Sache. Die Information war das einzig Interessante.

Er fuhr sich mit der Hand über seine Halbglatze und lehnte sich einen Augenblick auf seinem Stuhl zurück.

Dieser Fall in Colmar interessierte ihn außerordentlich. Doch sofort straffte er sich. Er hatte noch jede Menge Arbeit.

„Wir müssen uns wirklich beeilen", sagte er laut vor sich hin.

Bruno Feldmann betrat seine Wohnung in Paderborn. Vor knapp zwei Jahren hatte er sich entschlossen, eine größere Wohnung anzumieten und darin auch sein Büro eingerichtet. Er arbeitete jetzt mit den Anwaltskanzleien von Jan Tenbrock und von Sebastian Kupfer zusammen. Das brachte Aufträge und damit Geld.

Gerade hatte er im Auftrag eines Mandanten eine richtige Lügenintrige aufgedeckt und so den Mandanten eines Kollegen von Kupfer entlastet. Es war immer ein gutes Gefühl, einen Fall zur Zufriedenheit aller abgeschlossen zu haben.

Er sah auf den Anrufbeantworter. Keine Nachrichten. Gut, dann konnte er sich ja für den Rest des Tages frei nehmen.

Für einige Stunden in der Woche hatte er sogar eine Mitarbeiterin, die das Telefon betreute, Rechnungen schrieb, die Buchführung machte. Das entlastete ihn enorm. Silke war einfach perfekt für ihn.

Es lief gerade alles richtig gut. Nicht mehr so chaotisch wie früher, aber sein Berufs- und Privatleben war auch weniger getrennt als zu der Zeit, in der noch einige Kilometer Entfernung zwischen seinem Büro und seiner Wohnung lagen.

Diese ganzen Veränderungen hatte er noch zusammen mit Sidonia geplant und er war durchaus froh darüber. Aber dass es mit ihr auf Dauer nicht klappen würde, darüber hatte er sich nie Illusionen gemacht. Dabei mochte er Sidonia wirklich sehr. Ach, sie waren einfach beide keine Menschen für etwas Festes. Vielleicht, wenn sie jünger gewesen wären, viel jünger. Aber heute hatten sie sich beide ihr Leben eingerichtet, hatten Träume, die sie verwirklichen wollten und die sich nicht miteinander vereinbaren ließen. Beiden war es wichtiger, ihr eigenes Leben zu führen als zusammen zu leben. Weder sie noch er wollten ihre Zukunftspläne aufgeben. Immerhin ging es um das letzte Drittel ihres Lebens, das wollten sie eben nach ihren eigenen Träumen und Plänen gestalten.

Noch ein paar Jahre, sagte er sich immer wieder. Höchstens, bis ich sechzig bin, dann kaufe ich mir ein Hausboot in Holland und verbringe meinen letzten Lebensabschnitt auf dem Wasser. Luxus brauchte er nicht, auch nicht viel Platz. Wasser brauchte er und Wald. Ja, am liebsten würde er auf einem See mitten im Wald leben. Um sich diesen Traum verwirklichen zu können, sparte er jede Menge seines verdienten Geldes.

Er streifte seine Schuhe von den Füßen und tapste auf Socken ins Wohnzimmer, wo er sich in einen Sessel fallen ließ und mehr aus Gewohnheit den Fernseher einschaltete.

Gleichzeitig zog er sein Handy aus der Gesäßtasche. Er ging damit nicht sehr sorgfältig um, schaute nicht alle nasenlang darauf. Heute hatte er es gerade mal angemacht. Einen Anruf hätte er mitbekommen, WhatsApp-Nachrichten waren stumm geschaltet, die mussten Zeit haben.

Er löste die Bildschirmsperre und sah die Nachrichten durch. Ein Kumpel lud ihn zu einer Runde Squash ein. „Könnte man machen", murmelte er vor sich hin. Schließlich musste er sich schon aus beruflichen Gründen fit halten und das wurde mit dreiundfünfzig Jahren auch nicht einfacher. Er schickte seine Antwort los.

Ah, eine Einladung zum einundfünfzigsten Geburtstag seines Schwagers nach Frankfurt. Ja, würde er sich überlegen. Er fuhr nicht gerne zu einer Party dorthin. Er kannte dort niemanden außer seiner Schwester und seinem Schwager und natürlich deren Kinder. Und die kannten die ganze Gesellschaft, deshalb würde er am Ende kaum dazu kommen, sich mit der Familie zu unterhalten. Nee, er fuhr lieber mal auf einen ganz normalen Besuch ohne Feier dorthin.

Er ließ die Nachricht vorerst unbeantwortet und ging zurück in die Übersicht. Er traute seinen Augen kaum: Eine Nachricht von Sidonia? Wollte die nicht inzwischen auf ihrer Frankreichreise sein?

Neugierig klickte er die Nachricht an und bekam große Augen beim Lesen.

Hallo Bruno, bin gerade in Colmar und hier in eine verrückte Sache gerutscht. Hättest du Interesse und Zeit, hier als Privatdetektiv tätig zu werden? Deine Bezahlung wäre geklärt. Wir können ja später telefonieren. LG, Sidonia.

Er saß plötzlich kerzengerade wie in Alarmbereitschaft da. Was? Er sollte nach Frankreich reisen? Sie war schon wieder in irgendeinen Fall verstrickt? Wie hatte sie das denn nun wieder hinbekommen? Zeit hätte er ja. Der Fall in der Gaststätte war ja gerade beendet. Aber hatte er Interesse? Die Bezahlung wäre also geklärt? Was meinte sie damit? Sein Honorar oder die ganze Reise? Sicher Letzteres. Sidonia war nicht blöd. Was sollte er mit seinem normalen Honorar, wenn er dafür eine solche Reise und Unterkunft bezahlen müsste. Aber wenn das ebenfalls geklärt war – er konnte praktisch umsonst nach Frankreich reisen – noch einmal einen Fall mit Sidonia bearbeiten – dann… ja, dann hätte er durchaus auch Interesse. Sollte er sie anrufen oder warten, ob sie sich noch einmal meldete?

„Mein Gott, du benimmst dich wie ein Fünfzehnjähriger", schimpfte er mit sich selbst.

Er rieb sich über seinen Nacken, warf sein Handy zurück auf den Wohnzimmertisch, stand auf, holte sich ein Bier. Erstmal einen großen Schluck genehmigen auf die Nachricht. Er wischte sich den Schaum vom Mund und stöhnte. Dann nahm er sein Handy wieder in die Hand und tippte: *Gutes Timing. Habe gerade einen Fall gelöst und hätte Zeit. Aber bevor ich endgültig entscheide, brauche ich Details.*

Kapitel 6
Normandie, Juli 1944

Hannes Pohlmeier lag auf seiner unbequemen Pritsche, die Hände hinter dem Kopf verschränkt und starrte die Decke an. Er wusste, dass er es besser getroffen hatte als mancher Soldat, der in einem Zeltlager schlief anstatt in einem Haus mit festen Wänden wie er, auch wenn es noch so heruntergekommen war.

Er hatte bereits seit zwei Jahren einen Posten in Paris, das von der deutschen Wehrmacht komplett besetzt war. Dieser Wehrmacht gehörte er an und zwar voller Überzeugung.

Militärbefehlshaber in Paris war Hans von Boineburg-Lengsfeld.

Und jetzt war die beunruhigende Nachricht gekommen, dass alliierte Truppen in Caen und Cherbourg gelandet waren. Tausende Schiffe und achthunderttausend Männer sollten es sein. Die Kämpfe an der Küste waren in vollem Gange, die Deutschen setzten sich nach Kräften zur Wehr, aber Hannes gab sich keiner Illusion hin - die Alliierten würden schließlich siegen und sie würden weiter ins Landesinnere vorstoßen. Solche Gedanken durfte man nicht laut aussprechen, ein deutscher Soldat hatte natürlich an den Sieg zu glauben und bis zur letzten Minute erbittert zu kämpfen. Aufgeben kam nicht infrage.

Noch während die Berichte über die Landung der Truppen in der Normandie erzählt wurden, überschlugen sich weitere Ereignisse.

Es gab Gerüchte, dass auf Hitler ein Attentat verübt worden sei. Mehrere Offiziere der SS wurden gefangen genommen, auch Gruppenführer Carl Oberg hier in Paris war dabei.

Hannes hatte keine Ahnung, was da wirklich vorging, aber es war alles mehr als beunruhigend. Das Ganze lief völlig aus dem Ruder. Bekämpften sich jetzt die Deutschen schon untereinander? Man machte sich schließlich so seine Gedanken. Man wollte doch wissen, woran man war, wenn die Alliierten immer weiter ins Landesinnere vordrangen. Irgendwann würden sie hier in Paris stehen und dann waren sich nicht einmal die Deutschen untereinander mehr grün.

„Verdammte Scheiße!", rief er laut vor sich hin, während er sich von der Pritsche quälte.

„Was is'n los?", fragte Rudi, der in dem Bett neben ihm schlief.

„Ach nichts. Man macht sich so seine Gedanken."

„Lass das lieber. Wir führen einfach Befehle aus, basta."

„Mmm", brummte Hannes.

Im nächsten Moment stand Rudi aufrecht neben dem Bett, sein Gesicht war ganz nah an Hannes.

„Sag das zumindest nicht zu laut", raunte er ihm zu. „Ich meine, dass du dir Gedanken machst, ob das alles richtig läuft. Das steht uns nicht zu."

„Man darf wohl noch denken", murrte Hannes und blickte Rudi in der Erwartung einer Erwiderung an. Doch der sagte nichts mehr, sondern begann damit, seine Uniform anzuziehen.

„Was ist?", fragte er dann in etwas genervtem Ton, als er merkte, dass Hannes keine Anstalten machte, sich zu rühren.

„Steh auf. Gleich gibt's Frühstück, das will'ste doch nicht verpassen?"

„Nee."

In Hannes hatte sich ein Gedanke verselbstständigt. Er hatte versucht, ihn zu unterdrücken, ihn regelrecht abzutöten, aber der Gedanke war stark und mächtig. Er war achtunddreißig Jahre alt, hatte eine Familie in Deutschland und die wollte er gerne wiedersehen. Sein Sohn Jochen war acht Jahre alt, seine Tochter Anita drei. Die konnte sich vermutlich überhaupt nicht an ihn erinnern. Paris sollte bis zum letzten Mann verteidigt werden. Was das hieß, war ja wohl sonnenklar. Wenn er hier blieb, würde er sterben. Sie würden alle sterben oder in Kriegsgefangenschaft geraten. Diese Gewissheit quälte ihn. Er würde weiter töten müssen und er würde am Ende womöglich selbst getötet werden. Er hatte keinerlei Hoffnung, dass es anders kommen würde.

Aber noch waren die Alliierten nicht hier, noch gab es eine Chance.

Konnte er es wagen?

Er würde Freunde wie Rudi zurücklassen müssen, aber er konnte nicht wagen, sich auch nur einem einzigen anzuvertrauen. Sie würden verhört werden und schließlich zusammenbrechen und verraten, was er vorhatte.

Ach verdammt… Er hatte die Nase einfach so voll. Dieser verfluchte Krieg führte doch nur in ihr Verderben. Er hatte so gehofft, dass es anders kommen würde. Er hatte so sehr an den Sieg geglaubt. Aber nun nicht mehr. So blind war er einfach nicht. Nein, er musste fort.

Er musste einfach.

Er fühlte sich nicht in der Lage, anders zu handeln.

Nächste Nacht, dachte er. Ich bleibe noch genau eine Nacht, dann werde ich mich heimlich verdrücken. Das wird erstmal niemandem auffallen. Jeder hatte mal das Bedürfnis, allein zu sein, Briefe nach Hause an die Familie zu schreiben.

Und in der folgenden Nacht dürfte vom Mond kaum noch etwas zu sehen sein, auf jeden Fall würde er nicht viel Licht spenden, er war ja nur noch eine ganz schmale Sichel. So war die Chance am größten, nicht entdeckt zu werden. Er hoffte, dass in der jetzigen Situation sowieso keine große Jagd auf ihn veranstaltet würde. Sie brauchten hier jeden Mann.

Ja, er würde es tun.

Und wenn sie Jagd auf ihn machten und ihn finden würden, dann brachten die ihn eben um. Lebend würden sie ihn jedenfalls nicht kriegen, so viel war sicher. Nein, eine Flucht war die einzige Chance überhaupt seine Familie noch einmal wiederzusehen.

In einer Zeit, in der führende Offiziere ein Attentat auf Hitler wagten, würde er wohl eine Flucht wagen können.

Ach, alles versank im Chaos. So hatte sich das wohl niemand vorgestellt, als sie voller Enthusiasmus und Vaterlandsliebe singend in den Krieg losgezogen waren, um für das Reich zu kämpfen.

Es war stockdunkel, als Hannes schnell und leise durch die Straßen von Paris lief. Er hatte nur einen leichten Beutel dabei, in dem er etwas Brot hatte verstauen können und eine

Flasche Wasser. Das würde für die erste Wegstrecke reichen, für mehr aber nicht.

Überall wehten Hakenkreuzfahnen. Vor vier Jahren hatten die deutschen Truppen innerhalb weniger Stunden die Stadt kampflos besetzt. Sie waren einfach mit Lastwagen und Motorrädern eingezogen und hatten ihre Fahnen gehisst. Immer wieder blickte er sich um, hielt sich hinter Mauern und Wänden verborgen. Er wurde nicht aufgehalten, warum auch.

Außerhalb der Stadt tauchte er schließlich in die absolute Dunkelheit der Nacht ein.

Von nun an konnte er nicht mehr planen, nicht wissen, was der nächste Tag bringen würde. Er würde jeden Tag neu entscheiden müssen, wie es weitergehen sollte.

Er trug eine deutsche Uniform. Konnte er so überhaupt quer durch Frankreich marschieren? Konnte er den Weg überhaupt zu Fuß schaffen? Zu Fuß von Paris über die Grenze?

Er atmete tief durch. Seltsamerweise fühlte er sich frei, obwohl er wusste, dass er in höchster Gefahr war. Jetzt drohte ihm sogar von beiden Seiten Gefahr. Von Frankreich und von Deutschland. Er war ein Fahnenflüchtiger. Ein Deserteur. Wenn die Nazis ihn in die Finger kriegen würden, würde er an die Wand gestellt und erschossen. Er gab sich keinen Illusionen hin. Er sah die Tatsachen ganz klar so wie sie nun mal waren - schonungslos und brutal.

Schritt für Schritt stapfte er weiter durch die Nacht. Er fühlte sich nicht müde und nicht erschöpft. Er würde diese Nacht durchwandern, soviel Strecke wie es ging zwischen sich und Paris bringen.

Er brauchte neue Kleidung. Zivile Kleidung wäre am besten. Er brauchte Nahrung und am besten wäre wohl auch ein fahrbarer Untersatz. Ein Fahrrad oder sogar ein Auto. Er grinste vor sich hin. Aber sie waren ja Plündern gewöhnt, das würde er wieder tun auf seinem langen Marsch nach Hause.

Kapitel 7
Mi., 16. Juni 2021
- der 3. Tag im Elsass -

Fabrice Charpentier, Commissaire der Polizei von Colmar und sein Kollege Philippe Allard betrachteten die Unterlagen auf ihrem Schreibtisch. Der Fall mit dem verwüsteten Landhaus war letztendlich bei ihnen gelandet, da man annahm, dass das mit dem Verschwinden des Käufers Patrick Köhler zusammenhing.

„Es wäre wirklich ein merkwürdiger Zufall, wenn da kein Zusammenhang bestünde", meinte Fabrice. Er war ein Mann in den Vierzigern, mittelgroß, mit vollem dunklem Haar, das auf der Seite gescheitelt war und einem gepflegten Bart. Er trug einen hellen Anzug, dessen Jacke jetzt über seinem Bürostuhl hing, ein blaues Hemd und eine Krawatte. Sein Kollege Philippe war mit Anfang dreißig rund fünfzehn Jahre jünger und legerer gekleidet, etwas größer als Fabrice und hatte helle Haare.

„Du glaubst, dass dem Mann doch etwas passiert ist?", fragte er seinen Kollegen."

Fabrice blickte ihn einen Augenblick nachdenklich an. Philippe kannte das schon. Einen Augenblick des Schweigens musste man Fabrice einfach gönnen. „Nun ja", begann er dann. „Entweder das oder er hängt mit drin und ist bewusst untergetaucht." Seine Stimme war sanft und nicht sehr laut.

„Wo denn mit drin?", fragte Philippe.

„Das wüsste ich auch gerne. Aber irgendetwas geht da vor. Wieso ist das Landhaus verwüstet worden? Den einzigen Schlüssel besitzt angeblich Patrick Köhler, der wiederum spurlos verschwunden ist. Aber das Haus wurde nicht aufgebrochen. Wo also ist dieser Köhler – entweder hat er den Schlüssel benutzt oder er wurde ihm abgenommen. Oder es gibt einen weiteren Schlüssel."

„Die Täter haben scheinbar etwas gesucht. Aber was? Sollen wir die Immobilienmaklerin noch einmal verhören? Sie könnte doch noch einen Schlüssel haben. Eventuell hat sie sich einen nachmachen lassen, auch wenn sie bisher etwas anderes behauptet hat."

Fabrice nickte gedankenverloren und kaute auf einem Bleistift herum. „Ja, das machen wir. Bisher sind wir davon ausgegangen, dass Köhler nur mal ein wenig aus seinem Alltag ausbricht. Aber jetzt..."

„Wir wissen nur noch nicht, ob er Opfer oder Täter ist."

Fabrice zeigte mit dem Bleistift auf seinen Kollegen. „Exakt!", stimmte er zu, erhob sich und schnappte sein Jackett von der Lehne des Bürostuhls. Philippe sah ihn fragend an.

„Was? Auf geht's! Zu Madame Tremblay, der Maklerin."

„Sofort?"

„Worauf sollen wir denn noch warten?"

Bruno Feldmann traf bereits am Nachmittag in Colmar ein. Sidonia hatte gestern Abend noch lange mit ihm telefoniert und ihm die Situation ganz genau geschildert.

„Wie bist du nur da wieder hineingeraten!", hatte er schließlich halb belustigt, halb schaudernd ausgerufen. „Ich hätte die junge Frau nicht ansprechen dürfen. Dann wäre nichts passiert. Aber jetzt..."

„Jetzt hast du das nun mal getan und kannst dich nicht einfach zurückziehen, ich verstehe."

„Stimmt."

„Eigentlich ist es nicht dein Problem", stöhnte er. „Und schon gar nicht meins."

„Mit dem ersten Teil hast du natürlich recht. Eigentlich. Mit dem zweiten Teil nicht, es ist ein Auftrag für dich. Ich bitte dich um keine Gefälligkeit, du wirst dafür bezahlt."

Er verdrehte die Augen, was sie zum Glück nicht sehen konnte. „Jetzt sei nicht gleich sauer. Du weißt, was ich meine. Ich habe hier ein gutes Auskommen. Nach Frankreich zu reisen ist ein erheblicher Aufwand."

„Für den du bezahlt wirst", wiederholte Sidonia. „Mensch Bruno, sag Ja oder Nein. Fertig. Ich kenne nicht so viele Privatdetektive und hier in Frankreich schon gar nicht. Aber sicher werden wir jemanden finden, der uns hilft."

„Ich höre immer Wir und Uns. Du siehst dich schon komplett als Einheit mit dieser Alexandra. Übertreibst du da nicht ein wenig? Was sagt denn die Polizei?"

„Anfangs haben sie überhaupt nicht geglaubt, dass Patrick Köhler etwas zugestoßen sein könnte. Aber jetzt, nach dem Einbruch, sind sie da nicht mehr so sicher. Dem gehen sie natürlich nach. Und was meine Rolle angeht - ich lasse Alexandra jetzt nicht allein."

Bruno fand durchaus Gefallen an dem Auftrag. Nach Frankreich zu reisen auf Kosten seines Auftraggebers, im

Elsass zu arbeiten, die Suche nach dem vermeintlich verschwundenen Mann aufzunehmen. Das war doch eine spannende Sache, mal was Anderes. Und obendrein konnte er noch einmal mit Sidonia zusammenarbeiten, was ihm durchaus gefiel.

„Auch auf die Gefahr hin, mich zu wiederholen: Kommst du oder nicht?"

Er verdrehte wieder die Augen.

„Brauchst gar nicht die Augen verdrehen", kam es aus dem Hörer und er starrte verdattert darauf. Sidonia deutete sein Schweigen richtig und lachte. „Ich kenne dich eben doch ziemlich gut."

„Scheint so. Okay, das Ganze reizt mich schon. Ist ja auch etwas Besonderes, mal einen Fall in Frankreich aufzuklären. Also wenn du dich um eine Bleibe für mich kümmerst, bin ich morgen Nachmittag da."

„Du wirst eine Bleibe haben. Dann bis morgen."

„Bis morgen." Er drückte die Taste, um das Telefonat zu beenden.

Er stöhnte. „Na dann. Morgen geht's nach Colmar. Ich sollte wohl ein paar Sachen zusammenpacken."

Auch Sidonia stöhnte. Hoffentlich hatte sie nicht zu viel versprochen und fand bis morgen Nachmittag ein Zimmer für Bruno. Wenigstens waren keine Ferien, dann wäre es sicher schwieriger. Sie schrieb eine WhatsApp an Alexandra. Die konnte sich ja schließlich auch um ein Zimmer für Bruno kümmern.

Philippe und Fabrice hatten Glück. Die Maklerin Sylviane Tremblay, die innerhalb der großen Makleragentur für die Vermittlung des Landhauses zuständig war, hatte gerade einen Kunden verabschiedet und war bereit, Philippe und Fabrice etwas Zeit zu opfern.

Nicht, dass es die beiden Polizisten auch nur im Geringsten daran gehindert hätte, mit ihr zu sprechen, wenn sie keine Bereitschaft gezeigt hätte. Sie hätten sich schon Zutritt zu ihrem Büro verschafft oder sie notfalls auf ihre Dienststelle mitgenommen. Aber so war eben doch alles viel einfacher.

Sylviane war keine schöne Frau, aber eine wirklich imponierende Erscheinung. Fabrice dachte, sie müsste etwa in seinem Alter sein, also in den Vierzigern, aber sicher war er da nicht. Sie trug einen eleganten Hosenanzug und war perfekt geschminkt. Ihre Haare waren kurz und stufig geschnitten, die Haarfransen waren in ihr Gesicht gezupft. Obwohl sie selbst ziemlich groß war, trug sie Schuhe mit Absätzen und überragte dadurch Fabrice um einige Zentimeter. Ihre Augen waren kühl und grau.

„Womit kann ich Ihnen helfen?", fragte sie in geschäftsmäßigem Ton und wies gleichzeitig auf die beiden Stühle vor ihrem Schreibtisch.

Fabrice und Philippe nahmen das Angebot an und setzten sich, während Sylviane selbst hinter ihrem breiten Schreibtisch in ihrem wuchtigen ledernen Drehsessel Platz nahm. Sie beugte sich leicht vor, so wie sie es sicher auch tat, wenn sie Immobilien zur Besichtigung anbot.

„Es geht um das Landhaus des Ehepaares Pasquier", begann Fabrice ebenso geschäftsmäßig. „Das hatten Sie doch unter Vertrag."

„Oh ja. Es ist aber inzwischen verkauft. Stimmt etwas damit nicht? Ich kann mir nicht vorstellen, warum die Polizei sich damit beschäftigt. Alles ist vollkommen legal abgewickelt worden."

Fabrice hob abwehrend die Hände. „Bestimmt ist es das. Nein, das Problem besteht nur mittelbar mit Ihrer Arbeit. Ich glaube, Ihnen ist bekannt, dass der junge Mann, der das Haus im Auftrag seiner Firma gekauft hat, seit einigen Tagen spurlos verschwunden ist."

Sylviane nickte. „Ja, ich wurde danach gefragt."

„Inzwischen wurde obendrein in das Haus eingebrochen und die Zimmer verwüstet. Einige Möbel sind dabei sogar zu Bruch gegangen."

Sylviane bekam große Augen. „Aber das verstehe ich gar nicht. Vermuten Sie ein Verbrechen?"

„Nun, der Einbruch in das Haus ist in jedem Fall eines. Die Frage ist, ob auch Patrick Köhler einem Verbrechen zum Opfer gefallen ist. Denken Sie bitte noch einmal genau nach. Hat Monsieur Köhler Ihnen gegenüber vielleicht Pläne geäußert, noch eine Weile Urlaub zu machen, vielleicht etwas durch unser Land zu reisen?"

Sylviane schüttelte nachdenklich den Kopf. „Nein, das hat er nicht. Im Gegenteil, er hat sich darauf gefreut, es seiner Kollegin zeigen zu können. Ich erinnere mich nicht... nein, den Namen habe ich leider vergessen. Aber sie ist Innenarchitektin."

„Alexandra Werle", half Philippe.

„Genau!", rief Sylviane aus. „Aber ich habe das alles schon ausgesagt."

„Natürlich. Aber nun haben mein Kollege und ich den Fall übernommen, da sich die Lage doch drastisch verändert hat. Herr Köhler ist weder wieder aufgetaucht noch ist er erreichbar. Und aufgrund des Einbruchs liegt nun doch der Verdacht nahe, dass ein Verbrechen vorliegt. Deshalb müssen wir das Ganze noch einmal durchgehen."

„Ein Verbrechen? Sie denken, dass dieser nette Her Köhler..."

„Wir denken gar nichts. Wir ermitteln", stellte Philippe Allard sachlich fest.

Fabrice grinste. Wie engagiert Philippe diesen blöden Satz vorbrachte. *Wir denken gar nichts.* Natürlich sollte der Satz nur klarstellen, dass alle Fragen keinen Verdacht und erst recht keine Vorverurteilung bedeuteten. Ansonsten war es doch wirklich sehr zu hoffen, dass sie sehr wohl etwas dachten.

„Madame Werle kann uns leider nicht sagen, ob etwas gestohlen wurde. Sicher kennen Sie sich mit dem Inventar des Hauses aus. Würden Sie mit uns hinfahren und nachsehen, ob Ihnen etwas auffällt?" fragte jetzt Philippe.

Sie nickte. „Ja natürlich. Wenn ich Ihnen damit helfen kann."

„Das würden Sie in der Tat."

„Aber etwas Wertvolles ist dort sowieso nicht zurückgeblieben. Nur ein paar Möbel, die die Pasquiers schon aus Platzgründen nicht in ihr neues Zuhause mitnehmen konnten."

„Bilder vielleicht?", fragte Fabrice.

90

„Oh nein. Die haben die Pasquiers alle mitgenommen. Denken Sie, sie würden wertvolle Gemälde einfach zurücklassen?"

Sie lächelte.

Fabrice hob die Arme. „Wir stellen einfach verschiedene Überlegungen an. Es gibt da übrigens noch etwas. Wir wissen nicht, wie die Täter ins Haus gekommen sind. Besitzen Sie einen weiteren Schlüssel, mit dem man in das Haus kommen kann?"

Jetzt verfinsterte sich ihr Gesichtsausdruck.

„Sie wollen mir jetzt aber nicht vorwerfen, dass ich heimlich einen Schlüssel zurückbehalten habe und in das Haus eingedrungen bin?"

Wieder hob Fabrice beschwichtigend die Hände. „Wir stellen nur..."

„Überlegungen an", schnitt sie ihm etwas unwirsch das Wort ab.

„Das ist unser Job", erwiderte er ruhig.

„Ja, ja. Einen ganz tollen Job haben Sie da, erst erbitten Sie meine Hilfe und dann verdächtigen Sie mich."

„Madame Tremblay, Sie haben immer noch nicht die Frage beantwortet", wies Fabrice sie unbeeindruckt von ihrem Gefühlsausbruch zurecht. „Besitzen oder besaßen Sie noch einen weiteren Schlüssel? Den vielleicht auch jemand anderes an sich genommen haben könnte?"

„Und warum sollte dieser Jemand das tun?"

„Madame, bitte, beantworten Sie einfach die Frage."

Philippe konnte sich ein heimliches Grinsen nicht verkneifen. Die Maklerin war ganz schön aufgebracht. Aber wie Fabrice immer so vollkommen die Haltung und seine

Ruhe bewahren konnte, war schon bewundernswert. Irgendwie schien er sie jedoch dadurch noch wütender zu machen. Die grauen Augen der Maklerin waren plötzlich gar nicht mehr so kühl, sondern sprühten Feuer. Schließlich atmete sie tief durch und antwortete etwas beherrschter: „Nein, ich habe keinen Schlüssel behalten. Wirklich nicht. Ich habe Monsieur Köhler insgesamt drei Schlüssel zur Haustür und drei zur Hintertür übergeben und zwei für die Laube."

Fabrice nickte und sah dann zu Philippe.

„Dann hätten wir das ja erstmal geklärt. Dann lassen Sie uns jetzt zum Haus fahren", sagte der.

„Jetzt gleich?", fuhr Sylviane hoch.

„Das wäre wirklich gut", meinte Philippe.

Sie stöhnte. „Eigentlich habe ich noch einen Termin. Nun gut, ich werde sehen, ob einer meiner Kollegen den übernehmen kann. Ansonsten muss meine Sekretärin ihn verschieben. Geben Sie mir ein paar Minuten?"

Fabrice nickte ergeben. „Selbstverständlich Madame!"

Mithilfe von Laurent Bouchard, dem hilfsbereiten Portier in Alexandras Hotel, hatten sie es geschafft, für Bruno ein Pensionszimmer nahe des Flusses Lauch zu buchen.

Das würde ihn sicher freuen, denn Sidonia erinnerte sich, wie sehr Bruno das Wasser mochte. Er plante ja sogar, sein Rentnerleben auf einem Hausboot in den Niederlanden zu verbringen.

Nachdem Bruno eingetroffen war, trafen sie sich noch am Nachmittag zu Dritt in Alexandras Hotelzimmer, um mit

Bruno alle Details über den Fall, den Hergang, die neusten Vorkommnisse und Erkenntnisse ganz in Ruhe zu besprechen.

Sidonia sah ihn überrascht an, sie hatten sich bereits seit fast einem Jahr nicht mehr gesehen und Bruno hatte sich verändert. Seine Größe von etwa 1,80 Meter und seine drahtige, sportliche Figur waren auch jetzt mit dreiundfünfzig Jahren noch dieselben, aber sein mittelblondes Haar war deutlich grauer und noch ein wenig schütterer geworden, dafür trug er es im Nacken nicht mehr so lang wie vor zwei Jahren. Schade, dachte sie. Irgendwie hatte sie das gemocht, er hatte etwas verwegener ausgesehen, nicht ganz so ordentlich wie jetzt, so etwas gefiel ihr eben.

Um seine grauen Augen waren viele kleine Falten und auch vor der Stirn hatte sich inzwischen eine einzige waagerechte tiefe Falte gebildet.

Sein Gesicht war insgesamt etwas kantig, was ihm eine maskuline Ausstrahlung verlieh. Unter dem Ärmel seines T-Shirts erkannte man die schwarzen Ornamente eines Tattoos und auf der Innenseite seines Unterarms prangte ein tätowierter Wolfskopf.

Auch auf dem linken Arm blitzte das Stück eines Tattoos unter dem T-Shirt-Ärmel hervor.

„Siehst gut aus, Sido", sagte er und lachte, wobei sich die Falten um seine Augen herum vertieften.

„Du auch. Hast dich ein bisschen verändert, seit wir uns das letzte Mal gesehen haben. Hast du ein neues Tattoo?"

Er grinste und schob seinen Ärmel hoch und zum Vorschein kam ein Anker. Sidonia lachte. „Das passt. Willst du immer noch auf einem Hausboot leben?"

Er nickte. Allein die Vorstellung brachte ihn zum Strahlen. „Klar. Auf jeden Fall."

„Was macht der Job?"

„Super. Seit ich für die Anwälte arbeite, läuft's echt gut.

Alexandra trat ungeduldig von einem Fuß auf den anderen, aber sie ließ den beiden einen Moment der Wiedersehensfreude. Sie dachte, dass sich das wohl so gehöre, denn immerhin hatte sich Sidonia darum gekümmert, dass Bruno jetzt hier war.

Dabei dachte sie: Was ist nur zwischen den beiden. Geht da mehr? Oder war da mal mehr?

Sidonia und Bruno ließen sich schließlich in den beiden Sesseln nieder, während Alexandra sich auf ihr Bett setzte. Sidonia hatte Bruno zwar schon am Telefon die Situation geschildert, aber viele Details fehlten noch. Jetzt berichtete Alexandra wieder einmal haarklein von Patricks Auftrag, das Haus zu kaufen und von seinem Verschwinden. Dieses Mal kam der Einbruch ins Landhaus hinzu.

Als sie geendet hatte, blieb Bruno Feldmann stumm.

Alexandra sah ihn gespannt an. Sie wusste nicht, was sie von seinem Schweigen halten sollte.

Sidonia sprach als Erste. „Und? Was hältst du davon, Bruno?"

„Aufgrund meiner langen Berufspraxis muss ich euch zustimmen. Das ist schon sehr merkwürdig. Der junge Mann setzt den Auftrag und seinen Job aufs Spiel, was merkwürdig genug wäre. Auch sein offenbar ungewöhnliches Verhalten wie das Schreiben der Karte ist auffällig. Die untypische Anrede deines Namens – ,tschuldigung, darf ich *Du* sagen?"

94

Alexandra nickte geistesabwesend. „Ja natürlich, kein Problem."

„Wenn Menschen mehrere ungewöhnliche Dinge so plötzlich und aus dem Nichts heraus machen, dann sind sie entweder durchgeknallt, Burnout oder so oder..." Er stoppte. „...oder es ist ihnen etwas passiert, nicht wahr? Er wollte mir das signalisieren."

Bruno hob die Schultern. „Ich kenne Patrick Köhler ja nicht. Aber das Ganze ist zumindest ein Grund, zu recherchieren. Es könnte auch sein, dass er selbst in der Sache drinsteckt."

„Wieso das denn?", fuhr Alexandra auf.

„Woher soll ich das wissen? Vielleicht hat er sich an etwas bereichert, das im Landhaus gelegen hat. Geld, Schmuck, Antiquitäten?"

„Niemals!", rief Alexandra leidenschaftlich aus.

Sidonia legte beschwichtigend die Hand auf ihren Arm.

„Das Landhaus war leer, die Eheleute Pasquier haben nur einige Möbel stehen gelassen, die entweder weiterverkauft oder für das Landhaus übernommen werden sollten. Und die sind nicht etwa weggeschafft, sondern zerstört worden", berichtete Sidonia.

„Ich versuche gerne, dir zu helfen." Er zwinkerte Sidonia zu. „Wir waren schon mal ein gutes Team."

Alexandra zog die Augen zusammen und blickte zwischen den beiden hin und her. Wieder hatte sie das Gefühl, dass da mehr war zwischen den beiden. Dieses Mal war das Gefühl sogar stärker, als vorhin.

Sie wirkten sehr vertraut miteinander, denn Sidonia lächelte so merkwürdig und nickte dann nur.

„Aber wir müssen wirklich alle Möglichkeiten in Betracht ziehen. Und dann gibt es da noch ein Problem: Ich spreche kein Französisch."

„Das macht nichts, Alexandra und ich sprechen es beide. Wir übersetzen für dich", beeilte sich Sidonia zu versichern.

„Na gut, wo fangen wir an?", fragte Alexandra dann ungeduldig.

„Die einzige Spur führt bisher in das Landhaus. Also müssen wir auch dort anfangen. Lasst uns zusammen hinfahren, damit ich überhaupt gesehen habe, wovon wir reden."

Alexandra nickte, obwohl sie nicht allzu begeistert von der Vorstellung war, schon schnell wieder dorthin zu fahren. Aber früher oder später musste das ja sowieso sein. Sie wollte schließlich immer noch das Hotel einrichten.

„Außerdem werde ich mich mit der Immobilienfirma in Verbindung setzen und mit den Vorbesitzern. Wir müssen herausfinden, ob etwas gestohlen oder nur etwas gesucht wurde. Vielleicht war etwas darin, dass dir überhaupt nicht auffallen würde."

„Mir sowieso nicht. Ich war ja nie zuvor drin. Zum ersten Mal habe ich es gestern zusammen mit Sidonia und der Polizei betreten."

„Wir sollten einfach etwas herumstochern und versuchen herauszufinden, ob es zu dem Landhaus irgendwas Wissenswertes gibt."

„Was sollte es denn da zu wissen geben?", fragte Alexandra irritiert.

„Keine Ahnung, aber nichts ist unmöglich. Ich habe in meiner Berufslaufbahn schon die merkwürdigsten Dinge erlebt. Wir müssen für alles offen sein und dürfen nichts unversucht lassen oder siehst du das anders?"

„Nein, natürlich nicht. Kann ich helfen?"

„Klar, hör dich einfach ein bisschen um. Fang im Hotel an."

Alexandra nickte, aber sie hatte wirklich keine Ahnung, wie sie das anfangen sollte. Aber sie war froh, dass dieser Bruno Feldmann nun da war. Er schien die Sache in die Hand zu nehmen und er nahm sie und ihre Sorgen ernst. Endlich kam Bewegung in die Sache.

Der Anruf war alarmierend.

„Ein Mann aus Deutschland ist angekommen, der dieser jungen Frau hilft?" bellte der Mann in den Hörer. „Verflucht, die findet wohl an jeder Ecke jemanden, der ihr hilft. Erst diese Hippiefrau und dann taucht noch ein Typ auf, der extra angereist kommt?"

„Ja. Und vermutlich steht uns diese deutsche Firma auch bald auf den Füßen. Die werden nicht ewig warten, bis sie mit dem Innenausbau loslegen können."

Stille. Verdammt. Dieser Verkauf dieses Landhauses hätte auch ruhig noch etwas warten können. Das ganze Timing war höchst unpassend gewesen.

„Wir müssen etwas tun, damit die Frau Ruhe gibt. Dass sie ein paar Tage noch die Füße stillhält. Wir brauchen noch etwas Zeit in dem Haus, aber wir dürfen es auch nicht zu einem Tatort machen, sonst scharwenzelt die ganze Zeit die Polizei dort herum und wir kommen gar nicht mehr rein. Das mit dem angezeigten Einbruch war schon schlimm genug, das hat uns Zeit gekostet. Wir müssen dem deutschen Trio Angst machen, ohne dass ein Verdacht auf uns fällt. Im Augenblick stehen wir nicht im Focus, wir haben ja auch gar keine Verbindung zu diesem Haus. Und das soll auch so bleiben. Und wir müssen mehr Gas geben und die Frau beobachten. Mince alors! Das darf nicht schief gehen!"

Kapitel 8
Do., 17. Juni 2021
- der 4. Tag im Elsass -

Alexandra Werle sprang am nächsten Morgen ziemlich beschwingt die Treppe herunter. Die Begegnung mit Bruno Feldmann hatte ihr gut getan. Seine Art, die Sache anzupacken, gab ihr neuen Mut und Zuversicht. Heute Morgen hatte sie tatsächlich Hunger und freute sich auf ein ausgiebiges Frühstück. Doch bevor sie Richtung Speisesaal abbiegen konnte, wurde sie am Empfang aufgehalten.

Es war nicht der nette Laurent Bouchard, den sie ins Herz geschlossen hatte, vermutlich, weil er ihr an ihrem ersten Tag, als sie so völlig verzweifelt gewesen war, seine Hilfe angeboten hatte.

Heute Morgen war dort eine gepflegte Frau in den Dreißigern, die in dem blauen Kostüm des Hotels steckte und ihre Haare akkurat hochgesteckt hatte. „Ich habe eine Nachricht für Sie", flötete sie, als Alexandra sich der Theke näherte.

„Ach tatsächlich?" Alexa zog die Nase kraus. Von wem konnte das sein? Von ihrer Firma aus Heidelberg? Oder vielleicht den Mitarbeitern der Immobilienfirma, denen doch noch etwas eingefallen war? Aber beide hätten sie doch auch direkt auf dem Handy kontaktieren können.

Nein, das war alles Blödsinn…

So viele Gedanken gingen ihr in diesem kurzen Moment durch den Kopf, in dem die junge Frau sich umdrehte und aus den schmalen Regalfächern ein Päckchen zog.

Alexandra starrte jetzt noch verwirrter darauf. Ein Poststempel war nicht darauf, also musste das doch jemand abgegeben haben.

„Stimmt etwas nicht?", fragte die junge Frau auf deutsch mit einem wunderbar sympathischen Akzent.

„War jemand hier, der das für mich abgegeben hat?", fragte Alexandra.

„Ich glaube schon, aber das war noch vor meiner Schicht. Mein Kollege hat mich nur darauf aufmerksam gemacht, dass für Sie etwas abgegeben wurde."

„Aber wer war das?", fragte Alexandra aufgeregt.

„Es tut mir leid." Die junge Frau spürte die Not ihres Gastes, aber sie konnte deren Frage nicht beantworten. Es war ja auch für sie nicht wichtig gewesen, das zu wissen. Nur, dass ein Päckchen da war, damit sie es nicht etwa übersah und es vergessen im Regal liegen blieb.

„Schon gut", lächelte Alexandra verhalten. Ihr war auf mit einem Schlag ganz merkwürdig zumute. Hunger verspürte sie plötzlich nicht mehr, das Frühstück musste noch etwas warten. Zuerst würde sie sich ansehen, was in dem Päckchen war. Sie konnte sich das absolut nicht vorstellen.

Sidonia hatte ihren Aufenthalt im Elsass zum Glück verlängern können. Sie hatte ursprünglich übermorgen weiterreisen wollen, aber daran war jetzt nicht mehr zu denken. Sie war froh, dass in ihrer Gaststätte für die nächsten Tage das kleine Studio noch frei war, sodass sie darin bleiben konnte und sich keine neue Unterkunft suchen musste. Außerdem fühlte sie sich auch sehr wohl in dem kleinen Ort und der persönlich geführten Gaststätte. Heute hatte sie sich dazu entschlossen, auf der Terrasse das Frühstück einzunehmen. Sie hätte sowieso Baguette einkaufen müssen. Und hier konnte sie ebenso gut sitzen wie in ihrem Studio, Kaffee trinken und essen, während sie in ihrem Roman las. Wenn sie allein frühstückte, machte es ihr Freude, dabei zu lesen. Sie war sehr ruhig. Auch wenn aus Bruno und ihr auf Dauer kein Paar werden konnte, tat es ihr doch gut, dass er hier war und diese Angelegenheit in die Hand nahm. Hinter dem Verschwinden des jungen Mannes schien doch etwas mehr zu stecken, als sie anfangs gedacht hatte. Dieses Rätsel konnte sie nicht lösen und sie konnte Alexandra auch nicht allein lassen. Aber jetzt hatte sie das Gefühl, dass die Dinge in die richtige Richtung liefen. Sie hatte großes Vertrauen in Brunos Arbeit.

Sie merkte, dass sie sich nicht auf ihr Buch konzentrierte und klappte es zu. Sie nippte an ihrem dampfenden Kaffee und biss in ihr Croissant. Die Luft auf der Terrasse war angenehm, sie beobachtete die ruhige Seitenstraße, an der die Terrasse lag.

Alles schien gut zu sein. Und plötzlich geschah es wieder. Wie eine Woge strömte die Unruhe durch ihren Körper, machte sich breit, ließ ihr Herz schneller schlagen und ihre Haut unangenehm kribbeln.

Sie hatte das Gefühl, nicht mehr atmen zu können und griff sich an den Hals, der immer enger zu werden schien.

„Madame, ist alles in Ordnung?", fragte eine weibliche Stimme.

Sie blickte die dazugehörige Frau an ohne sie wirklich wahrzunehmen.

So schnell dieser Anfall – anders konnte man es kaum nennen – sie überkommen hatte, so schnell verebbte er wieder. Sie konnte wieder ruhig atmen. Sie sah die Frau mittleren Alters mit der etwas zu biederen Kurzhaarfrisur, die eben noch mit ihrem Ehemann am Nachbartisch gesessen hatte. „Ist alles in Ordnung? Soll ich einen Arzt rufen?", fragte diese.

Sidonia versuchte ein Lächeln. „Nein, es geht schon wieder. Haben Sie vielen Dank, es war sehr freundlich von Ihnen."

„Keine Ursache."

Aber die Frau blieb stehen und blinzelte unsicher zu ihrem Ehemann hinüber. Sie hatte offensichtlich kein gutes Gefühl dabei, Sidonia einfach allein zu lassen. „Ist wirklich alles gut? Vielleicht wäre es besser…"

„Es ist sehr nett von Ihnen, dass Sie sich so sorgen, aber es ist wirklich alles gut."

„Sie sind nicht krank?"

„Nein, nur manchmal können etwas Atembeschwerden auftreten, das ist alles."

„Haben Sie ein Medikament dagegen?"

Jetzt lächelte Sidonia schon etwas offener. Auch ihr Herz schlug wieder normal. „Ja natürlich, es ist auf meinem Zimmer", log sie.

Das, was sie hatte, hatte nichts mit Asthma oder ähnlichem zu tun, auch nicht mit Herzproblemen. Sie wusste, was es war – die Vorahnung von Unheil. Doch das konnte sie der Frau nicht sagen. Aber sie hatte das Gefühl, ihr eine Antwort schuldig zu sein.

Nicht jeder kümmerte sich um seine Mitmenschen, wenn es ihnen augenscheinlich nicht gut ging. So jemand hatte es nicht verdient, für seine Fürsorglichkeit mit einer abweisenden Antwort abgetan zu werden.

Die Frau nickte jetzt offenbar beruhigter. „Na dann... dann wünsche ich Ihnen einen schönen Tag. Und vergessen Sie lieber nicht, Ihr Medikament mitzunehmen, wenn Sie Ihr Zimmer verlassen."

„Das werde ich bestimmt nicht noch einmal tun."

Ein letzter kurzer Blickwechsel, dann setzte die Frau sich wieder an ihren Tisch. Sie war wirklich sympathisch. Niemand, der überall seine Nase hineinsteckte, der andere bevormunden wollte, aber jemand, dem seine Mitmenschen nicht gleichgültig waren.

Das lässt doch hoffen für die Menschheit, dachte Sidonia.

Sie atmete noch einmal kräftig durch und biss in ihr Croissant. Noch eine halbe Stunde, dann würde sie von Bruno und Alexandra abgeholt, schließlich lag Eguisheim auf der Strecke zu dem Landhaus, das sie Bruno heute Morgen zeigen wollten.

Hoffentlich kommen sie, dachte sie. Hoffentlich ist nichts passiert.

Bruno hatte von Alexandra eine kurze WhatsApp erhalten: *Wenn du im Hotel bist, komm bitte in mein Zimmer. Habe heute Morgen etwas bekommen, das ich dir unbedingt zeigen muss.*

Etwas, das sie ihm zeigen musste? Was hatte das nun wieder zu bedeuten?

Natürlich zögerte er nicht, ihrer Bitte nachzukommen und lief schnurstracks die Treppen hinauf bis zu ihrem Zimmer, das er ja bereits vom Vorabend kannte. Er klopfte an. Ihm fiel sofort Alexandras eingeschüchterter Gesichtsausdruck auf, als sie öffnete.

„Was ist passiert?", fragte er während er eintrat.

„Ich muss es dir zeigen", erwiderte sie nur. Er folgte ihr in das Zimmer, ließ sich in dem gleichen Sessel nieder wie gestern Abend und sah zu, wie sie den DVD Player und Fernseher anschaltete. Seine Stirn zog sich unwillkürlich in Falten. Was um Himmels Willen war das denn? Was war hier los?

Bruno fuhr sich verwirrt mit der Hand über das Gesicht. Was er da sah, war sehr verstörend. Die DVD zeigte kurze Filme und Bilder von Alexandra. Es zeigte sogar Bilder von gestern Nachmittag, als sie sich zu dritt getroffen hatten, kurz bevor sie gemeinsam auf Alexandras Zimmer gegangen waren. Vom Zimmer selbst gab es zum Glück keine Bilder.

Alexandra stoppte den Film. „Das war alles gestern. Keine Ahnung, ob ich gestern verfolgt worden bin. Aber sieh dir den Abschluss an."

Bruno antwortete nicht, sondern sah nur gespannt auf den Bildschirm. Alexandra ließ das Band weiterlaufen.

Dann erschien ein Schriftzug. „Halt die Füße still und bleib vom Landhaus fern. Sonst..." Eine Pistole erschien im Bild und wurde abgefeuert. Eine Kugel trat in Zeitlupentempo aus und flog quer über den Bildschirm.

Bruno wandte zum ersten Mal seinen Blick zur Seite und sah Alexandra an. Die junge Frau starrte völlig apathisch auf den Fernseher.

„Ist das eine Drohung?", brachte sie hervor.

Bruno nickte. „Ja, ich glaube, das soll eine sein. Aber warum? Ich meine, du bist Mitarbeiterin einer Firma, die das Haus gekauft hat. Du hast also jedes Recht dort zu sein."

„Was wollen die?"

„Und wer sind die? Was hat es mit dem Haus auf sich? Suchen die dort etwas? So, wie ihr mir den Zustand der Räume geschildert habt, liegt das nahe."

„Haben die Patrick ermordet?" Jetzt brach sie in Tränen aus. Sie war so voller Angst. Angst um sich selbst, Angst, dass Patrick etwas zugestoßen war.

Bruno erhob sich und nahm sie in den Arm. „Na, nun mal nicht gleich den Teufel an die Wand. Wir werden schon herausfinden, was da los ist. Aber zuerst sollten wir Sidonia eine Nachricht schicken. Sie fragt sich sicher schon, wo wir bleiben."

„Ja", schniefte Alexandra. „Was sollen wir denn jetzt tun?"

„Zum Landhaus fahren, so wie wir es gestern schon besprochen haben. Ich will es wenigstens mal gesehen haben. Und der Schlüssel zu den ganzen Geschehnissen liegt dort."

„Aber wir können doch jetzt nicht mehr dorthin fahren!", rief sie verzweifelt aus. „Denk an die Nachricht am Schluss des Videos."

„Okay, es ist deine Entscheidung. Ich bin nur der Schnüffler, den du engagiert hast. Was willst du machen?

Kopf in den Sand stecken und aufgeben oder weitersuchen?"

Sie sagte nichts. Sie fühlte sich im Augenblick überhaupt
nicht in der Lage, das zu entscheiden. Dabei war sie doch
normalerweise so tough. Immer entscheidungsfreudig. Eine
moderne Karrierefrau. Aber alle Entscheidungen, die sie
bisher getroffen hatte, hatten überhaupt keine Ähnlichkeit
mit dieser hier. Noch nie war sie in einer Situation gewesen,
in der ihr Leben bedroht worden war und so sah es doch
jetzt wohl aus.

Sie sah zu, wie Bruno eifrig in sein Handy tippte. Es sah
irgendwie ein bisschen umständlich aus, als würde er Problem e haben, die kleinen Buchstabentasten richtig zu treffen.

„Ich habe Sidonia geschrieben, dass wir jetzt kommen.
Bis wir dort sind, kannst du dir überlegen, wie es weitergehen soll."

Sie nickte und zog die Nase hoch.

Oder sie konnte Sidonia bitten, die Entscheidung für sie
zu treffen. War das blöd? Sie hatte doch erzählt, dass sie
Handleserin war. Musste sie da nicht wissen, was das
Richtige war?

Sidonia fühlte sich extrem unwohl, als sie zusammen mit
Bruno und Alexandra Richtung Landhaus fuhr. Sie hatte
Alexandras Zerrissenheit gefühlt. Die junge Frau wollte,
dass sie als Hellseherin die Entscheidung für sie traf. Sie
sehnte sich regelrecht danach, dass ihr selbst die Verantwortung für das weitere Vorgehen abgenommen wurde.
Aber Sidonia hatte ihr klargemacht, dass sie so etwas

niemals tat. Sie konnte immer nur in der Hand oder den Karten lesen und die Botschaften vermitteln. Die Entscheidungen musste jeder Mensch selbst treffen. Die Zukunft war niemals in Stein gemeißelt, aber jede Entscheidung zog Konsequenzen nach sich.

Sidonia hatte von ihrer inneren Aufruhr berichtet, die plötzlich beim Frühstück regelrecht über sie hergefallen war. Es musste ungefähr zu der Zeit gewesen sein, als Alexandra die DVD bekommen oder sie gesehen hatte.

Sie nahm die schmale Hand der jungen Frau in ihre Hand und konnte sehen, dass sie an einem Scheidepunkt stand. „Hier teilt sich dein Weg. Was du entscheidest, hat auf jeden Fall Auswirkungen auf dein Leben. Es ist keine leichte Entscheidung wie für eine Besichtigung, einem Ausflug oder sogar einem Hauskauf. Es ist viel weitreichender."

„Werde ich ... getötet?", fragte Alexandra stockend.

„Den Tod kann man nicht vorhersehen. Auch wenn das viele denken, ist er nicht in den Handlinien zu erkennen", sagte Sidonia. „Aber wir wissen doch, um was es geht. Natürlich könnten wir verletzt werden, jeder von uns. Es scheint irgendein Geheimnis um das Haus zu geben, das wir noch nicht kennen. Vielleicht müssen wir dem aber auf die Spur kommen, um Patrick zu retten oder zumindest, um zu erfahren, was mit ihm passiert ist. Es kann aber auch ganz anders sein. Vielleicht ist *Füße stillhalten* das Beste, was wir machen können. Vielleicht zieht alles, was wir unternehmen, uns und Patrick erst recht weiter in den Abgrund."

„Das ermutigt mich nicht gerade, Sidonia. Was, wenn ich genau das Falsche tue?"

Sidonia hob die Schultern. „Man weiß immer erst hinterher, was richtig ist. Hör in dich hinein, versuch, dir beide Entscheidungen vorzustellen. Du wirst spüren, welches die richtige ist."

„Wirklich?"

Sidonia nickte. „Hör auf dein Gefühl. Eine der Möglichkeiten wird sich falsch anfühlen. Bruno und ich sind bei dir, egal wie du dich entscheidest."

Sie schwiegen alle drei. Sidonia und Bruno, um Alexandra die Zeit zu geben, die sie für ihre Entscheidung brauchte. Alexandra schwieg, um ihre innere Stimme zu hören, um in sich zu gehen und zu erspüren, was sie wollte, was sie tun musste.

Sie wusste genau, was die Ältere meinte. Sie hatte es doch selbst schon erlebt, so wie vielleicht jeder Mensch. Entscheidungen, die sie aus irgendwelchen rationalen Gründen heraus getroffen hatte, obwohl sie diese als falsch empfunden hatte, waren auch immer falsch gewesen. So wie mit dem Job, den sie vor ihrem jetzigen hatte. Das Angebot war hervorragend gewesen, sie hatte sogar mehr verdient als jetzt. Jeder sagte ihr, sie sei dumm, wenn sie es nicht annehmen würde. So hatte sie am Ende angenommen, obwohl eine kleine lästige Stimme in ihrem Inneren sie gewarnt hatte. Sie war nach Heidelberg gezogen und hatte in der Firma angefangen. Sie hatte später nicht gewusst, warum das warnende Gefühl überhaupt da gewesen war. Nichts hatte objektiv gesehen darauf hingedeutet, wie es dort wirklich lief. Das Betriebsklima war dermaßen furchtbar gewesen, der Druck dermaßen hoch, dass sie schon nach wenigen Monaten wieder gekündigt hatte. Gott sei Dank hatte sie schnell ihren jetzigen Job gefunden, bei dem sie sich sehr wohl fühlte.

Sie schloss die Augen und versuchte, alle anderen lästigen Gedanken einfach auszuschalten.

Schließlich begann sie wieder leise zu sprechen: „Ich habe mir jetzt vorgestellt, weiterzusuchen und es macht mir Angst, aber ich weiß auch, dass etwas nicht stimmt und dass Patrick in Gefahr ist. Vielleicht ist er sogar schon tot. Und ich habe mir vorgestellt, mit der Suche nach Patrick aufzuhören, nach Hause zu fahren, meinem Chef das weitere Vorgehen zu überlassen. Für ihn wäre das okay, er würde nicht wollen, dass ich mich in Gefahr begebe ebenso wenig wie Patrick. Aber es fühlt sich so ungeheuer falsch an, obwohl ich damit außer Gefahr wäre."

Sidonia nickte. „Gut, dann fahren wir", sagte sie nur. Sie würde dieses Gefühl nicht infrage stellen.

„Na dann los. Ich passe schon auf euch auf!", verkündete Bruno.

Sidonia verzog leicht das Gesicht. Sie erinnerte sich zu gut, wie Bruno damals in der Hütte im Wald zusammengeschlagen und gefesselt worden war. So etwas durfte nicht noch einmal passieren. So würde er nicht auf sie aufpassen können.

Sie stiegen in seinen grauen Mazda, den er schon damals gefahren hatte – Sidonia setzte sich neben ihn und Alexandra nahm auf der Rückbank Platz. Dann fuhren sie los.

Das Haus lag da wie gestern und vorgestern auch, aber heute wirkte es irgendwie abweisend. Alexandra schalt sich eine dumme Gans, dass sie überhaupt solche Gedanken hatte. Ein Haus konnte nicht abweisend sein. Es bestand aus Steinen und Ziegeln und Glas für die Fenster. Tote Gegenstände. Die hegten weder Abweisung noch Zuneigung. Es lag nur an dieser blöden DVD und an ihrer Angst.

„Stoppt mal", befahl Bruno plötzlich.

„Was ist?", fragte Alexandra.

„Dort ist irgendwas", antwortete Sidonia an Brunos Stelle.

Alexandra lauschte. „Nein, ich kann nichts hören."

Bruno wusste es besser, aber er ging dennoch vorsichtig weiter. Wenn dort etwas war, mussten sie herausfinden, was.

„Die Tür ist ja nur angelehnt", meinte Alexandra plötzlich verwirrt. Ihr Herz klopfte wild. Sie verstand auf einmal die Redensart: *Man glaubt, das Herz müsste zerspringen.*

Bruno trat vor die junge Frau und schob die Tür langsam auf. Ganz langsam tastete er sich vor. Vor zwei Jahren hatte er auf diese Art eine Hütte betreten, hinter deren Tür jemand auf ihn gewartet und ihn niedergeschlagen hatte. Damals hatte er sich reinlegen lassen wie ein Anfänger. Das hatte ihn mehr geärgert als geängstigt und es würde ihm sicher nicht noch einmal passieren.

Er blickte in den Raum, stieß dann die Tür mit einem heftigen Ruck auf, so dass jemand, der dahinter stehen würde, einen gehörigen Schlag abbekommen würde. Aber es stand niemand dort.

Sidonia und Alexandra folgten Bruno in die Diele des großen Hauses. Sie betraten zu dritt den Salon, den

Alexandra zum Speisezimmer ausbauen lassen wollte. Sie trat an den Tisch, um den herum lauter Utensilien lagen, aus den Schränken gerissene Schubladen, zerschlagenes Geschirr, das von den Besitzern zurückgelassen worden war.

Sie starrte den Bruchteil einer Sekunde ungläubig auf den Tisch. Dann begann sie zu schreien. Schrill und spitz. Voller Verzweiflung und Angst. Sie hielt ihren Kopf mit den Händen fest, als müsste sie ihn stützen. Sidonia und Bruno waren sofort an ihrer Seite.

Auch sie starrten ungläubig auf das, was sie auf dem Tisch vorfanden.

In die Oberfläche waren Worte eingeritzt worden:
Hau ab Schlampe, wenn dir dein Leben lieb ist.

Alexandra spürte Sidonias Hand auf ihrer Schulter, aber sie war nicht fähig, dies als beruhigende Geste anzunehmen. Sie schrie noch immer, als sie sich umdrehte und aus dem Haus rannte.

Aus dem oberen Stockwerk begleitete sie höhnisches Gelächter.

Bruno und Sidonia schoben die völlig hysterische Alexandra in den Fond des Mazdas. Sidonia setzte sich neben sie und Bruno brauste los. Er fuhr die Waldstraße entlang, bis sie inmitten von Weinbergen waren und das Haus nicht einmal mehr sehen konnten. Dort, irgendwo in freier Natur, hielt er an und stieg aus.

„Lasst uns ein Stück laufen", sagte er zu den Frauen auf der Rückbank.

111

Sidonia nickte und zog Alexandra aus dem Wagen. Die junge Frau war noch immer nicht fähig, selbst zu agieren. „So, jetzt atme erst einmal kräftig durch", riet Sidonia, als Alexandra vor dem Wagen stand. Die Luft tat gut. Alexa nahm wahr, dass es angenehm warm war, dass die Sonne schien, dass sie inmitten von Weinbergen stand.

Sie stützte ihre Hände auf die Knie und atmete kräftig durch.

Sidonia ließ sie gewähren, Alexandra musste sich erst mal beruhigen. Sie hörte das leise Klicken, als Bruno den Wagen per Fernbedienung verschloss.

Endlich richtete sich Alexandra auf.

„Geht es wieder?", fragte Sidonia.

Alexandra sah sie an, als hätte sie nicht richtig gehört. „Nein, natürlich nicht. Was ist das für eine Frage?"

„Alexa", beschwichtigte Sidonia und legte ihren Arm um die Schultern der jungen Frau, „komm, lass uns ein paar Schritte gehen."

Alexandra ließ sich mitziehen. Bruno lief neben den beiden Frauen her. Er fühlte sich etwas überflüssig, denn er hatte keine Ahnung, wie er der jungen Frau in ihrer Verfassung helfen konnte, aber er war derjenige, der das Geheimnis um dieses Landhaus lösen konnte.

„Was war da los?", brachte Alexandra schließlich hervor. „Ich meine, erst die DVD mit den Bildern von mir, dann die eingeritzte Warnung auf diesem Tisch, das Gelächter... Da war doch jemand im Haus?"

Sidonia sah zu Bruno, der das Wort ergriff. Leise und verständnisvoll mit dem Gefühlschaos, das in Alexandra wirken musste, aber doch sachlich und beherrscht – ganz der

Detektiv, der sich in einen Fall hineinarbeitete. „Ja, da war jemand im Haus. Das sind Leute, die dir Angst machen wollen. Die wollen dich aus dem Weg haben. Sie schicken dir die Bilder, um dir zu zeigen, dass sie in deiner Nähe sind, dass sie dich beobachten. Für den Fall, dass das nicht ausreicht, um dich fernzuhalten, ritzen sie die Warnung in den Tisch. Dass diese Leute gerade im Haus waren, deutet wohl darauf hin, dass sie dort tatsächlich etwas suchen. Ebenso wie das Durcheinander."

„Aber... aber was kann das sein?", brachte Alexandra hervor.

„Das wissen wir nicht. Noch nicht. Alexandra, wir müssen zur Polizei.

Ich werde mich mit eurer Hilfe weiterhin um die Sache kümmern, Nachforschungen anstellen, versuchen, herauszufinden, was dahintersteckt. Aber ganz ohne Polizei mache ich das nicht. Das Ganze deutet eindeutig auf ein Verbrechen hin. Ich werde dich gerne begleiten, wenn du möchtest."

„Ja, das wäre nett. Ich glaube, ich schaffe das gerade gar nicht allein."

„Gut, wenn du dich soweit beruhigt hast, können wir ja wieder weiterfahren. Sido? Was ist mit dir? Sollen wir dich in deiner Gaststätte absetzen oder in Colmar? Wir müssen ja nicht zu dritt bei der Polizei auflaufen."

„Da gebe ich dir recht. Ich würde aber lieber in Colmar bleiben und mich ein bisschen umhören, vielleicht gibt es ja irgendein Geheimnis um das Haus, irgendeine alte Geschichte, der nie jemand Bedeutung beigemessen hat oder so etwas. Außerdem würde ich mir gerne selbst einmal den Film ansehen. Wäre das für dich in Ordnung, Alexandra?"

„Klar. Die DVD liegt beim Fernseher." Die junge Frau kramte in ihrer Handtasche und reichte Sidonia ihre Schlüsselkarte.

„Danke für dein Vertrauen", sagte Sidonia.

„Wir müssen anders vorgehen. Irgendwas stimmt nicht", murrte der Mann am Telefon. „Es kann nicht sein, dass wir tagelang das ganze Haus durchsuchen und nichts finden. Beschafft euch Informationen über das Haus. Vielleicht sah es früher anders aus. Ist es umgebaut worden? Verdammte Scheiße, das kann doch alles nicht wahr sein. Es sah so einfach aus, als wir damit begonnen haben. Wir werden diese Frau und ihre ganze Firma nicht für ewig fernhalten können."

„Ja, das mache ich. Aber wie komme ich an solche Informationen ran?"

„Lass dir was einfallen." Stille. Der Mann am Telefon dachte nach. Dann hatte er die zündende Idee. „Wir müssen uns diese Kleine vornehmen."

„Die Innenarchitektin haben wir doch schon am Wickel."

„Mann, bist du blöd. Ich meine doch die Kleine mit dem Brief. Die muss doch mehr wissen von ihrem Großvater. Mince, das kann doch alles nicht wahr sein."

„Vielleicht ist einfach nichts mehr da. Ist doch alles schon eine Ewigkeit her."

114

„Mmm." Das wollte der Mann sich lieber gar nicht ausmalen. Dann wäre die ganze Arbeit umsonst gewesen, alle Mühen, den Umbau des Landhauses aufzuhalten und alles, was sie dafür getan hatten. Alle Hoffnungen, die sie daran geknüpft hatten. Alles umsonst? Das wäre ja nicht auszudenken.

„Tu, was ich gesagt habe und ansonsten sieh zu, dass unsere Arbeit geheim bleibt. Wir sind jetzt zu fünft und mehr sollten auch nicht davon erfahren."

„Das ist klar, Chef."

Der Anrufer war sehr stolz darauf, einer der wenigen Eingeweihten zu sein. Der Chef musste großes Vertrauen in ihn haben.

„Und sieh zu, dass nichts, was du oder ihr unternehmt, eine Verbindung zu einem von uns zieht. Bisher ist das gut gelungen. So soll es bleiben."

„Ja, ist klar."

„Gut. Salut."

Das Gespräch war beendet. Der Mann, der als Chef betitelt wurde, stöhnte. Was hatte er triumphiert, als dieser Brief bei ihm ankam. Mit den besten Absichten und den Zeilen eines längst Verstorbenen. Er hatte sich nicht vorgestellt, wie schwierig alles werden würde und was er dafür tun musste, um sein Ziel zu erreichen. Und ein Ende war nicht in Sicht. Aber aufgeben kam nicht infrage. Er hoffte nur, dass es sich wirklich lohnen würde.

Alexandra und Bruno ließen den Wagen beim Hotel stehen und gingen zu Fuß zum Polizeirevier. Der Polizist ließ sie einen kurzen Moment warten, während er telefonierte. Dann führte er sie in das Büro eines Polizeikommissars. Er war etwas jünger und kleiner als Bruno und hatte volle dunkle Haare.

Er kam ihnen entgegen und reichte Alexandra und Bruno zur Begrüßung die Hand.

„Guten Tag, Madame, Monsieur... Mein Name ist Commissaire Fabrice Charpentier – und das ist mein Kollege Philippe Allard. Wir sind inzwischen mit dem Fall Köhler betraut", stellte er sich und seinen Kollegen vor.

„Bitte, nehmen Sie Platz."

Der Kommissar ließ sich in seinem Bürostuhl nieder, während Bruno und Alexandra sich auf die Besucherstühle setzten. Philippe Allard blieb an seinem Schreibtisch sitzen und beugte sich aufmerksam vor.

„Alors, was kann ich für Sie tun, Madame Werle? Ich kann Ihnen versichern, wir arbeiten mit Hochdruck an dem Fall. Nach dem Aufruf in den Medien haben wir bisher leider keine brauchbaren Hinweise erhalten, die uns weiterbringen. Wir haben auch mit Ihrem Chef in Heidelberg gesprochen, der Monsieur Köhler als sehr zuverlässig beschreibt, was dieses spurlose Verschwinden ohne jede Nachricht in der Tat recht unglaubwürdig erscheinen lässt." Er hob die Arme. „Ich gebe zu, dass das alles schon sehr merkwürdig ist."

Alexandra übersetzte alles für Bruno, der die Sprache ja nicht verstand.

„Pardon, Monsieur Commissaire, das ist ein Freund aus Deutschland, der mir hilft, meinen Kollegen zu finden", erklärte sie dann.

Der Kommissar hob eine Augenbraue. „Aber dafür sind wir doch da, Madame", erwiderte er leicht vorwurfsvoll. „Ja natürlich, aber ich kann nicht einfach stillsitzen und abwarten. Es ist schwierig, für mich möglicherweise das Schwierigste, was es gibt", sie versuchte ein entschuldigendes Lächeln, das aber gänzlich misslang. „Aber wir sind hergekommen, weil noch etwas passiert ist."

„Schon wieder etwas Neues? Mon Dieu."

Alexandra berichtete von der DVD, die am Empfang ihres Hotels abgegeben worden war, von ihrer Fahrt zum Landhaus und der Drohung, die in die Tischplatte eingeritzt worden war.

„Außerdem waren wohl Leute im Haus. Die Tür war offen, als wir kamen. Ich gehe nicht davon aus, dass die Polizei sie offen gelassen hat?"

„Nein, auf keinen Fall", bestätigte Fabrice.

„Und als wir wieder gingen, ertönte Gelächter aus der oberen Etage."

Fabrice kratzte sich am Hinterkopf. „Das klingt wirklich nicht gut. Der Verdacht erhärtet sich immer mehr, dass es irgendetwas in dem Haus zu finden gibt. Ich werde mal bei den ehemaligen Besitzern vorbeifahren. Bei der Immobilienmaklerin Madame Tremblay waren wir bereits, aber sie konnte uns nicht weiterhelfen. Falls es irgendetwas Interessantes über das Haus zu wissen gibt, sollte das Ehepaar Pasquier es wissen. Obwohl ich mir beim besten Willen nicht vorstellen kann, was das sein könnte. Aber wir bräuchten sowieso noch deren Fingerabdrücke zu Vergleichszwecken."

„Gab es welche im Haus?", fragte Alexandra.

„Natürlich. Jede Menge. Aber welche wem gehören, müssen wir noch zuordnen. Und von vielen können wir keine Vergleiche ziehen, Besucher von damals, Leute, die das Haus besichtigt haben und auch von Ihrem Kollegen", erläuterte Fabrice.

„Kann ich mitkommen zu den Pasquiers?", fragte Bruno auf deutsch und Alexandra übersetzte.

Der Kommissar zog eine Augenbraue hoch.

Alexandra hatte nicht viel Hoffnung, dass der Kommissar einen deutschen Privatdetektiv, der nicht einmal französisch sprach, bei der Befragung dabei haben wollte. Sie bemerkte den Blick einer stillschweigenden Übereinkunft, den er mit Philippe Allard wechselte.

„Nun ja, ich habe eigentlich nichts dagegen, aber niemand kann ständig für Sie übersetzen und ich werde das Gespräch auch nicht in englisch führen, auch wenn diese Sprache vermutlich jeder spricht", sagte er schließlich.

„Das kann ich ja machen", schlug Alexandra vor.

Fabrice sah sie skeptisch an. Auch noch diese junge Frau mitzunehmen, die so persönlich involviert war, könnte ein grober Fehler sein.

„Wenn Sie es nicht schaffen, sich still zu verhalten und wirklich nur zuhören und für ihn übersetzen, werfe ich Sie beide raus. Haben wir uns verstanden?", machte er in einem Ton deutlich, der keinen Zweifel daran ließ, wie ernst er das meinte.

Alexandra nickte kräftig.

Sidonia hatte das Gefühl, etwas zu viel versprochen zu haben. Sie hatte wirklich keine Ahnung, wo sie sich in Colmar umhören sollte. Sie konnte schließlich nicht einfach wildfremde Leute fragen, ob sie etwas über das Landhaus im Wald wussten.

Zuerst würde sie sich jetzt erstmal die DVD ansehen. Sie ignorierte den Aufzug und ging die Treppe hinauf. Ein wenig komisch fühlte es sich ja schon an, Alexandras Zimmer ohne deren Beisein zu betreten. Aber die hatte es ja erlaubt und Sidonia hatte den Film noch nicht gesehen, Bruno und Alexandra hatten ihr nur davon erzählt.

Sie sah die DVD sofort, jetzt musste sie nur noch schaffen, sie ans Laufen zu bekommen. Sie war nicht gerade ein Technikgenie. Manchmal fiel es ihr schon schwer, in Hotels die Fernseher anzubekommen und umzuschalten. Sie verzog den Mund und schob die DVD in den vorgesehenen Schlitz. Dann schaltete sie den Fernseher ein. Ein französisches Programm flimmerte über den Bildschirm. Okay, wie kam sie jetzt an die DVD? Ahhh... sie musste den DVD-Player natürlich auch einschalten. Ja, jetzt klappte es. Sie erkannte Alexandra auf dem Bildschirm. Es musste gestern gewesen sein, sie erkannte es an der Kleidung, die Alexandra trug. Und dann waren ja auch sie selbst und Bruno zu sehen. Das musste kurz nach Brunos Eintreffen gewesen sein, als sie zu Alexandras Zimmer gingen, um ihm von den Geschehnissen zu erzählen.

Sidonia zog die Stirn in Falten. Irgendwas war komisch. Aber was? Was hatte ihr Unterbewusstsein als so merkwürdig registriert?

Sie drückte noch einmal auf Start und sah sich den Film ein zweites Mal an. Ihre Augen wurden groß und ihr Mund öffnete sich vor Überraschung, ohne dass sie es selbst merkte. Sie schlug sich mit der flachen Hand vor die Stirn. Natürlich. Das war es.

Sie schnappte sich die Key-Card und rannte aus dem Zimmer.

Karine Pasquier, eine sehr gepflegte ältere Dame von inzwischen vierundsiebzig Jahren, stand auf dem Balkon ihres Hauses und genoss die Aussicht. Sie war froh, dass sie und ihr Mann ihr tägliches Geschäft, die Verantwortung und die Arbeit, endlich hinter sich gelassen hatten und hier in der Stadt lebten. Sie konnte einkaufen gehen, in die Apotheke, zum Arzt, ohne mit dem Auto fahren zu müssen. Es ging ihr gut, sie war noch bei guter Gesundheit, bis auf kleinere Probleme mit den Knochen, die man in ihrem Altern nun mal hatte. Vielleicht würde sie irgendwann mal ein neues Kniegelenk haben müssen. Ihr Mann Xavier hatte Probleme mit dem Herzen und inzwischen eine Bypassoperation hinter sich. Am Ende war das ausschlaggebend dafür gewesen, dass er endlich eingewilligt hatte, die Arbeit niederzulegen und in die Stadt zu ziehen. Sicher war das schwierig für ihn, aber Kinder waren ihnen leider nicht vergönnt gewesen, so dass sie niemanden hatten, der den Winzerbetrieb weiterführen konnte.

Ach – Karine sah das realistisch – wenn sie Kinder hätte, wüssten sie auch nicht, ob die das Geschäft übernommen hätten. Man konnte so etwas schließlich nicht erzwingen.

Der alte Fontaine hatte Glück gehabt, wenigstens seine Tochter Margaux und sein Schwiegersohn waren hier geblieben, aber die anderen drei Kinder hatten sich alle für andere Berufe entschieden und lebten über das Land verteilt. Karine atmete tief ein, als wäre sie mitten im Wald, in Wirklichkeit befand sie sich in bester Wohnlage direkt in der Stadt. Aber Colmar war schön. Sie würden hier noch einige schöne Jahre genießen können und sie konnten ja die Wälder immer noch beim Wandern genießen und sogar in den Urlaub fahren.

Sie wunderte sich, als es läutete und riss sich von dem Anblick los, um zur Tür zu gehen. Sie hatten zweimal in der Woche eine Haushaltshilfe, aber heute war keiner dieser Tage.

Einen Augenblick lang ärgerte sie sich, dass sie nicht durch die Sprechanlage gefragt hatte, wer draußen war. Es waren vier Fremde und es stand ihr nicht der Sinn danach, sich mit Fremden zu unterhalten.

„Entschuldigen Sie, Madame Pasquier", sagte ein geschäftsmäßig elegant gekleideter Mann von etwa Mitte vierzig. Gleichzeitig hielt er ihr einen Ausweis unter die Nase, den sie in die Hand nahm und genau betrachtete. Dazu musste sie ihre Brille aufsetzen, die sie an einer Kette um den Hals trug.

„Polizei?", fragte sie dann verständnislos.

„Ja, mein Name ist Commissaire Charpentier und das ist mein Kollege Allard. Wir müssen Ihnen einige Fragen bezüglich des Landhauses stellen, das sie verkauft haben."

Karine machte keine Anstalten, die kleine Gruppe in ihr Haus zu bitten, sie blickte nur schweigend von einem zum anderen.

„Das verstehe ich nicht", sagte sie dann. „Der Verkauf ist ordnungsgemäß abgewickelt worden, das Haus gehört uns nicht mehr."

„Das wissen wir", erwiderte Fabrice geduldig. „Diese Dame ist Innenarchitektin bei der Firma Danner, die das Haus gekauft hat."

Karine sah die junge Frau mit dem seidigen langen Pferdeschwanz und den freundlichen Augen an. „Mein Name ist Alexandra Werle", erwiderte Alexandra mit leicht nervöser Stimme. Aber sie sprach französisch, was Karine freute. Ihr Gesicht hellte sich auf. „Ah, dann sind Sie eine Kollegin von Monsieur Köhler?"

„Ja..." Alexandra stockte. Wie sollte sie der Frau schonend beibringen, was sie alles mit dem Haus erlebt hatte?"

„Es gibt einige unerfreuliche Vorfälle im Zusammenhang mit dem Haus", übernahm Fabrice Charpentier wieder das Wort. „Sie brauchen sich nicht zu sorgen, aber Sie können uns möglicherweise mit ein paar Informationen helfen. Dürfen wir hereinkommen?"

Statt auf die Frage zu antworten, richtete Karine Pasquier jetzt ihre Frage an Bruno: „Und wer sind Sie?"

Bruno war ziemlich angetan von der Frau. Sie war kleiner als Alexandra, vollschlank, hatte kurzgeschnittene silbergraue Locken, viele Falten um die Augen und wenige auf Stirn und Wange. Sie war keine junge Frau mehr, aber sie strahlte Vitalität, Lebensfreude und vor allem Selbstbewusstsein aus. Eine Mischung, die er als sehr positiv empfand.

„Ich bin Bruno Feldmann, Privatdetektiv", erklärte er knapp auf Deutsch.

Alexandra übersetzte.

„Ein Privatdetektiv?", hakte Karine etwas irritiert nach.

„Mein Kollege Patrick Köhler ist verschwunden, in das Haus wurde eingebrochen und ich wurde bedroht", platzte Alexandra plötzlich heraus.

Karine bekam große Augen und blickte die Besucher konsterniert an.

„Madame, Sie haben versprochen, sich zurückzuhalten. Noch ein solcher Ausbruch und Sie verschwinden", wies der Commissaire Alexandra zurecht. Sie fühlte sich gemaßregelt wie ein kleines Kind, aber – sie musste es zugeben, er hatte schon recht. Sie hatte es versprochen. Aber wie sollte sie denn ruhig bleiben in dieser Situation?

„Kommen Sie herein", bat Karine jetzt endlich die vier Besucher und führte sie ins Wohnzimmer.

„Ist Ihr Mann auch da?", fragte Fabrice.

„Oh ja, er hat sich nur ein wenig hingelegt. Ich rufe ihn schnell. Bitte, nehmen Sie Platz. Möchten Sie etwas trinken?"

Wirklich wohl fühlte sie sich im Augenblick nicht mit den fremden Menschen im Haus, auch wenn zwei davon Polizisten waren. Und nun musste sie sie auch noch allein lassen, um Xavier zu holen. Sie atmete erleichtert auf, als sie ihren Ehemann ins Wohnzimmer kommen sah.

„Ich habe Stimmen gehört. Wir haben Besuch?"

Xavier Pasquier war zwei Jahre älter als seine Frau, etwas größer, mit einem sehr kurzgeschnittenen grauen Haarkranz um eine Glatze. Er ging ein wenig gebeugt.

„Ja, das ist Alexandra Werle von der Firma Danner und ein Detektiv aus Heidelberg. Und die beiden Herrschaften sind von der Polizei."

Alexandra und Bruno bemerkten Karines Irrtum, aber sie sahen beide keine Veranlassung, zu korrigieren, dass Bruno keineswegs aus Heidelberg stammte. Karine schien das einfach selbstverständlich anzunehmen, weil Heidelberg Alexandras Heimat war. Was machte es schon, ob Bruno aus Heidelberg oder Paderborn kam? Er war ein deutscher Detektiv. Punkt. Das allein zählte.

„Was ist denn geschehen?", fragte Xavier und ließ sich in einem der wuchtigen Sessel nieder.

„Ich hole nur schnell für uns etwas zu trinken und dann können die Herrschaften berichten und Ihre Fragen stellen. Sicher ist alles nicht so schlimm", meinte seine Frau und lächelte ihm zu.

Magalie Dubois lief gerade durch die Eingangshalle des Hotels, als Sidonia die Treppe herunterstürmte.

„Oh, Entschuldigung", rief sie, als sie die junge Frau beinahe umgerannt hätte.

„Es ist ja nichts passiert", erwiderte die junge Frau mit einer sehr weichen, entzückenden Stimme.

Sidonia registrierte am Rande, dass die Andere ebenso wie sie den Weg zur Rezeption nahm. Sie blickte sie kurz an, um ihr den Vortritt zu lassen.

Die Frau nickte. „Merci, Madame." Dann wandte sie sich an den jungen Portier hinter dem Empfangstresen. „Ich möchte den Chef wegen der nächsten Weinlieferung sprechen", flötete sie fröhlich und lächelte dem Mann zu.

„Ah, d'accord. Ich rufe ihn sofort."

Er tippte eine Nummer in das Telefon, sprach ein paar Worte hinein, dann legte er wieder auf.

„Er bittet dich, ins Restaurant zu kommen, Magalie."

„Danke, Laurent. Sehen wir uns später?"

„Ja, gerne. Bis dann."

Die junge Frau namens Magalie verschwand. Der Name passte ausgezeichnet zu ihr, fand Sidonia. Sie war eine zarte Erscheinung mit einem halblang geschnittenen, leicht verwuscheltem Bob und einer Ausstrahlung, so leicht und fröhlich wie eine Sommerbrise. Das klang etwas sehr poetisch, aber genau der Vergleich ging Sidonia durch den Kopf, als sie sie davonlaufen sah.

„Ihre Freundin?", fragte sie dann.

„Na ja…" Laurent wedelte unbestimmt mit der Hand.

„Sie ist sehr attraktiv und sie verströmt Fröhlichkeit."

„Ja, das ist wahr." Sidonia bemerkte seinen verträumten Blick und ihr war klar, dass zumindest er mehr wollte als nur Freundschaft.

Sidonia stützte sich leicht gegen die Theke. „Also… Monsieur?"

„Bouchard."

„Monsieur Bouchard, ich wüsste sehr gerne, ob es Überwachungskameras im Voyer und auf der Straße gibt."

Der junge Mann lächelte ihr ein wenig fahrig zu. Er schien Sidonia nervös zu sein. Hatte die Begegnung mit Magalie ihn so durcheinander gebracht?

So ungewöhnlich, wie sie vermutet hatte, schien er ihre Frage jedenfalls nicht zu finden, denn er antwortete ohne auffallend irritiert zu sein. „Ja, wir haben in der Lobby und im Eingangsbereich Kameras. Unsere Gäste schätzen das, weil sie sich auf diese Art sicher fühlen. Schauen Sie, dort oben ist die Kamera."

Sidonia folgte seinem Finger und entdeckte das kleine Gerät. Ja, das passte gut. „Und draußen?", fragte sie.

„Eine Kamera hängt über dem Eingang. Die Straße erfasst die natürlich nicht, nur den Weg, der bereits auf unserem Grundstück liegt."

Sie nickte ihm zu. „Das verstehe ich."

„Ist sonst noch etwas?" Er fand dieses Gespräch jetzt doch ein wenig merkwürdig, zumal Madame Okebe noch nicht zufriedengestellt zu sein schien.

Sidonia überlegte einen kurzen Moment. Im Hotel wusste man von dem verschwundenen jungen Mann, also konnte sie hier ruhig einmal nachfragen, ob sich irgendwelche dunklen Geheimnisse um das Landhaus rankten.

„Ja also… Sie wissen doch von dem Problem meiner jungen Freundin Alexandra Werle. Von dem Verschwinden ihres Kollegen."

„Ja natürlich, Madame."

„Es muss irgendetwas mit dem Landhaus zu tun haben, das ihre Firma gekauft hat. Können Sie sich vorstellen, was? Gibt es vielleicht etwas, das man sich über das Haus erzählt?"

„Was meinen Sie, Madame?"

„Nun, ich weiß auch nicht. Gibt es Geschichten, dass es verflucht ist oder eine Leiche im Keller liegt? Gab es früher einen anderen Besitzer, der es vielleicht zurück haben will? Irgendetwas Besonderes eben, selbst wenn es nur Gerüchte sind."

Er überlegte. „Also ich wüsste nicht... natürlich hatte es früher andere Besitzer. Ich denke, es kam erst in den sechziger Jahren in den Besitz der Familie Pasquier, aber das ist ja auch schon über fünfzig Jahre her."

„Und vorher?"

„Vorher? Das weiß ich nicht, Madame. Wenn Sie möchten, höre ich mich um."

Er war freundlich , aber er wirkte jetzt noch nervöser. Nun ja, mit einer solchen Sache konfrontiert zu werden, konnte einen Menschen auch nervös machen. Obendrein nach ihrem Gefrage wegen der Kameras. Was mochte er wohl denken, was dahinter steckte?

„Ja, das wäre wirklich sehr freundlich von Ihnen", antwortete sie.

„Das mache ich gern. Wir waren alle sehr bestürzt, als wir von dem Verschwinden von Monsieur Köhler hörten." Natürlich haben wir am Anfang alle gedacht, dass er Urlaub macht. Aber inzwischen..."

„Ja, daran glaubt die Polizei inzwischen auch nicht mehr."

Er nickte. „Ich höre mich für Sie um, Madame Okebe", wiederholte er.

Sie bedankte sich und verließ das Hotel. Sie wollte noch ein wenig die Sonne genießen, bevor Bruno und Alexandra zurückkamen. Dann musste sie ihnen von ihrer Entdeckung bezüglich des Videos berichten.

Die Bilder von Alexandra waren alle in der Lobby und vor dem Hotel aufgenommen worden und zwar aus einer merkwürdigen Perspektive. Sie könnten von den Überwachungskameras sein – jedenfalls wirkte es so. Aber wie sollte der Täter daran kommen? Sicher hatten nur wenige Leute Zugriff auf diese Bänder. Und wieso hatte der- oder diejenige diese Bilder benutzt? Wollte er bei Alexandra das Gefühl wecken, verfolgt zu werden? Ja, vermutlich. Auf jeden Fall wollte man ihr Angst machen und das war ja auch gelungen.

„Nun, dann können Sie uns ja jetzt berichten, was geschehen ist und wie wir Ihnen helfen können", forderte Xavier Pasquier die Besucher auf, als die Getränke bereitstanden.

„Es ist etwas kompliziert. Ihr Landhaus wurde ja an die Firma Danner GmbH verkauft. Madame Werle ist Innenarchitektin in dieser Firma und möchte das Haus einrichten.", erklärte Fabrice Charpentier noch einmal, denn Xavier hatte ja die ersten Begrüßungsworte mit seiner Frau nicht mitbekommen.

Xavier blickte seine Frau verständnislos an. Er konnte nicht nachvollziehen, was nicht in Ordnung sein sollte.

„Ja, die Formalitäten sind alle ordnungsgemäß mit Patrick Köhler über die Bühne gegangen", bestätigte Xavier.

Bruno blickte etwas unbeholfen von einem zum anderen, er fühlte sich ziemlich überflüssig, da er kein Wort verstand. Verdammte Sprache. Alexandra hatte das ganz vergessen und übersetzte ihm schnell.

„Monsieur Köhler ist seitdem leider spurlos verschwunden. Inzwischen gibt es Anhaltspunkte, dass das Ganze mit dem Haus zusammenhängen könnte. Es wurde offenbar etwas gesucht, denn das ganze Haus war geradezu verwüstet und Madame Werle wurde bedroht. Können Sie sich vorstellen, dass das Haus für irgendjemanden so wichtig ist, um zu solchen Mitteln zu greifen?", berichtete Fabrice in ruhigem Tonfall.

Karines Augen waren immer größer geworden, während Xavier unbewegt zuhörte. Aber die ausdruckslose Miene trog, er war sehr erschüttert von dem, was er hörte.

„Alles wurde verwüstet? Was heißt das?", fragte Karine leise.

„Was ist mit unseren Möbeln und dem Geschirr, dass wir zurückgelassen haben?"

„Ja, in der Tat wurde leider vieles davon zerstört. Das Geschirr wurde offenbar aus den Schränken gerissen und ist zerbrochen, und sogar Möbel wurden einfach umgeworfen und sind teilweise zerstört.

Alexandra übersetzte alles für Bruno.

In Karines Augen traten Tränen. Sie hatten aus Platzgründen nicht alles mitnehmen können und sie hatten sich darüber gefreut, dass die Firma Danner einiges von ihren Möbeln übernehmen wollte. Sie hatten sich darauf verständigt, dass sie sich noch einmal melden würden, wenn feststand, was dafür infrage kam. Alles andere konnten Karine und Xavier dann anderweitig verkaufen oder spenden. Und nun war alles sinnlos zerstört? Dinge, die ihr lieb und wertvoll gewesen waren?

Sie entsann sich Charpentiers erster Frage, ob sie sich vorstellen könne, wer das getan haben könnte und schüttelte bedächtig den Kopf. „Nein, das kann ich mir wirklich nicht vorstellen. Natürlich gab es andere Interessenten. Wir haben uns für die Firma Danner entschieden, weil uns die Idee gefiel, inmitten der Weinberge Wellness anzubieten. Monsieur Köhler sicherte uns zu, das Erscheinungsbild des Hauses zu erhalten, ebenso wie das Landschaftsbild. Das heißt, keine Bauten dazuzusetzen, die das Bild verschandeln würden, außer die vorhandene Parkfläche zu betonieren. Und dann gefiel es uns durchaus, dass man zumindest einige der Möbel und das alte Geschirr nutzen wollte. Das war, als würden die Sachen zu neuen Ehren kommen."

„Und das war nicht bei jedem so?"

„Nein. Ein Weinbauer aus der Pfalz wollte sich hierher vergrößern und ein Interessent direkt aus Colmar wollte ein Museum errichten. Das hieße, viele Parkplätze zu bauen – einen Spielplatz, einen Imbiss. Das alles ist in Ordnung, aber das wollten wir nicht mit unserem alten Haus und auf unserem Berg. Ein bisschen Gefühlsduselei, aber so ist es eben."

„Das ist auch vollkommen in Ordnung, es war ja Ihre Entscheidung", sagte Bruno auf Deutsch und Alexandra übersetzte dieses Mal ins Französische.

„Denken Sie, einer der beiden würde so weit gehen, den neuen Besitzer zu entführen oder sogar zu töten?" Während er das fragte, wagte Philippe Allard einen Seitenblick auf Alexandra. Wie er richtig vermutet hatte, war sie zusammenzuckt bei der Andeutung, Patrick könnte getötet worden sein. Obwohl diese Vermutung ja eigentlich ständig mitschwang.

„Nein, das denke ich nicht. Was hätte er auch davon? Dadurch gehört ihm das Haus ja noch nicht. Der Verkauf ist ordnungsgemäß abgewickelt worden. Und Monsieur Köhler war doch am Ende nur ein Vertreter seiner Firma, nicht der Besitzer", äußerte Xavier.

„Das ist allerdings wahr", bemerkte Bruno. „Was also kann die Ursache sein? Gibt es möglicherweise irgendein Geheimnis um das Landhaus?"

„Ein Geheimnis?", fragte Karine ein wenig irritiert. „Nicht, das ich wüsste."

Ihr Mann schien diese Frage etwas nervös zu machen, was wiederum Karine beunruhigte. Sie nestelte besorgt an ihrer Brosche herum, ohne dass sie es selbst bemerkte.

„Mein Mann hat es am Herzen", erklärte sie. „Er darf sich nicht aufregen."

„Das ist bestimmt nicht unsere Absicht", erwiderte Fabrice mitfühlend.

„Würde es Ihnen etwas ausmachen, uns einfach ein bisschen von dem Haus zu erzählen?", fragte Alexandra.

Fabrice blickte seinen Kollegen an und verdrehte die Augen. Die beiden hatten doch versprochen, sich zurückzuhalten. So ganz schien das ja doch nicht zu klappen. Aber das war ja eigentlich klar gewesen. Was hatte er erwartet?

„Natürlich nicht, auch wenn ich nicht weiß, was das bringen soll." Jetzt lächelte Karine etwas verträumt. „Also,

131

es wurde in den sechziger Jahren von Xaviers Eltern gekauft. Der Weinberg gehörte ihnen damals schon und sie fanden das Haus dazu sehr schön, zumal sie eine große Familie hatten. Fünf Kinder und Xaviers Großeltern lebten auch im Haus. Dazu einige Angestellte. Sie waren keine armen Leute. Mein Mann und sein Bruder haben den Weinberg schließlich gemeinsam übernommen. Xaviers Bruder Antoine war verheiratet und hatte eine Tochter. Wir lebten alle gemeinsam in dem Haus. Uns waren ja leider keine Kinder vergönnt.

Antoine und seine Frau ließen sich irgendwann scheiden, seine Ehefrau und seine Tochter sind in die Nähe von Carcassonne gezogen. Antoine ist vor ein paar Jahren gestorben, bis dahin hat er weiterhin zwei Zimmer in dem Landhaus bewohnt. Seit seinem Tod waren wir allein dort. Natürlich hatten wir Hausangestellte. Aber allmählich werden wir älter und wollen in unseren letzten Jahren die Annehmlichkeiten der Stadt genießen."

„Das verstehen wir gut", erwiderte Alexandra. „Wem gehörte das Haus, bevor Ihre Eltern beziehungsweise Schwiegereltern es gekauft haben?"

„Madame Werle, bitte! Die Fragen stellen wir!", ließ sich jetzt Fabrice vernehmen. Seine Stimme war emotionslos, aber Alexandra machte sich nichts vor. Ihre Einmischung ärgerte ihn.

„Ja, natürlich. Entschuldigung", erwiderte sie kleinlaut.

Karine sah ihren Mann an. „Weißt du das, Xavier?", fragte sie.

„Ja, ich glaube, nach dem Krieg war es eine Weile eine Unterkunft für ausgebombte Menschen, danach lebte dort ein Adliger, der es schließlich an meine Eltern verkauft hat. Seitdem wurde hier einiges verändert. Wir haben zum Beispiel die Laube auf dem Grundstück gebaut, einige Bäume gepflanzt und die kleine Hütte in Form eines Weinfasses errichtet."

Karine lächelte bei der Erinnerung. „Spinnereien, aber wir fanden das damals sehr passend."

„Uns hat es auch gefallen", bestätigte Alexandra. „Wir werden das auf jeden Fall stehen lassen als Wohlfühloase für unsere Gäste."

Wenn es je soweit kommt, dachte sie dabei.

„Man erzählte sich, dass es damals einen verborgenen Raum gegeben haben soll, in dem im Krieg Wertgegenstände versteckt wurden oder in dem die Bewohner sich selbst verstecken konnten, wenn Feinde ins Haus kamen. Ob das stimmt, weiß ich aber nicht. Wir haben jedenfalls niemals einen solchen Raum gefunden", berichtete Xavier weiter.

Bruno tippte Alexandra auf die Schultern, eine Bitte, ihm zu übersetzen, was zuletzt gesagt worden war und sie flüsterte es ihm zu.

Karines Augen leuchteten auf. Auf einmal wirkte sie ganz jung und abenteuerlustig. „Aber überleg mal, Xavier. Die Besitzer waren plötzlich verschwunden, niemand wusste, wohin. Vielleicht gab es ja sogar einen geheimen Ausgang."

Xavier winkte lässig ab. „Aber Karine, jetzt geht aber deine Fantasie mit dir durch. Selbst bei einem geheimen Ausgang hätten sie ja irgendwann wieder auf die Erde

133

kommen müssen. Es gab wohl kaum einen kilometerlangen Geheimgang."

Karine hob leicht die Arme. „Ja, das ist wohl wahr. Tatsache ist aber auch, dass die Besitzer am Ende des Krieges plötzlich verschwunden waren und nie wieder auftauchten und dass damals viele wohlhabende Leute irgendwelche Geheimverstecke angelegt hatten, um wertvollen Schmuck, Tafelsilber oder ähnliches verstecken zu können.

Xavier wirkte zunehmend nervöser. Bruno bemerkte es. Er hoffte inständig, dass der alte Mann keinen Herzanfall erleiden würde. Aber diese Fragen mussten gestellt werden.

„Aber das Haus hat den Krieg gut überstanden? Es wurde nicht beschädigt, ausgebombt oder gar niedergebrannt?", fragte er und Alexandra übersetzte.

Fabrice stöhnte.

„Oh nein", bestätigte Xavier. „Nachdem die Bewohner verschwunden waren, muss es wohl eine Weile leer gestanden haben. Nach dem Krieg wurde es dann die Herberge für Obdachlose."

Bruno nickte nachdenklich vor sich hin. „Können Sie damit etwas anfangen?", fragte Karine.

„Es ist ein Puzzlestück. Am Anfang weiß man nie, was aus den einzelnen Informationen wird. Aber manchmal setzen sich solche Puzzleteile irgendwann später zu einem ganzen Bild zusammen", erläuterte Fabrice schnell.

Bruno grinste, als Alexandra das übersetzte. Besser als Fabrice hätte er die Frage auch nicht beantworten können.

„Wir müssen Sie noch bitten, uns Ihre Fingerabdrücke zu geben", sagte Fabrice dann.

Karine zog die Augenbrauchen zusammen. „Wozu das denn? Natürlich sind die im Haus, wir haben bis vor kurzem dort gelebt."

„Ja, Madame, das ist uns bewusst. Es geht darum, bekannte und berechtigte Fingerabdrücke wie Ihre und Madame Tremblays zu separieren."

„Übrig bleiben sicher mehr als nur die von den Tätern. Auch andere haben das Haus besichtigt. Und Monsieur Köhler..."

„Das wissen wir, Madame Pasquier."

„Können Sie das jetzt hier machen oder müssen wir zum Revier kommen", fragte Xavier.

„Das können wir gerne sofort erledigen", erwiderte Fabrice und sah seinen Kollegen auffordernd an.

Als das erledigt war, bedankte sich Fabrice höflich für das Verständnis und die Zeit der beiden.

„Haben wir gerne gemacht", antwortete Karine und wandte sich dann direkt an Alexandra. „Es wäre nett, wenn Sie uns informieren, falls Sie mehr erfahren. Und vor allem, was mit dem netten Herrn Köhler passiert ist."

„Das machen wir", versprach Alexandra. „Sie tragen übrigens eine wunderschöne Brosche. Ich bewundere sie schon die ganze Zeit. Ist sie antik?"

„Oh – ich glaube schon. Xavier hat sie mir geschenkt. Ich liebe sie und trage sie sehr oft."

„Gibt es so etwas in der Stadt zu kaufen?", erkundigte sich Alexandra.

„Das weiß ich nicht, es ist ein altes Familienerbstück", erklärte Xavier.

Karine schien das zu erstaunen. „Das hast du mir gar nicht gesagt, Lieber."

„Nicht? Du hast das sicher nur vergessen."

Karine lächelte. „Das kann sein, ich werde allmählich etwas vergesslich." erklärte sie mehr ihren Gästen als Xavier.

„Könnten Sie uns wohl noch die Adresse des Herrn aus Colmar geben, der das Haus kaufen wollte?", fragte Philippe Allard.

Karine und Xavier blickten sich unsicher an.

„Wozu möchten Sie..."

„Wie gesagt, man weiß nie, welche Informationen man braucht. Der Herr aus der Pfalz scheidet sicher aus, mit der Verwüstung des Hauses etwas zu tun zu haben. Schon, weil er zu weit entfernt lebt, aber der Herr aus Colmar könnte doch ein besonderes Interesse an dem Haus haben", erklärte Bruno und Alexandra übersetzte gleichzeitig.

Karine sah ihren Mann fragend an. Xavier nickte. „Sein Name ist Alain Leclerc. Wir können Ihnen seine Telefonnummer geben."

„Wie gehen wir jetzt weiter vor?", fragte Bruno, als sie alle vier wieder im Auto saßen. Alexandra übersetzte und Fabrice warf seinem Kollegen Philippe einen ziemlich genervten Blick zu.

„**Wir** gehen überhaupt nicht vor. Es ist **unser** Job, die Ermittlungen weiterzuführen und das werden wir auch tun", erklärte Fabrice entschieden. „Und **wir** werden jetzt mit

Ihnen ins Bougainville gehen und diese DVD holen und sichten."

Bruno nickte, als Alexandra ihm übersetzte. Er hatte das erwartet. Jeder Polizist würde so entscheiden. Sie konnten froh sein, dass sie heute hatten mitfahren dürfen. Immerhin hatten sie so den Namen des anderen Interessenten erfahren. Ob die Spur heiß oder kalt war, musste sich erst noch herausstellen.

Alexandra ließ sich nicht so leicht zufriedenstellen. „Aber es geht mich doch etwas an, es geht um meinen Kollegen. Um einen Freund", fügte sie leiser hinzu.

Fabrice, der auf dem Beifahrersitz saß, wandte sich zu ihr um. „Wir haben durchaus Verständnis, Madame. Aber selbst ein Polizist, der so persönlich in einen Fall involviert wäre, dürfte nicht selbst ermitteln. Ich habe heute Monsieur Feldmann erlaubt, uns zu begleiten Und Ihnen nur deshalb, weil er einen Übersetzer brauchte. Mehr Entgegenkommen können Sie wirklich nicht erwarten."

Bruno verstand die Worte nicht, aber es war ja deutlich, um was es ging. Er fasste nach Alexandras Arm, um sie zu beruhigen. „Lass gut sein, er hat schon recht. Wir müssen eigene Wege gehen", beruhigte Bruno sie.

Alexandra lehnte sich zurück an die Bank.

„Lassen Sie sich nur nicht einfallen, selbst zu ermitteln", warnte der Commissaire als hätte er Brunos deutschen Worte verstanden.

Als sie zusammen das Hotel betraten, kam Sidonia ihnen aufgeregt entgegen. Sie hatte schon auf sie gewartet, um ihnen die Neuigkeit zu berichten.

Bruno stellte Sidonia Commissaire Charpentier und Philippe Allard vor.

„Guten Tag", grüßte Sidonia höflich. „Entschuldigen Sie, ich habe etwas herausgefunden, das mich etwas aufregt und das ich Ihnen unbedingt sofort zeigen muss."

Fabrice verdrehte leicht die Augen. Noch mehr Hobbydetektive?

„Und was?", fragte er ohne die Spur des Genervtseins in der Stimme, die er empfand.

„Es geht um den Film. Ich denke, die Bilder stammen von den Überwachungskameras hier im Foyer und vor dem Hotel."

Fabrice pfiff durch die Zähne. Das wäre wirklich mal eine Spur. „Sind Sie sicher?"

„Na ja, ziemlich. Die Bilder sind aus einem komischen Blickwinkel und Monsieur Bouchard, der Portier, der zurzeit Dienst hat, hat mir bestätigt, dass es Kameras gibt. Wirklich hundertprozentig feststellen, dass es so ist, müssen Sie."

Na das ist ja schon mal gut, dass sie das erkannt hat, dachte Fabrice.

Laut sagte er: „In der Tat. Haben Sie die DVD hier?"

„Sie liegt noch in Madame Werles Zimmer."

Fabrice sah zu seinem Kollegen. „Gehst du mit hinauf und holst sie?"

Philippe nickte und verschwand sofort mit Alexandra.

„Und nun zu Ihnen", begann Fabrice etwas lehrmeisterhaft und blickte dabei von Sidonia zu Bruno. „Ich wünsche keine Einmischung. Nur die Polizei ist für die Aufklärung zuständig. Keine Touristen und auch kein Detektiv aus Deutschland. Haben wir uns verstanden?"

„Vollkommen", erwiderte Sidonia ungerührt. „Obwohl es am Ende sicher gleichgültig wäre, wer den vermissten Mann findet, nicht wahr?"

„Und? Was hältst du von der Angelegenheit?", fragte Philippe, als er gemeinsam mit Fabrice im Auto saß und wieder zum Polizeirevier fuhr.

„Eine genaue Vorstellung habe ich noch nicht. Irgendjemand hat es auf das Haus abgesehen und der- oder diejenigen wollen Madame Werle Angst machen. Es gibt keinen anderen plausiblen Grund, um ihr dieses Video zu schicken. Es sagt aus: Wir haben dich im Blick. Also pass auf, was du tust."

„Und halt die Füße still. Warte ab, bis wir fertig sind mit dem Haus? Aber dann gälte das Interesse nicht dem Haus selbst sondern irgendetwas darin?", überlegte Philippe.

„Mm", brummte Fabrice vor sich hin. „Madame Tremblay könnte dahinterstecken."

„Die Maklerin? Meinst du?"

„Überleg mal – wir waren bei ihr. Und kurz darauf passieren diese Drohungen. Sie könnte aktiv geworden sein oder andere gewarnt haben."

„Da könntest du wirklich recht haben", stimmte Philippe zu. „Sie weiß jetzt, dass die Polizei ermittelt und dass wir die Sache inzwischen ernst nehmen. Sie weiß vielleicht mehr als sie zugibt."

„Ganz recht. Wir sollten sie noch einmal verhören. Und zwar auf dem Revier. Wir lassen sie morgen holen", entschied Fabrice.

Philippe nickte.

Fabrice sah ihn kurz von der Seite an. „Sicher ist das noch nicht, aber es ist eine Spur. Genauso wie die ganze Sache mit den Fotos. Es dürfte jetzt wirklich klar sein, dass jemand es auf Madame Werle abgesehen hat. Ihr Kollege ist in Gefahr, an der Tatsache kommen wir jetzt nicht mehr vorbei. Wenn er überhaupt noch lebt."

Magalie Dubois hatte ihre Besprechungen inclusive anschließendem Small Talk mit dem Küchenchef und einer Angestellten beendet. Sie ging gerne ins Hotel Bougainville, um über eine Weinlieferung zu verhandeln. Es verlief durchaus professionell, aber auch freundlich und endete immer in einem persönlichen Gespräch. Das bedeutete nicht, dass sie ihre größten Geheimnisse oder Probleme offenbarte, so gut befreundet waren sie nun wieder nicht. Aber es gab ja Abstufungen.

Vielleicht lag es einfach daran, dass ihre Familie schon so lange mit diesem Hotel zusammenarbeitete. Magalie fühlte sich auf jeden Fall immer so, als würde sie dazugehören, als wäre sie ein Teil des Teams.

Sie verabschiedete sich gut gelaunt und lief durch das Foyer. Sie wollte gerne noch ein paar Worte mit Laurent Bouchard wechseln. Sie wusste, dass der junge Portier in sie verliebt war und auch er gefiel ihr durchaus. Aber ganz sicher war sie noch nicht, ob sie eine Beziehung mit ihm führen wollte. Was hielt sie eigentlich davon ab? Sie freute sich doch immer, wenn sie ihn sah und fühlte sich wohl in seiner Gegenwart. Jetzt wurde er gerade von zwei Männern belagert, da konnte sie unmöglich stören. So winkte sie nur kurz und verließ dann das Hotel.

Sie war mit dem Fahrrad gekommen, das jetzt im Fahrradständer ordnungsgemäß angekettet war. Sie schloss auf, verstaute die Kette in dem Korb auf ihrem Gepäckträger und fuhr los.

Doch kaum hatte sie die Einfahrt des Hotels verlassen, traten ihr zwei Männer in den Weg – das heißt, sie glaubte aufgrund der kräftigen Statur, dass es Männer waren, sie konnte es nicht wirklich erkennen, da die beiden tief ins Gesicht gezogene Kapuzen trugen. Unsinnigerweise ging ihr durch den Kopf, dass es dafür doch eigentlich viel zu warm war.

Sie wollte ausweichen, aber die Männer hatten es auf sie abgesehen.

„Hilfe!", schrie sie. Dann blockierte ihr Rad – einer der beiden hatte einen Stock zwischen die Speichen geschoben – und sie stürzte.

„Hilfe!", schrie sie ein zweites Mal. Ihre Schulter schmerzte, aber sie war nicht bewusstlos. War denn niemand hier, der ihr helfen konnte?"

Sie fühlte, dass ihr der Mund zugehalten wurde, sie roch den unangenehmen Geruch von Äther. Sie nahm gerade noch wahr, dass sie in einen dunklen Kombi gezerrt wurde, bevor die Welt um sie her verschwamm.

Kapitel 9
Coulommiers, Frankreich, Juli 1944

Hannes Pohlmeier war sich in jedem Augenblick seiner Flucht der allgegenwärtigen Gefahr bewusst. Ab jetzt hatte er nicht nur einen Gegner, sondern zwei. Selbst seine eigenen Kampfgenossen waren jetzt seine Feinde. Wenn sie ihn erwischen würden, wäre es um ihn geschehen. Desertation – Feigheit vor dem Feind – konnte es etwas Schlimmeres geben? Er würde gefangen genommen und an die Wand gestellt werden.

Doch er war nicht bereit gewesen, für eine längst verlorene Sache bis zum letzten Blutstropfen zu kämpfen. Er wollte nach Hause.

Er war die ganze Nacht und den folgenden Tag ohne nennenswerte Pausen durchgewandert. Er wollte möglichst schnell viel Abstand zwischen sich und Paris bringen. Inzwischen befand er sich in der Nähe von Coulommiers. Er war zum Umfallen müde, aber die Angst, entdeckt zu werden, war so groß, dass er nicht wagte, sich hinzulegen und die Augen zu schließen. Doch er wusste, dass er so nicht durchhalten konnte. Er musste sich jetzt dringend nach einem geeigneten Unterschlupf umsehen, wo er zumindest ein paar Stunden schlafen konnte. Er dachte eigentlich, er hätte seine Flucht gut geplant. Doch jetzt merkte er, dass doch so einiges gar nicht planbar gewesen war. Wie hätte er im Vorfeld planen können, wo er übernachten konnte.

Doch das jetzt spontan zu entscheiden, war fast unmöglich. Wo konnte er sich sicher fühlen? Wo würde er nicht im

Schlaf erschlagen oder gefangen genommen werden? Und wer war eigentlich die größere Gefahr – die Nazis oder die Franzosen?

Ach, sei's drum, man hatte auch in Paris bei der Truppe nicht wissen können, ob man den nächsten Tag erlebte. Er glaubte noch immer, so die besseren Aussichten darauf zu haben, seine Familie wiederzusehen.

Er schlich durch den Wald, hielt sich hinter Bäumen verborgen, immer auf der Hut, falls jemand plötzlich auftauchte. Er musste einen verborgenen Unterschlupf finden. Er brauchte ein paar Stunden Ruhe, er konnte schließlich nicht noch eine Nacht durchwandern.

Aber es war so dunkel, dass er die Hand nicht vor den Augen erkennen konnte und so entschied er sich, seine Taschenlampe einzuschalten, auch wenn der Lichtschein ihn verraten könnte.

Schließlich fand er tatsächlich einen Platz zwischen den Bäumen, der von Gestrüpp so zugewuchert war, dass man ihn sicher nicht so leicht entdecken würde, noch dazu bei der Finsternis.

Er begann trotzdem, noch Zweige und Moos aufzuschichten, so dass die Durchgänge komplett verdeckt waren. Dann wagte er es endlich, sich hinzulegen. Er aß den Rest von dem mitgenommenen trockenen Brot und trank von dem Wasser. Zum Glück war es nicht sehr kalt, denn eine Decke hatte er nicht dabei. Er schlug den Kragen seiner Jacke hoch und versuchte, sich notdürftig mit Moos und Blättern zuzudecken. Es dauerte nicht lange, bis er in einen leichten Schlummer fiel. Die Anstrengung des Tages waren einfach zu groß gewesen, er konnte sich überhaupt nicht länger wach halten.

Er hatte keine Ahnung, wie lange er geschlafen hatte, als er von einem brummenden Geräusch geweckt wurde. Er fühlte sich orientierungslos, hatte einen Moment lang keine Ahnung, wo er eigentlich war. Oh, natürlich – in einem Waldversteck bei Coulommiers. Er war ein Deserteur auf der Flucht. Das Geräusch wurde stärker. Es war direkt über ihm. Suchten sie ihn etwa? Nein, er konnte doch nicht so wichtig sein, dass sie ihn mit Fliegern suchten. Einen einzelnen Soldaten. Noch dazu in der Situation, in der sie sich befanden. Sie brauchten doch jeden Mann, wenn die Alliierten vorrückten. Aber am Himmel erkannte er deutlich Flieger. Eine ganze Staffel. Er kniff ein paar Mal die Augen zusammen, verstand noch nicht, was gerade geschah. Dann vernahm er einen ohrenbetäubenden Knall. Das Adrenalin schoss durch seinen Körper, er sprang auf, stürmte aus seinem Versteck. Was zum Henker war hier los?

Sein Gehirn funktionierte wieder, blitzartig wurde ihm klar, dass dies ein Bombengeschwader war. Irgendwas wurde in dieser Nacht bombadiert.

Was war hier so wichtig? Aber natürlich, der Flughafen. Der wurde doch von der deutschen Luftwaffe genutzt.

Das wurde hier zu brenzlig, er musste weg.

Blindlinks rannte er durch den Wald, dieses Mal nur mit dem Ziel, weit wegzukommen von diesem Kriegsschauplatz.

Er konnte noch nicht lange wieder unterwegs gewesen sein, als er ein leises Rascheln im Unterholz hörte. Es war noch immer dunkel und er konnte nichts erkennen. Zuerst dachte er, es sei nur ein Tier, doch dann vernahm er das Auftreten fester Stiefel, dann auch Stimmen. Er lauschte angespannt. Er konnte nicht jedes Wort verstehen, aber sie sprachen eindeutig französisch. Wie viele mochten es sein? Er lauschte konzentriert, um zu erkennen, wie viele Stimmen es waren.

Sein Nervenkostüm war aufs Äußerste gespannt. Er musste jetzt noch vorsichtiger sein, als zuvor. Wenn er sie hören konnte, konnten sie ihn auch hören. Hannes konnte nicht ausmachen, ob es mehr als drei Männer waren. Aber drei waren es auf jeden Fall. Er erkannte eine tiefe Stimme, eine etwas heisere und eine Männerstimme, die er schlicht als normal bezeichnen würde. Nicht auffällig tief, aber keine Fistelstimme, nicht heiser und es gab auch keinen Sprachfehler, sofern er das auf Französisch beurteilen konnte.

Er blieb vorsichtig, duckte sich hinter Bäumen und niedrigem Gebüsch. Möglicherweise waren auch Deutsche in der Nähe.

Jetzt konnte er die Männer auch sehen. Wie drei Schatten hoben sie sich von den Bäumen ab. Er hatte richtig getippt, es waren drei Männer.

„Die Amerikaner bombadieren den Flughafen", sagte der eine. Das wird der deutschen Luftwaffe einen schönen Dämpfer verpassen."

„Na hoffentlich. Wie ich hörte, kämpfen sich die Truppen in der Normandie auch weiter vor. Frankreich wird bald von den Deutschen befreit sein."

Das Adrenalin raste durch Hannes' Körper und sorgte für höchste Konzentration und Aufmerksamkeit. Die drei hatten ihn nicht bemerkt, das war sein Vorteil und er würde nicht zögern, sie zu erschießen. Zögern konnte ihn das Leben kosten. Ganz leise und behutsam nahm er sein Gewehr von der Schulter, er legte an und schoss. Der erste Soldat fiel lautlos zu Boden. Die beiden anderen sahen sich aufgeschreckt um. Woher kam der Schuss? Wo lauerte der Feind?

Sie sprangen sofort hinter Bäume, legten ebenfalls ihr Gewehr an.

Hannes wollte keine Munition verschwenden. Er wollte die Männer zur Strecke bringen, aber jetzt konnte er sie nicht mehr treffen.

Er schlich lautlos im Schutz der Bäume weiter, versuchte, in eine bessere Position zu kommen. Aber natürlich waren die beiden französischen Soldaten jetzt auf ihn aufmerksam geworden, hielten sich ebenfalls versteckt, hielten Ausschau und hatten vermutlich ihr Gewehr im Anschlag.

Er bediente sich eines Tricks, warf einen kleineren Ast in hohem Bogen fort, bemerkte die Bewegung im Gebüsch, die dem Geräusch des Astes folgte. Ein Schuss ging nicht los, so kopflos waren die Männer nicht. Aber Hannes ahnte jetzt, wo sie sich versteckt hielten. Ganz leise schlich er in großem Bogen um das angenommene Versteck herum. Er würde sie töten, aus dem Hinterhalt oder von vorn – er hegte keinerlei Skrupel. Es waren Feinde, er hatte jahrelang Feinde getötet. Warum sollte er jetzt, da er das zu seinem eigenen Schutz tat, Skrupel haben?

Da – er konnte ihre schemenhaften Silhouetten sehen. Hinter dem Baum standen sie und suchten mit den Augen die Umgebung ab. Sie waren nicht leichtsinnig, aber für ihn nicht gut genug. „He!", schrie er. Die Männer wandten sich um, er schoss. Und er traf einen der beiden in die Brust. Der Mann fiel sofort um wie ein gefällter Baum. Fast gleichzeitig ließ Hannes sich zu Boden fallen, wodurch er dem Geschoss des dritten Mannes auswich. Wieder schoss er, traf den Feind in die Schulter. Er ging auf ihn zu, kickte das fallen gelassene Gewehr fort. Sein Feind blickte ihn voller Hass an. Hannes trat ihm in die Seite, aber er schoss kein weiteres Mal. Es war überflüssig. Der Typ war kampfunfähig. Er verpasste ihm mit dem Gewehr einen ordentlichen Stoß auf den Kopf, so dass dieser bewusstlos zusammensackte.

Hannes betrachtete die beiden toten Franzosen mit einem abschätzenden Blick. Der eine hatte in etwa seine Statur, ein wenig beleibter war er vielleicht, aber das machte weiter nichts. Er zog ihn bis auf die Unterwäsche aus und zog dessen Uniform an.

Als er den Mann entkleidet hatte, entdeckte er den Ring, den der Franzose an einer Kette um den Hals trug. Mit einem kräftigen Ruck riss Hannes die Kette ab. Er grinste gemein. Sicher war das eine Erinnerung an einen lieben Menschen, an seine Ehefrau oder vielleicht auch an seine Mutter. Es war Hannes gleichgültig. Ohne die geringste Gefühlsregung suchte er auch den zweiten Toten und den Verletzten nach Wertgegenständen ab. Der Tote trug einen Siegelring am Finger, den Hannes ihm ebenfalls abzog. Er lachte grimmig und steckte Ringe und Kette ein. Die würden sich sicherlich irgendwo zu Geld machen lassen.

„So, jetzt bin ich ein Franzose", murmelte auf Französisch vor sich hin. „Ist vielleicht besser."

Seine eigene Kleidung packte er in seinen Rucksack. Wenn er in Deutschland war, wäre es vielleicht besser, wieder als Deutscher erkannt zu werden. Aber sogar daran zweifelte er. Er wollte sich nur nicht jetzt schon alle Möglichkeiten nehmen.

Ein letzter Blick galt den Toten und dem Verletzten. Er brauchte diesen nicht auch noch töten. Was sollte er schon verraten? Dass irgendein Soldat sie überfallen und einen von ihnen ausgezogen hatte? Das würde man sowieso erkennen, wenn man die Toten fand. Und gesehen hatte er ihn nicht.

„Heil Hitler!", rief er ohne Überzeugung und auch ohne den Arm zum Gruß zu heben.

Er sollte versuchen, auf seiner Wanderung durch Frankreich ein kleines Vermögen zu erwerben. Gehörten Plünderungen nicht seit jeher zum Krieg dazu? Auf der Durchreise nach Paris hatten die Truppen schließlich auch geplündert.

Er nahm seine Wanderschaft wieder auf. Er wollte weiter bis zum Elsass und von dort Richtung Deutschland.

Seine Füße brannten, seine Beine wollten oft nicht mehr weiter. Und nachdem seine wenigen Vorräte aufgebraucht waren, verspürte er quälenden Hunger. Gegen den Durst legte er sich bäuchlings über einen Bach und trank direkt mit dem Mund daraus wie die Tiere, aber gegen den Hunger fühlte er sich oft machtlos. Er fing Hasen in einer Schlinge oder Fische in Tümpeln und briet sie über einem kleinen Feuer.

Er hatte die Anstrengung unterschätzt. Er hatte gedacht, nach den überstandenen Kämpfen könne ihn nichts mehr entkräften. Er hatte sich geirrt.

Aber am schlimmsten war das Alleinsein. Jeden Tag nur mit sich selbst zu verbringen, mit niemandem sprechen zu können, mit niemanden überlegen zu können, wie es weitergehen sollte. Weder die Ängste teilen zu können noch die Hoffnung, bald die Familie wiederzusehen. Jede Entscheidung allein treffen zu müssen.

Er bekam keine Nachrichten mehr, wusste nicht, ob die Normandie inzwischen überrannt und die Alliierten auf dem Weg nach Paris waren.

Er wollte nicht mit leeren Händen, abgemagert und heruntergekommen nach Hause kommen. Seine Gedanken vom Vortag beschäftigten ihn immer mehr. Hannes sah Villen und alte Burgen, da musste doch etwas zu holen sein. Und wenn nicht dort, dann in den Kirchen. Aber ihm war klar, er konnte keine großen Wertgegenstände stehlen. Er brauchte Schmuck, Gold, Perlen. Kleine, kostbare Dinge, die er problemlos transportieren konnte.

Bei dem Gedanken grinste er breit. Oh ja, er würde nicht einfach nur blind durch Frankreich fliehen. Ab sofort würde er dafür sorgen, dass ihm seine zermürbende Flucht Reichtum bescherte. Und er sollte aufhören, so verdammt vorsichtig zu sein und sich hinter jedem Baum zu verstecken, damit ihn niemand sah. Er war Franzose, verdammt noch mal. Ein französischer Soldat, der nach einer Verletzung heimkehrte. Genau das.

Kapitel 10
Do., 17. Juni 2021
- immer noch der 4. Tag im Elsass -

Als Sidonia, Bruno und Alexandra die Treppe wieder herunterkamen, trafen sie einen vollkommen aufgelösten Laurent Bouchard vor der Rezeptionstheke an. Dahinter stand eine Kollegin. Er redete nervös auf sie ein, ließ etwas fallen, hob es wieder auf.

„Jetzt beruhige dich doch", riet die Kollegin.

Alexandra eilte auf den jungen Mann, den sie als so hilfsbereit kennen gelernt hatte, zu.

„Was ist denn mit Ihnen geschehen?", fragte sie mitfühlend.

Laurent blickte auf. „Magalie, sie ist nicht nach Hause gekommen."

„Magalie? Wer ist das?"

Er blickte Sidonia an. „Die junge Frau, die Sie hier an der Theke gesehen haben. Sie sagten, sie sei hübsch."

„Ja, ich erinnere mich."

Er drückte seine Hände gegen seinen Leib, damit er aufhörte zu zittern.

„Was heißt: Sie ist nicht nach Hause gekommen?", fragte Bruno.

Laurent schluckte schwer und versuchte, die Worte deutlich zu formulieren. „Sie hat vor einer Stunde das Hotel verlassen. Sie hatte eine Besprechung mit dem Küchenchef. Sie hat mir noch zugewinkt, ich war gerade beschäftigt, aber ich sah sie das Hotel verlassen. Eben hat ihr Bruder angerufen, dass sie nicht nach Hause gekommen sei."

„Aber eine Stunde – das ist doch nicht viel. Vielleicht ist sie noch etwas shoppen gegangen", überlegte Sidonia.

„Das glaube ich nicht. Sie ist auch gar nicht auf ihrem Handy erreichbar. Sie würde sich doch melden."

„Sie ist eine junge Frau, die sich vielleicht noch mit einer Freundin getroffen hat. Sie muss doch nicht über jeden ihrer Schritte Rechenschaft ablegen", wandte Bruno leicht genervt ein. Dieses Theater um eine einzige Stunde konnte er nicht so recht nachvollziehen.

Laurent schüttelte verzweifelt den Kopf. „Nein, es muss etwas passiert sein. Magalie ist total zuverlässig." Dann erst schien ihm etwas einzufallen. „Außerdem liegt ihr Fahrrad vor dem Hotel. Als hätte sie es plötzlich fallen gelassen."

„Mm, das ist natürlich schon etwas merkwürdig", gab Bruno zu. „Sicher wäre sie mit dem Rad zum Shoppen gefahren."

„Ja natürlich."

„Ist die Polizei schon verständigt worden?"

Laurent winkte ab. „Die sagen dasselbe wie Sie. Eine Stunde Verspätung bei einer erwachsenen jungen Frau ist gar nichts. Sie könnte jemanden getroffen haben und ist mit der- oder demjenigen im Auto weggefahren. Aber dann hätte sie ihr Rad doch wieder ordentlich abgestellt."

Sidonia nickte tief in Gedanken versunken. Irgendwie war das schon merkwürdig. Und es kam ihr seltsam bekannt vor. So hatte es doch mit Patrick auch angefangen. Zuerst waren da nur einige unzusammenhängende Dinge, Ausdrücke, die er nicht benutzen wurde, Gewohnheiten, die nicht seine waren. Und die Polizei sagte, er sei ein erwachsener Mann, der gut und gerne ein paar Tage Urlaub machen könne, ohne gleich darüber Rechenschaft abzulegen. Sie schielte zu Alexandra hinüber und sah ihr an, dass sie das Gleiche dachte.

„Was ist mit den Aufnahmen aus der Überwachungskamera?", fragte Sidonia.

Laurents Miene hellte sich etwas auf. Er war so unruhig gewesen, dass er daran gar nicht gedacht hatte. „Das ist eine gute Idee. Schauen wir mal rein."

Er ging in das kleine Büro hinter der Empfangstheke. Sidonia, Bruno und Alexandra folgten ihm. Laurent tippte auf einem Computer herum, gab einen Code ein und wählte sich in die Festplatte der Überwachungskamera ein. Dann drehte er den Bildschirm so, dass auch die anderen die Bilder sehen konnten. „Das ist die Kamera, die den Hoteleingang zeigt", erläuterte Laurent.

Sie sahen eine fröhliche Magalie aus dem Hotel gehen. Sie schloss die Kette auf, die ihr Fahrrad sicherte und rollte den Weg hinunter. Im nächsten Augenblick sah man plötzlich einen Teil des Fahrrads wieder, dass auf dem Boden aufschlug.

Magalies Spur verlor sich. Laurent brach fast zusammen. „Sehen Sie nun?", fragte er verzweifelt.

Bruno nickte. „Das ist schon sehr merkwürdig. Schade, dass man nichts hört, aber sie fährt ja ganz normal weg und dann fällt das Rad plötzlich auf den Boden, kaum, dass sie aus dem Erfassungsbereich der Kamera heraus war. Ich sehe zwar im Augenblick den Zusammenhang noch nicht, aber sie ist die zweite Person, die aus diesem Hotel verschwindet.

Und Frau Werle wurde bedroht. An solche Zufälle glaube ich einfach nicht. Außerdem muss ich zugeben, dass ich immer etwas misstrauisch werde, wenn Menschen völlig entgegen ihren Gewohnheiten handeln. Und Sie sagten ja, Magalie sei total zuverlässig und würde sich auf jeden Fall melden, wenn sie sich verspätet."

„Ja, auf jeden Fall", erwiderte Laurent hektisch. Sein Körper zitterte.

„Sie müssen die Polizei verständigen. Dieser Film deutet nun doch auf eine Entführung hin", sagte Bruno fest. „Wenn Sie einfach gestürzt wäre, wäre sie ja nicht verschwunden."

Wieder nickte Laurent.

„Monsieur Bouchard, haben Sie eine Vermutung?", fragte Bruno plötzlich. Der junge Mann reagierte dermaßen extrem, dass ihm in den Sinn kam, er könnte etwas mehr wissen oder zumindest mehr ahnen, als er sagte.

„Nein, wie sollte ich? Ich kann mir überhaupt nicht vorstellen, was mit Magalie passiert ist oder wer ihr etwas antun könnte. Aber ich weiß doch auch von dem jungen Mann aus Deutschland und von der Drohung an Frau Werle. Was, wenn diese Leute jetzt Magalie haben? Vielleicht haben sie sie mit Frau Werle verwechselt?"

Bruno warf einen Blick auf Alexandra. Er kannte Magalie nicht. „Sehen sich die beiden Frauen denn ähnlich?", fragte er deshalb.

„Nein, das nun wirklich nicht", antwortete Sidonia, als Laurent schwieg. „Magalie ist kleiner, ihre Gesichtsform und auch ihre Frisur sind völlig anders."

Bruno hob etwas ratlos die Arme. Er konnte hier nicht tätig werden. Möglicherweise war eine junge Frau in Gefahr, das war ihm viel zu heikel. Es war auch nicht seine Sache. Er arbeitete für Alexandra Werle. „Rufen Sie die Polizei", riet er eindringlich.

Fabrice Charpentier und Philippe Allard kamen selbst ins Hotel. Man hatte ihnen von dem Vorfall berichtet, da sie bereits mit dem Fall von Patrick Köhler betraut waren und auch mit der Bedrohung von Alexandra Werle – alles Vorfälle, die mit dem Hotel Bougainville in Zusammenhang standen.

Laurent Bouchard berichtete also zum zweiten Mal von dem Verschwinden Magalies.

Bruno, Sidonia und Alexandra befanden sich noch immer bei Laurent.

Fabrice schaute ihn skeptisch an.

„Ja, ich weiß schon, was Sie sagen wollen. Eine erwachsene Frau, die sich eine Stunde verspätet – da macht man keinen Aufriss. Aber schauen Sie sich bitte die Überwachungsfilme des Eingangs an und entscheiden Sie dann", bat Laurent.

„Natürlich machen wir das. Sonst wären wir gar nicht gekommen", erwiderte Fabrice.

Als sie den Film gesehen hatten, kratzte er sich nachdenklich über die Stirn. „Das sieht in der Tat etwas unfreiwillig aus", sagte er vorsichtig. „Ein umstürzendes Fahrrad, um das sich dann niemand kümmert. Nein, das sieht nicht so aus, als hätte sie jemanden getroffen, mit dem sie dann spontan losgezogen ist, besonders, da sie es zuvor ordentlich abgestellt und sogar abgeschlossen hatte."

154

Fabrice wollte keinen Fehler machen. Nach einer Stunde wurde die Polizei normalerweise noch nicht tätig, wenn eine erwachsene Person vermisst wurde. Aber nachdem man auch bei Patrick Köhler anfangs von keiner Gefährdung ausgegangen war...

„Hören Sie, der Fall des verschwundenen Patrick Köhler und die Bedrohung von Alexandra Werle stehen ebenso mit diesem Hotel in Verbindung wie auch mit dem Landhaus, das inzwischen durchwühlt wurde. Auch Mademoiselle Dubois verschwand vor diesem Hotel. Aber die hat nichts mit dem Landhaus zu tun. Oder doch, Monsieur Bouchard?", fragte Fabrice eindringlich.

„Nein, ich denke nicht", erwiderte Laurent besorgt.

„Was werden Sie jetzt unternehmen?", fragte Bruno.

Fabrice rollte mit den Augen. Sollte er jetzt wieder diesem Detektiv Rede und Antwort stehen? Der würde hoffentlich nicht erwarten, dass er ihn jetzt zu allen Vernehmungen mitnahm.

Dennoch war er Bruno in gewisser Weise dankbar, dass er bisher schweigend zugehört hatte.

„Wir werden als Erstes zu Magalies Familie fahren. Die Eltern müssen ja wissen, dass etwas geschehen ist. Vielleicht kennen sie ja einen Zusammenhang. Und vielleicht finden sich auch Zeugen, die in der Nähe des Hotels waren." Er hob die Schultern. „Mehr können wir im Moment nicht tun."

Es wurde schon dunkel, als die junge Frau grob aus dem langsam fahrenden Auto gestoßen wurde. Es hielt nicht einmal an, wurde nur langsamer, gab dann sofort wieder Gas und verschwand um die nächste Ecke.

Die Frau blieb auf dem Bordstein liegen. Sie war verwirrt, ihre halblangen Haare verklebt, über die geschwollene Wange floss eine Blutspur. Sie sah sich mit großen, verzweifelten Augen, um. Sie fühlte sich sterbenselend, trostlos, voller Angst. Wo war sie hier überhaupt? Sie lebte in Colmar, das wusste sie, aber in welche Richtung musste sie gehen? Sie hatte jede Orientierung verloren.

Sie erhob sich schwerfällig. Sie war erschöpft, ihr Körper schmerzte, ihr T-Shirt war zerrissen. Aber warum? Sie konnte sich nicht erinnern, was mit ihr geschehen war. Hatte sie einen Unfall gehabt?

Sie torkelte die Straße entlang, als wäre sie betrunken. Egal, ob sie nach Colmar kam oder in einen anderen Ort. Hauptsache, dass ihr dort irgendjemand weiterhelfen würde. Irgendwo in ihrem Kopf war der Gedanke, dass sie wohl einen Arzt brauchte, aber der Gedanke war weit weg und verschwommen.

Sie stolperte weiter. Immer einen Schritt nach dem anderen. Es ging nur langsam weiter, sie konnte sich ja kaum auf den Beinen halten. Hoffentlich war der nächste Ort nicht so weit entfernt.

Ein Auto fuhr an ihr vorbei, es hupte, weil sie zu sehr zur Straßenmitte schwankte, aber es fuhr ohne auch nur etwas langsamer zu werden, weiter.

Die Frau dachte nicht darüber nach. Sie konnte das gar nicht, sie war unfähig, einen klaren Gedanken zu fassen.

Wieso zur Hölle war sie so erschöpft? So schwindelig? Die Straße verschwamm vor ihren Augen. Sie stützte sich an einen Baum, der am Straßenrand stand, atmete tief durch. Das nächste Auto hielt. Ein Mann stieg aus, sie nahm ihn nur undeutlich war.

„Oho, junge Frau, was ist nur los mit Ihnen? Wohl etwas zuviel getrunken?", scherzte der Mann.

Sie sah ihn an und er blickte in ein verletztes Gesicht mit einem dicken Bluterguss und einer Wunde über dem linken Auge, sah die verkrustete Blutspur, das zerrissene Shirt und erkannte, dass Alkohol wohl nicht das Problem war.

„Kommen Sie, ich bringe Sie ins Krankenhaus", bot er an. „Und ich verständige die Polizei. Was ist nur mit Ihnen passiert?"

Er führte sie zum Auto und half ihr auf den Beifahrersitz.

„Ich weiß es nicht", wisperte die junge Frau.

Er ging um den Wagen herum und setzte sich hinters Steuer. „Wie heißen Sie?", fragte er freundlich.

„Magalie", erwiderte sie leise.

„Magalie, ein schöner Name."

Er startete den Wagen und sie fuhren die Straße entlang. Sie blickte ihn von der Seite an. Er sah ziemlich durchschnittlich aus. Mittelgroß, sehr kurz geschnittene Haare, Jeans und Oberhemd. Sie blickte nach hinten. Ein Kindersitz, stellte sie erleichtert fest. Aber das sagte doch eigentlich gar nichts aus.

Plötzlich stieg Panik in ihr hoch. Was, wenn er ihr etwas antat? Ein Kindersitz war doch keine Sicherheit. Sie atmete schwer, er bemerkte es. „Halten Sie an!", schrie sie. „Halten Sie an!"

„Was ist denn, Magalie?", fragte der Mann. Er klang so freundlich.

Bilder blitzten vor ihrem geistigen Auge auf. Ein anderes Auto, eine andere Straße. Männer ohne Gesichter. Sie war gefangen.

Schrecken – Angst – Gewalt.

„Halten Sie an!", schrie sie panisch.

Er tat es, stoppte den Wagen am Straßenrand. Sie stolperte hinaus, atmete tief durch. Alles in ihr war Panik und Schmerz.

„Ich bringe Sie wirklich in ein Krankenhaus", sagte er und wollte sie berühren, um sie wieder zum Auto zu führen, aber sie wich zurück.

Er nickte. „Haben Sie keine Angst. Sie brauchen nicht wieder einsteigen. Ich rufe einen Krankenwagen hierher. Ist das besser?"

Sie nickte. Er zückte sein Handy aus der Hosentasche und wählte.

Der Krankenwagen und auch ein Polizeiwagen kamen schnell. Der Zustand, in dem sie Magalie fanden und die Tatsache, dass sie sich an nichts erinnern konnte, ließ die Polizei vermuten, dass sie Drogen zu sich genommen hatte.

Sie lag bereits auf der Liege im Krankenwagen, als eine junge Polizistin mit ihr sprach. Deren Kollege blieb vor dem Krankenwagen stehen und hörte dem Gespräch zu. Es war einfach besser, dass seine Kollegin mit der völlig verstörten jungen Frau sprach und er sich im Hintergrund hielt.

„Ich habe noch nie Drogen genommen", weinte Magalie.

Die Polizistin legte beruhigend eine Hand auf ihren Arm. „Wir werden sehen, Magalie. Darf ich Sie so nennen?"

Magalie nickte matt.

„Sie müssen auf jeden Fall untersucht werden. Sie sind verletzt. Entweder hatten Sie einen Unfall oder Sie wurden geschlagen. Ihr Gesicht weist entsprechende Spuren auf."

Magalie nickte wieder. „Es tut weh. Meine Schulter auch."

„Das glaube ich Ihnen. Wir werden Sie im Krankenhaus gründlich untersuchen. Können Sie sich an nichts erinnern?"

„Nein." Magalies Stimme war nur ein Hauch. Tränen rannen über die Blutspur auf ihrer Wange, aber sie merkte es gar nicht.

„Machen Sie sich keine Sorgen. Wen sollen wir für Sie benachrichtigen?"

„Meine Eltern", brachte Magalie heraus.

„Wie können wir sie erreichen?"

Magalie tastete in ihrer Hosentasche nach ihrem Handy, aber sie fand es nicht. Sie wurde nervös, versuchte, sich aufzurichten.

„Bleiben Sie ganz ruhig", sagte der Sanitäter und drückte die junge Frau sanft zurück auf die Liege.

„Mein Handy ist weg", murmelte sie.

Die Polizistin blieb unbeeindruckt. „Wenn Sie wirklich überfallen wurden, ist das nicht verwunderlich. Sagen Sie mir einfach den Namen Ihrer Eltern. Wir wissen bisher ja nur Ihren eigenen Vornamen. Magalie."

„Meine Eltern sind Margaux und Guillaume Dubois."

„Die Weinhändler?"

Magalie nickte.

„He, die wird schon gesucht. Ist Charpentiers Fall", informierte die Polizistin ihren Kollegen.

„Gilt sie denn schon länger als vermisst?", fragte ihr Kollege erstaunt.

Die Polizistin schüttelte den Kopf. „Das nicht, der Fall steht aber wohl im Zusammenhang mit einem verschwundenen Deutschen und mit dem Einbruch in das Pasquier-Landhaus."

„Können wir los?", fragte der Fahrer des Krankenwagens dazwischen.

„Ja natürlich." Die Polizistin drückte noch einmal ermutigend Magalies Hand. „Wird schon wieder", versuchte sie zu trösten.

Magalie nickte matt.

Dann wurde die Tür zugeschlagen und der Krankenwagen fuhr los.

Die beiden Polizisten gingen zu dem Mann, der Magalie gefunden hatte, um ihn zu befragen. Er wartete geduldig in seinem Auto, aber er konnte nicht viel sagen. Er konnte nur berichten, wie und wo genau er sie vorgefunden hatte, von ihrem Panikanfall im Auto und dass er sich deswegen entschlossen hatte, den Krankenwagen und die Polizei herzurufen statt sie selbst ins Krankenhaus zu bringen.

Der Polizist nahm seine Personalien auf, dann verabschiedeten sie sich voneinander.

„Was denkst du?", fragte die Polizistin ihren Kollegen. „Sie wurde doch misshandelt oder nicht?"

Der Polizist nickte. „Es sieht so aus. Und sie hat Drogen im Blut. Darauf verwette ich meinen Arsch. Ob sie die freiwillig eingenommen hat, müssen wir herausfinden."

160

Niemand nahm Notiz von dem dunkelblauen Kombi, der aus einem schmalen Seitenweg auf die Landstraße einbog und langsam an ihnen vorbei in die entgegengesetzte Richtung davonfuhr.

„Was hältst du von der ganzen Angelegenheit?", fragte Sidonia an Bruno gewandt. Es war bereits spät, aber der Tag war so aufregend gewesen, dass sie noch nicht hatte in ihre Pension zurückfahren können.

Sie saßen zu noch zu dritt bei einem Glas Wein auf der Terrasse des Hotels.

„Es ist sehr merkwürdig", erwiderte Bruno zögernd. „Eigentlich besteht kein offensichtlicher Zusammenhang. Aber wie ich schon sagte: Drei solche Vorgänge innerhalb relativ kurzer Zeit in dem gleichen Hotel – da drängt es sich doch förmlich auf, nach einem Zusammenhang zu suchen. Zwischen Patrick und Alexandra ist der natürlich klar, aber wie passt Magalie da rein?"

„Ja du hast recht", pflichtete Sidonia ihm bei.

„Aber was sollte diese Frau mit dem Ganzen zu tun haben?", fragte Alexandra etwas zu hektisch, zu laut. Die Leute am Nebentisch drehten sich zu ihnen um. Sidonia lächelte entschuldigend. Alles in Ordnung, sagte ihr Blick. Die Leute wandten sich auch sofort lächelnd wieder ab. Vermutlich dachten sie: Die junge Deutsche hat wohl dem Wein etwas zu viel zugesprochen.

„Ich kenne diese Magalie nicht", redete Alexandra leiser weiter. „Wir hatten nichts mit ihr zu tun. Nicht einmal wegen eventueller Weinlieferungen haben wir mit ihr oder

der Familie gesprochen. Dazu war es ja auch noch viel zu früh."

„Nun, nur, weil wir ihn nicht sehen, heißt das nicht, dass es keinen Zusammenhang gibt", meinte Bruno leichthin. Seine jahrelange Berufserfahrung und sein Instinkt sagten ihm einfach, dass es da etwas geben musste.

„Ich fahre morgen noch mal zu dem Haus."

„Warum? Was soll das bringen?"

„Einfach mal nachsehen, ob sich wieder etwas verändert hat. Dort wurde schließlich alles durcheinandergebracht, als wenn etwas gesucht wurde."

„Aber was?"

„Tja, keine Ahnung. Aber um das herauszufinden, bin ich ja jetzt da."

„Irrtum!", schnappte Alexandra. „Du bist hier, um Patrick zu finden. Was immer die in dem Haus suchen, ist mir scheißegal."

„Aber das ist der Schlüssel zu allem. Da bin ich mir vollkommen sicher. Und ich werde herausfinden, um was es geht und deinen Patrick finden." Bruno sprach zuversichtlicher als er sich fühlte. Da waren neben der vollkommen undurchsichtigen Lage, auf die er sich bisher noch überhaupt keinen Reim machen konnte, auch noch die Sprachschwierigkeiten. Aber er würde sein Bestes tun. Zur Not konnte er sich sicher auch auf Englisch verständigen.

„Ich komme mit", bot Sidonia an.

„Nein, morgen mache ich das allein."

„Bruno, du bist schon mal allein zu einer Hütte gefahren", sagte sie und erinnerte damit an die Hütte im Haxtergrund, in der er zusammengeschlagen worden war. Wirklich eine unrühmliche Angelegenheit.

„Das war der einzige Fall, den du mitbekommen hast. Was glaubst du, wie oft ich irgendwo hingefahren bin und nicht zusammengeschlagen wurde", knurrte er. Er wurde nicht gern an die Hütte im Haxtergrund erinnert. „Es bleibt dabei. Lass mich das allein machen, da kann ich viel freier agieren als wenn ich noch darauf achten muss, was du tust. Allein kann man sich auch besser verstecken. Ihr wisst ja dann, wo ich bin."

„Pass nur auf, dass wir dich nicht auch suchen müssen", meinte Alexandra.

Sidonia knabberte an ihrer Unterlippe. Wirklich wohl war ihr bei Brunos Vorhaben nicht. Sie erhob sich etwas abrupt. „Ich rufe mir jetzt ein Taxi und fahre in meine Gaststätte. Es ist spät geworden und ich bin müde."

Bruno nickte. „Ich gehe auch gleich in mein Hotel. Schade, dass wir nicht alle hier wohnen." Er grinste. Am liebsten würde er Sidonia begleiten. Aber er würde sich hüten, ihr das anzubieten. Das war endgültig vorbei und er würde sie damit nur verärgern.

Für Laurent war der Abend noch nicht zu Ende. Er wusste, was er zu tun hatte. Er setzte sich in seinen Citroen und fuhr los.

Er war so froh, dass Magalie nichts geschehen war, obwohl er gar nicht sicher war, ob man das so ausdrücken konnte. Sie war gewiss unter Drogen gesetzt worden, um irgendwelche Informationen aus ihr herauszupressen. Und sie war geschlagen worden. Laurent schlug wütend auf das Lenkrad. Verdammt, sie weiß doch sowieso nichts. Alles, was sie getan hatte, war, den letzten Wunsch eines alten, sterbenden Mannes zu erfüllen.

Es war alles seine Schuld. Ach, wenn er nicht so ein verfluchter Feigling wäre, wenn er den Mund bei der Polizei aufgemacht hätte oder wenigstens bei diesem Privatdetektiv. Aber damit hätte er sich doch selbst belastet und danach stand ihm nicht der Sinn.

Er lenkte den Wagen durch die Dunkelheit in den Wald bis zu dem Haus. Er hatte richtig vermutet. Da stand ja schon der Kombi. Sie waren wieder hier. Seit die Polizei hier gewesen und auch Alexandra immer wieder hier erschienen war, kamen sie nachts. Laurent hielt, stieg aus und ging mit großen Schritten auf das Haus zu. Er hörte Geräusche hinter dem Haus. Sie waren dabei, die Laube abzureißen. Warum? Glaubten sie, darunter sei etwas versteckt? Die Laube hatten doch erst die Pasquiers gebaut.

Ein Mann, der kaum Mitte zwanzig war, kam ihm entgegen. „Was willst du denn hier?", blaffte er und schubste Laurent zurück. Doch dieses Mal war seine Wut größer als seine Angst.

„Ich will wissen, was ihr mit Magalie gemacht habt."

„Magalie? Ist das die Kleine, die der Boss vorhin befragt hat?"

Der Mann grinste schief und gemein und das stachelte Laurents Zorn nur noch mehr an. „Sie ist eine Freundin. Was habt ihr mit ihr gemacht? Ihr habt immer gesagt, dass niemand zu Schaden kommt."

„Ist sie nicht in einem Stück wieder aufgetaucht?"

„Doch. Aber sie hat überhaupt keine Erinnerung."

„Klar, sie soll sich ja auch an nichts erinnern. Sonst hätten wir sie töten müssen." Der Typ fuhr sich mit dem Finger über die Kehle, um die Tötung anzudeuten.

Laurent konnte sich kaum noch zurückhalten „Erst der Typ aus Deutschland und jetzt Magalie. Bildet ihr euch wirklich ein, ihr tut den Menschen nichts? Ist es das wirklich wert?", brüllte er.

„He, das hoffe ich doch. Und denk dran: Du steckst da auch mit drin."

Laurents Wut wurde übermächtig. Er stürzte sich auf den Mann und verpasste ihm einen ordentlichen Kinnhaken.

„Und? Wie fühlt sich das an?", fragte er höhnisch.

„Heh, was soll das?", brüllte der Mann.

„Was regst du dich auf? Bist doch noch in einem Stück." Er wiederholte bewusst die selben Worte, die der Andere benutzt hatte, als er ihn wegen Magalies Misshandlung angegangen war.

Der Typ blickte Laurent wild an. „Der Boss gibt die Anweisungen, ich tue, was gesagt wird. Du kriegst doch auch deinen Teil ab, ohne allzu viel dafür zu tun. Bist nichts weiter, als der Kontaktmann im Hotel."

„Ja, schon…", knurrte Laurent. „Aber das war ein Riesenfehler. Ich hätte mich nie darauf einlassen dürfen."

„Das fällt dir leider etwas zu spät ein."

„Ich konnte nicht ahnen, wie weit das geht. Was habt ihr eigentlich mit dem Mann aus Deutschland gemacht? Lebt er noch?"

Der Typ grinste. „Braucht dich nicht interessieren."

Laurent wusste kaum noch, wo er hinsollte mit all seiner Wut, seinem schlechten Gewissen und dem Gefühl der Ausweglosigkeit."

„Ihr hättet Magalie nicht anrühren dürfen." Ein weiteres Mal preschte er vor, wollte zuschlagen, aber der andere parierte und verdrehte Laurents Arm auf den Rücken.

„Au!", schrie er. „Du tust mir weh."

„Wir sollten Magalie kidnappen, weil sie vielleicht etwas von ihrem Großvater wusste. Du weißt schon... Das war alles."

„Ja, ich weiß schon. Und? Hat sie etwas gewusst?"

„Nein, nicht mal, was in dem Brief stand. Die ist wirklich eine kleine Idealistin, wie? Hat alles drangesetzt einen fast achtzig Jahre alten Brief zu übermitteln. Dabei sind die Empfänger doch sowieso schon längst tot. Na ja...", der Mann grinste breit. „Jetzt hat sie eine Lawine ins Rollen gebracht, die nicht mehr gestoppt werden kann. Es war auf jeden Fall wichtig, dass die Kleine sich nicht an den Boss erinnert. Verdammt, das weißt du doch selbst. Wir haben noch immer nichts gefunden und die Zeit wird knapp. Diese Leute aus Deutschland schnüffeln zu viel hier herum. Der Deutsche kam einfach ein bisschen zu früh."

Er ließ Laurent los, aber der war durch die körperliche Überlegenheit des anderen noch wütender geworden. Wie von Sinnen bölkte er seinen jungen Gegner an.

„Ich werde alles sagen. Ich gehe zur Polizei. Bevor noch mehr Menschen zu Schaden kommen. Auch wenn ich selbst mitten drinstecke. Ist mir scheißegal, ich zeige mich lieber selbst an."

„Das wirst du nicht."
„Willst du mich daran hindern?"
Der andere nickte.

Kapitel 11
Fr., 18. Juni 2021
- der 5. Tag im Elsass -

Bruno brach nach dem Frühstück mit seinem Mazda auf und fuhr zu dem Landhaus im Wald. Er wollte es eine Weile beobachten, sehen, ob etwas passierte. Es war ja ganz offensichtlich, dass jemand etwas suchte und er hoffte, dass derjenige das noch nicht gefunden hatte. Sonst würde er vergeblich auf der Lauer liegen.

Er nahm sich eine Zeitschrift über Hausboote mit, die er bereits auf der Fahrt nach Colmar erstanden hatte. Bisher hatte er noch keine Zeit gefunden, darin zu stöbern. Außerdem versorgte er sich in einem Supermarkt mit Getränken, Sandwiches und Keksen.

So konnte er es eine Weile aushalten.

Als er sich seinem Ziel näherte, erkannte er, dass das Haus vollkommen still und leer dalag. Nichts deutete darauf hin, dass gerade Diebe oder Vandalen am Werk waren.

Bruno parkte seinen Wagen an einer Stelle, die vom Haus aus verborgen hinter Bäumen lag. Falls im Inneren Leute waren oder in der Zwischenzeit kommen würden, wollte er nicht direkt entdeckt werden. Wenn er hier stand, würde jeder denken, dass es sich um den Wagen von Wanderern handelte.

Er stieg aus und schlich näher an das Haus heran.

Der Wald bot ihm gute Deckung. Er sah sich aufmerksam um, doch er konnte niemanden entdecken. Waren sie wohl gerade dabei, die Räume weiter zu durchsuchen? Zu verwüsten? Oder hatten sie schon längst alles durchkämmt? Hatten sie gefunden, was sie suchten? Verdammt, was für ein Geheimnis gab es hier? Und wie konnte er es lüften? Er blieb stehen und beobachtete geduldig das Haus, obwohl nichts geschah. Nach einer Weile entschloss er sich dann doch, näher zu schleichen. Einen Blick durch die Fenster zu riskieren oder um das Haus herum zu schleichen. Wo waren diese Nebengebäude, von denen Karine und Xavier gesprochen hatten? Diese Entscheidung traf er nicht aus Ungeduld. Genau dieses Warten gehörte schließlich zu seinem Job. Observieren, manchmal mehrere Stunden lang. Diese Tätigkeit liebte er nicht gerade, aber er war daran gewöhnt. Nein, er fand es dieses Mal nur einfach sinnlos, denn er wusste ja nicht einmal, ob hier jemand war, auf den er warten konnte.

Durch das Fenster sah er die Verwüstung, die er bereits kannte. Vielleicht hatte sie noch etwas zugenommen, so genau konnte er sich nicht erinnern.

Er versuchte nicht, in das Haus hineinzugehen, sondern schlich an dem Gebäude vorbei zur hinteren Seite. Dort sah er die kleinen Gebäude, die das Ehepaar Pasquier auf dem Grundstück errichtet hatte. Die Laube und die kleine Hütte in Form eines Weinfasses.

Er sah, dass die Laube vollkommen beschädigt war und verspürte Ärger darüber. Hatten diese Leute jetzt angefangen, hier draußen alles zu demolieren? Zumindest hatten sie sich der Zerstörung fremden Eigentums schuldig gemacht. Er musste die Polizei anrufen.

Er lief näher, jetzt jede Vorsicht außer Acht lassend. Er hatte einfach nicht den Eindruck, dass hier jemand war. Er blickte in den halbrunden Corpus der Laube hinein, sah zuerst nur ein tiefes Loch, das vermutlich mit einer Axt mitten in den Boden geschlagen worden war. Und in diesem Loch lag ein Körper. Er blickte genauer hin, beugte sich vor. Der Körper lag auf dem Bauch, er musste versuchen, ihn umzudrehen, musste die Halsschlagader fühlen, schauen, ob er noch helfen konnte. Er legte sich auf den Boden neben die Grube, griff nach dem Körper. Der Körper fühlte sich kalt an, der musste schon eine Weile hier liegen. Als Bruno den Kopf wandte, hielt er erschrocken inne. Er hatte nicht damit rechnen können, dass er den Toten kannte. Aber er erkannte den freundlichen Portier aus Alexandras Hotel. Laurent Soundso. Der sich so furchtbar wegen des Verschwindens der jungen Frau aufgeregt hatte.

Oh mein Gott, was war hier nur los? In was war er nun schon wieder hineingeraten?

Der Mann erfuhr erst am Morgen von der Tötung seines Informanten.

Die jungen Männer waren noch in der Nacht zurückgekommen und hatten es nicht für nötig befunden, den Chef deswegen zu wecken. Stattdessen hatten sie sich selbst erst einmal schlafen gelegt. Das stellte sich jetzt als grober Fehler heraus. Der Chef war äußerst zornig.

„Ich habe euch doch angewiesen, dass kein Mord geschehen darf!", wetterte er.

170

„Der hat uns doch angegriffen. Der war völlig von Sinnen wegen dieser Kleinen."

„Ein Mord ist ein ganz anderes Kaliber als alles, was bisher geschehen ist!", donnerte der Mann weiter. „Glaubt ihr, ich gehe für einen Mord ins Gefängnis, den ihr begangen habt?"

Die beiden Handlanger waren völlig verstört.

„Ich hoffe, ihr habt ihn gut eingebuddelt, so dass er nicht sofort entdeckt wird. Dann ist er eben einfach ein weiterer Vermisster."

Er erkannte an der Reaktion der beiden, dass sie genau das nicht getan hatten.

„Ihr habt ihn nicht eingebuddelt?"

„Er liegt in einem Loch. Das ist ganz schön tief unter der Laube, aber nee, wir haben das nicht wieder zugeschüttet."

„Seid ihr von Sinnen? Diese Deutschen scharwenzeln doch ständig dort herum. Genauso gut könnte ein Wanderer sie entdecken. Was, wenn die Leiche gefunden wird? Verdammt, was habt ihr euch nur gedacht? Offenbar gar nichts!"

Die beiden erwiderten nichts. Wie zwei gescholtene Schuljungen standen sie dort, unfähig, sich zu verteidigen. Offenbar hatten sie alles falsch gemacht. Aber sie hatten einfach nur noch daran gedacht, dass sie ihre Suche fortsetzen mussten. Es war ja nicht geplant gewesen, es war eben einfach so passiert, weil Laurent so ausgeflippt war.

„Wir machen das heute Abend zu, in Ordnung, Boss?", versuchte es endlich einer.

„Nein, das macht ihr sofort. Setzt euch in den Wagen und fahrt wieder zurück und betet, dass der Tote noch nicht entdeckt wurde", befahl der Chef.

Die beiden sahen ihn verdattert an. Sie sollten jetzt sofort wieder umdrehen? Sie waren müde, sie hatten die halbe Nacht in diesem Landhaus verbracht. Und was war mit der kommenden Nacht? Sollten sie da etwa wieder weitersuchen? Aber sie trauten sich nicht, Einwände zu erheben.

Sie verschwanden und der Boss blieb zurück mit einem Problem, von dem er hoffte, dass es noch beseitigt werden konnte.

Wie konnte das, was so vielversprechend angefangen hatte, nur in einem solchen Schlamassel enden?

Magalie fühlte sich schon ein wenig besser. Sie lag allein in einem Krankenzimmer, da die Ärzte sagten, sie bräuchte viel Ruhe.

Gestern war alles, was mit ihr gemacht wurde, an ihr vorübergezogen, als wäre sie eine Zuschauerin ihres eigenen Lebens. Sie hatte dabei zugesehen, wie sie aus dem Krankenwagen getragen und ins Krankenhaus gebracht wurde. Der Gedanke war in ihrem Kopf, dass sie doch laufen konnte, es war nicht nötig, dass sie auf der Liege lag. Ihre Beine konnten sie doch tragen, sie war doch eben noch über die Straße gelaufen. Aber dann dämmerte sie weg und es war ihr gleichgültig. Sollten sie mit ihr machen, was notwendig war.

Als nächstes nahm sie Stimmen und grelle Lichter wahr.

172

Jemand beugte sich über sie. „Hallo, junge Frau", rief eine sanfte männliche Stimme.

„Ja?", murmelte sie.

„Wir werden Ihnen jetzt Blut abnehmen. Wir müssen wissen, ob Sie Alkohol oder Drogen zu sich genommen haben."

„Das habe ich nicht, das wüsste ich doch", lallte Magalie.

Sie spürte den Einstich in ihre Vene nicht.

„Sie hat einen Schock", sagte die Stimme wieder. „Sie braucht Ruhe. Vielleicht auch psychologische Betreuung." Jetzt stand dieser Arzt mit der sanften Stimme wieder an ihrem Bett.

„Salut Mademoiselle Dubois", grüßte er freundlich. „Erinnern Sie sich an mich?"

Sie lächelte zurück. „Nicht wirklich. Nur an Ihre Stimme."

„Können Sie sich an irgendetwas von gestern erinnern? Also bevor sie auf der Straße gefunden wurden?"

Sie schüttelte den Kopf. „Nein. An überhaupt nichts."

„Machen Sie sich darüber keine Sorgen. Ich muss Ihnen allerdings sagen, dass GHB in Ihrem Blut nachgewiesen wurde."

Sie zog die Nase kraus. „GHB? Was ist das?"

„Bekannter ist es unter dem Namen Liquid Ecstasy."

Sie wurde ganz aufgeregt, wollte sich aufrichten, stieß einen leisen Schmerzenslaut aus, als sie sich auf ihren Arm stützte und fiel zurück in die Kissen.

„Au, was ist los? Meine Schulter tut so weh", fragte sie.

„Machen Sie sich keine Sorgen", lächelte der Arzt. „Es ist zum Glück nichts gebrochen. Nur eine ziemlich heftige Prellung. Sie müssen gestürzt sein."

Bilder blitzten vor Magalies Augen auf. Sie schien zu stürzen, auf den Boden aufzuprallen. Aber es war alles wie im Nebel und die Bilder verschwanden auch sofort wieder. Es gelang ihr nicht, sie festhalten.

„Außerdem haben sie ein paar Blessuren im Gesicht, aber das wird schnell heilen. Das, was uns wirklich Sorgen macht, sind die Drogen."

„Aber... aber das kann nicht sein. Ich habe noch nie Drogen genommen", stammelte sie verwirrt.

„Nun, davon bin ich auch gar nicht ausgegangen. Wir wissen ja, dass irgendetwas vor dem Hotel Bougainville mit Ihnen passiert ist. GHB wird auch als KO-Tropfen eingesetzt. Wir müssen davon ausgehen, dass Sie jemand betäubt hat, Mademoiselle."

Sie wurde wieder hektisch. „Betäubt? Und vergewaltigt?" Sprach man nicht immer im Zusammenhang von KO-Tropfen davon?

„Nein, das nicht. Sie wurden ja gestern gründlich untersucht."

Sie nickte. Ja, daran konnte sie sich immerhin erinnern, auch wenn es so war, als würde sie sich an einen Film erinnern und nicht an ihr eigenes Leben.

„Madame Dubois, es besteht kein Zweifel, dass Sie Opfer eines Verbrechens geworden sind. Die Polizei will mit Ihnen sprechen, aber bisher habe ich das untersagt. Fühlen Sie sich in der Lage, mit jemandem von der Polizei zu sprechen?"

Sie überlegte. „Ich kann der Polizei ja gar nichts sagen."

„Sicher kann es dennoch hilfreich sein."

Sie konnte sich nicht vorstellen, wie. Und vermutlich wusste der Arzt das auch nicht. Er gab nur die Bitte der Polizei weiter.

Sie nickte. „Ja, ist gut."

Er griff nach ihrer Hand und drückte sie kurz. „Es wird schon wieder, junge Frau", sagte er aufmunternd.

Die beiden jungen Männer konnten beim Landhaus nichts mehr wieder gutmachen. Sie sahen, dass Polizei dort war und die Stelle mit Absperrband gesichert hatte. Es war zu spät. Die Leiche war gefunden worden.

„Der Chef wird uns lynchen", befürchtete der eine.

„Ich habe eine Idee, wie wir das wiedergutmachen können. Er hat doch immer gesagt, wir müssen den Deutschen Angst machen, nicht?"

Sein Kumpane nickte.

„Also lass uns mal gucken, was die heute so treiben und dann heizen wir denen mal richtig ein.

Commissaire Fabrice Charpentier und sein Kollege Philippe Allard standen allmählich vor einem Rätsel.

„Also, was meinst du? Wie passt dieser Mord an Laurent Bouchard ins Bild?", fragte Philippe, während sie noch immer gemeinsam mit Bruno am Landhaus vor der Leiche von Laurent Bouchard standen. Auf den ersten Blick sah es so aus, als sei Laurent erschlagen worden.

Fabrice schüttelte nachdenklich den Kopf. „Was zum Teufel wollte der eigentlich hier?"

Bruno stand daneben und konnte nicht verstehen, was die beiden redeten. Verdammte fehlende Sprachkenntnisse, dachte er zerknirscht und bedauerte jetzt doch, Sidonia nicht mitgenommen zu haben. Er stromerte weiter, um sich ein wenig umzusehen. Eigentlich tat er nur so, aber das war besser, als blöd danebenzustehen, während die beiden Franzosen fachsimpelten.

„Kann das alles zusammenhängen? Die Entführung von Mademoiselle Dubois, der Mord an Laurent und das Verschwinden dieses Deutschen?", überlegte Philippe.

Fabrice nickte und murmelte etwas Unverständliches. „Das glaube ich schon. Die große Frage ist das Warum. Lass uns ins Büro fahren und dort kontaktieren wir das Krankenhaus und erkundigen uns, ob wir Magalie Dubois inzwischen befragen können. Wir sollten unbedingt mit ihr über das Haus sprechen. Sie muss irgendetwas damit zu tun haben, das wir noch nicht wissen."

Sie winkten Bruno kurz zu, aber sie setzten ihn nicht über ihr Vorhaben in Kenntnis. Sie könnten sich zwar auf Englisch mit ihm verständigen, aber sie waren diesem Detektiv wohl kaum Rechenschaft über ihr Vorgehen schuldig.

Bruno bemerkte ihr Weggehen, es war ihm gleichgültig. Sie taten ihren Job ebenso wie er. Wenn sie zusammenarbeiten würden, wäre das toll, aber einfordern konnte er das nicht. Außerdem schoben schon seine fehlenden Sprachkenntnisse einen Riegel davor.

176

Er war nicht sauer. Auch er würde wieder fahren. Was sollte er hier noch tun? Er musste herausfinden, um was es ging. Und wer am Ende die Lösung fand, war sowieso egal. Er musste herausfinden, was Magalie mit dem Haus zu tun hatte. Aber an Magalie kam er zurzeit nicht ran. Diese Möglichkeit hatte nur die Polizei.

Alexandra holte Sidonia in ihrem Cabrio ab und sie fuhren gemeinsam die Weinstraße entlang. Sie konnten gerade sowieso nichts anderes tun und wollten sich einfach ein wenig die Gegend ansehen, um mal auf andere Gedanken zu kommen. Alexandra tat es auf jeden Fall gut, nicht immer nur über das Verschwinden von Patrick und all der Dinge, die damit zusammenhingen, zu grübeln. Ihrer eigenen Angst beim Betrachten des Videos, das Verschwinden von Magalie, die Verwüstung des Hauses. Sie verbot sich konsequent, darüber nachzudenken. Das war leichter gesagt als getan, doch sobald ein solcher Gedanke aufflammte, verscheuchte sie ihn wie eine lästige Fliege.

Sidonia dagegen konnte nicht so recht abschalten und versuchte es auch gar nicht. Sie sprach aber auch nicht mit Alexandra darüber, denn sie merkte, dass die junge Frau eine Zerstreuung dringend brauchte.

„Wir können ja im nächsten Ort einfach mal halten", schlug Alexandra vor. Sidonia hörte sie nicht.

„He, Sidonia", rief sie. Sidonia schrak ein wenig zusammen. „Ja?"

„Du bist ja gar nicht bei der Sache. Was hältst du davon, wenn wir im nächsten Ort mal halten?"

„Das ist eine gute Idee. Und ja, du hast recht, ich grüble zu viel."

„Heute nicht. Es führt ja auch zu nichts. Lass uns heute nur den Tag genießen. Es ist so schön hier. Oder nicht?"

Zum ersten Mal blickte Sidonia sich aufmerksam um. Ein Lächeln huschte über ihr Gesicht. „Ja, du hast recht. Das ist es."

Sie hielten in Ribeauville, das sie nach etwa einer halben Stunde erreichten und schlenderten in dem malerischen Ort herum.

Allmählich fiel auch von Sidonia die Anspannung der letzten Tage ab.

Sie machte ein Foto mit ihrem Handy und schickte es an Mercedes. *Hallo Liebes, ich fahre mit einer neuen Bekannten die Weinstraße entlang und sehe mir das Elsass an. Es ist traumhaft hier,* schrieb sie dazu.

Alexandra sah ihr über die Schulter. „Deine Tochter?", fragte sie.

„Ja."

„Sie weiß nichts von dieser ganzen Sache?"

„Nein, sie würde sich Sorgen machen und wozu sollte das gut sein? Sie könnte uns nicht helfen."

Alexandra nickte. „Wollen wir dort ein Eis essen? Oder etwas trinken?", fragte sie und wies auf ein kleines Straßencafe."

„Ja, gerne."

Sie verbrachten beinahe zwei Stunden in dem Städtchen, dann ging es weiter Richtung Barr. Doch unterwegs, inmitten von Weinbergen geschah das Unfassbare.

Sie hörten plötzlich einen lauten Knall. Alexandra erschrak und verriss vor Schreck das Steuer.

Sidonia schaute sich hektisch um.

Ein zweiter Knall ertönte. Der Wagen schlingerte. Der Reifen war geplatzt. Alexandra bremste, lenkte, versuchte krampfhaft den Wagen auf der Straße zu halten. Schließlich schoss er in ein Feld hinein, rollte noch ein Stück und blieb endlich stehen.

Die beiden Frauen kippten nach vorn, aber glücklicherweise verletzte sich keine.

„Was war das denn?", fragte Alexandra außer Atem."

„Lass uns nachsehen." Sidonia blickte sich vorsichtig um, bevor sie den Wagen verließ. Sie war nicht ganz sicher, aber sie glaubte nicht, dass der Knall vom Platzen des Reifens kam. Aber sie wollte Alexandra nicht unnötig in Panik versetzen.

Sie waren hier ganz allein zwischen den Orten. Hier gab es nur Weinberge und Felder. Aber niemand war zu sehen.

Auch Alexandra stieg vorsichtig aus. Voller Angst.

Die Frauen sahen sofort den geplatzten Hinterreifen. Oder den zerschossenen? Wieso sollte das jemand tun? Und was sollten sie jetzt tun?

Ein blauer Kombi fuhr an ihnen vorbei ohne zu halten.

„Blödmann", schimpfte Sidonia. „Hilfsbereitschaft sieht anders aus."

Magalie ging es schon viel besser. Sie war natürlich noch immer durcheinander, aber es gab keine ernsthaften Verletzungen, obwohl die Schulter natürlich noch schmerzte.

Doch ihr psychischer Zustand war besorgniserregender als der körperliche. Aber Fabrice und Philippe durften zu ihr in das steril wirkende Einzelzimmer.

Magalie lag im Bett, ihre Blutergüsse im Gesicht verfärbten sich. Sie war wirklich geschunden und bot einen erbarmungswürdigen Anblick.

„Wie kann ich Ihnen helfen?", fragte sie gequält. „Falls es um die Entführung geht – ich kann mich wirklich an nichts erinnern. Sie wissen doch sicher…"

„Ja, wir wissen. Sie hatten K.O.-Tropfen im Blut. Nein, wir überlegen uns im Moment, ob auch Ihre Entführung mit dem Landhaus zu tun haben kann, das die deutsche Firma gekauft hat. Sie wissen doch, das Haus der Pasquiers, es solle ein Hotel werden. Der deutsche Käufer ist verschwunden und dessen junge Kollegin wurde bedroht. Jetzt wurden Sie entführt. Alles hängt irgendwie entweder mit dem Hotel Bougainville zusammen oder mit dem Landhaus. Welche Verbindung besteht zwischen Ihnen und dem Landhaus?"

Fabrice sprach ruhig, wie es seine Art war. Die Information, dass Laurent Bouchard ermordet worden war, hielt er dabei bewusst zurück. Der Arzt hatte sie eindringlich davor gewarnt, Magalie unnötig aufzuregen. Außerdem würde sie nicht so konzentriert und vorurteilsfrei nachdenken können.

Die junge Frau lehnte sich tatsächlich zurück und schloss leicht die Augen. Dann stieß sie einen tiefen Seufzer aus. „Es tut mir so leid, Monsieur Commissaire. Aber ich wüsste wirklich nicht, welche Verbindung ich zu dem Landhaus haben sollte. Meine Familie hatte niemals etwas damit zu tun. Es gibt Geschichten, dass im Krieg die dort lebenden Eigentümer plötzlich verschwunden waren. Vielleicht gab es einen Geheimgang. Aber wie gesagt – das sind Geschichten. Wahrscheinlich ist nichts daran."

Fabrice nickte und Philippe notierte, was sie sagte.

„War irgendetwas ungewöhnlich in der letzten Zeit?", fragte Philippe.

Magalie zog die Nase kraus. „Was meinen Sie?"

„Ein Vorkommnis, das ungewöhnlich war, auffallend. Waren Sie mal bei dem Haus, könnten Sie etwas beobachtet haben? Haben Sie im Hotel etwas mitbekommen? Es muss auch mit dem Hotel zu tun haben, denn dort wurden die Überwachungskameras benutzt, um Frau Werle zu beobachten."

Magalie knabberte an ihrer Unterlippe. „Nein, ich bin doch nur immer dort, um über die Weinlieferung zu sprechen. Und das mache ich ausschließlich mit dem Küchenchef. Da habe ich nichts mitbekommen."

Fabrice hatte sich etwas mehr erhofft, aber es war nicht zu ändern. Als er ging, überreichte er Magalie seine Visitenkarte. „Wenn Ihnen doch noch etwas einfällt, melden Sie sich. Auf der Karte steht auch meine Handynummer."

Sie nickte. „Das mache ich."

Sidonia zog die völlig hysterische Alexandra hinter sich her.

„Nun komm, wir müssen weg."

Alexandra hätte am liebsten laut geschrien, aber sie verkniff sich den Impuls und folgte Sidonia schweigend.

Sidonia sah sich um, ihr Gehirn funktionierte ohne Panik. Die würde später einsetzen, das wusste sie. Aber jetzt funktionierte sie. Sie zog Alexandra die Straße hinunter. Dort konnte sie den nächsten Ort schon sehen. Aber weit und breit war kein Auto in Sicht. Wer hatte geschossen? Oder hatte sie sich das nur eingebildet? War einfach der Reifen geplatzt? Sah sie Gespenster? Jetzt, da sie darüber nachdachte, fragte sie sich, ob sie die hysterische Person war und nicht Alexandra.

Sie fühlte sich inzwischen ganz ruhig. Sie würden den Ort bald erreichen. Dort waren sie in Sicherheit. Sie konnten sich in eine Gaststätte setzen und zuerst Bruno kontaktieren. Bevor sie die Polizei mit so einer Geschichte herrief, wollte sie sichergehen, dass der Reifen wirklich zerschossen worden war.

In der Nähe von Breisach – auf der deutschen Seite des Rheins hatte Bruder Lucian, Gründer des Ordens *Brüder des Lichtes* durch einen Telefonanruf von den schrecklichen Vorkommnissen in Colmar erfahren. Er hatte Laurent Bouchard gekannt und man konnte vielleicht sogar sagen, dass sie befreundet waren. Und nun war der Franzose tot.

Lucian ging in die kleine Kapelle des Klosters und zündete eine Kerze an. Er kniete sich vor den Altar, faltete die Hände und neigte den Kopf tief. Er würde am Abend ein Requiem für den toten Freund halten. Seine Mitbrüder kannten ihn zwar nicht, aber sie würden das Gebet mit derselben Inbrunst halten wie es Priester für völlig fremde Verstorbene taten.

Lucian stand diesem Kloster vor und konnte deshalb veranlassen, dass eine Messe gehalten wurde auch ohne Geld dafür zu kassieren.

Er merkte, dass seine Gedanken davoneilten und er sich auf kein Gebet konzentrieren konnte. Er schaute zu dem gekreuzigten Jesus auf, bekreuzigte sich und erhob sich. „Tut mir leid, ich glaube, im Augenblick kann ich nicht beten", sagte er, neigte noch einmal kurz sein Haupt und eilte aus der Kapelle.

Bruno raste nach dem Anruf nach Bergheim, den Ort, in den Sidonia und Alexandra sich gerettet hatten.

Als er dort ankam und sie in einem kleinen Cafe antraf, zog er Sidonia stürmisch in seine Arme und drückte ihr einen Kuss auf die Stirn. Sie fühlte sich etwas überrumpelt, ließ die stürmische Begrüßung regungslos über sich ergehen, während Alexandra etwas amüsiert zusah.

„Ist ja gut, wir leben ja noch", sagte Sidonia schließlich.

„Mach dich ruhig lustig. Ein geplatzter Reifen – da kann allerhand passieren."

„Bruno, wir sind nicht sicher, ob er einfach so geplatzt ist", erklärte Sidonia leise.

Völlig verdattert blickte er von Sidonia zu Alexandra und zurück. „Was soll das denn heißen? Davon hast du am Telefon kein Wort verloren."

„Warum auch. Aber ehrlich gesagt dachte ich im ersten Moment, einen Schuss gehört zu haben. Aber… vermutlich kam das nur von dem Platzen. Ich war vielleicht auch nur ziemlich verwirrt, weil schon so viel passiert ist."

Bruno rieb sich etwas ratlos den Nacken. „Okay, wir fahren jetzt dorthin, wo der Wagen steht und ich sehe mir das an", beschloss er.

Als müssten wir das nicht sowieso tun, dachte Sidonia ein wenig ironisch.

„Kann man denn erkennen, ob der Reifen einfach geplatzt ist oder zerschossen wurde?", fragte Alexandra etwas naiv.

Bruno sah sie fassungslos an. „Selbstverständlich kann man das", erwiderte er in leicht gereiztem Tonfall.

Sie bemerkte es, sagte aber nichts dazu. Vermutlich war er auch vollkommen überfordert von dieser Situation. Außerdem schien er viel für Sidonia übrig zu haben.

Sie fuhren also das kurze Stück bis zu der Stelle, wo ihr Cabrio im Feld stehengeblieben war. Bruno stoppte seinen Mazda, rannte hin und ließ sich neben dem kaputten Reifen auf die Knie fallen. Er betrachtete ihn genau. Dann drehte er sich zu den Frauen um.

„Habt ihr irgendjemanden in eurer Nähe gesehen?"

„Nein, mir ist niemand aufgefallen, dir?", fragte Sidonia Alexandra.

Die schüttelte den Kopf. „Nein. Wie auch? Es fahren mehrere Autos hier, da fällt einem doch kein bestimmter Wagen auf. Wir haben uns mehr auf die Landschaft konzentriert."

„Es war wirklich ein Schuss?", fragte Sidonia dann. Sie merkte, dass sie jetzt, da es wirklich feststand, zu zittern begann. Mein Gott, jemand hatte auf sie geschossen. Wollte er ihnen Angst machen oder wollte er sie sogar töten?

Bruno nickte. „Ja. Ruf die Polizei. Am besten gleich diesen Charpenteil."

„Charpentier."

„Wie auch immer."

Sidonia nickte. Sie hatte die Nummer ja in ihr Handy eingespeichert. Mit zitternden Händen fuhr sie über den Bildschirm, um die Nummer auszuwählen.

„Der oder die muss euch beobachtet haben. Wer konnte sonst wissen, dass ihr hierher fahrt? Es muss zwangsläufig ein bestimmtes Auto eine längere Weile in eurer Nähe gewesen sein", schlussfolgerte Bruno.

Sidonia kam es wie eine Ewigkeit vor, bis Fabrice und Philippe bei ihr an der Landstraße ankamen. Immerhin war eine gute halbe Stunde vergangen – schneller war es ja kaum zu schaffen. Die Polizisten begutachteten beide den Reifen, kamen aber zu demselben Schluss wie Bruno. Der Reifen war zerschossen worden.

„Aber dann muss uns ja die ganze Zeit jemand gefolgt sein", stellte Alexandra leise fest.

„Das sehen Sie richtig, Madame. Aber da niemand Kontakt zu Ihnen aufgenommen hat und niemand auf Sie geschossen hat, nachdem Sie ausgestiegen waren, ist davon auszugehen, dass man Ihnen lediglich Angst machen wollte."

„Das haben die geschafft", gab Alexandra zu.

Auch Sidonia fühlte sich nicht wohl dabei. Verdammt, jetzt erlebte sie so etwas schon zum zweiten Mal. Das konnte doch nicht wahr sein. Wieso hatte sie nicht auf das kleine Teufelchen auf ihrer Schulter gehört und war weitergegangen, als sie die junge Frau... Stop! So etwas wollte sie gar nicht erst denken. Das war egoistisch und gemein und so war sie nicht. So wollte sie auch nicht sein. Alexandra konnte auch nichts für diesen Schlamassel. Andererseits hatte auch sie ein Recht darauf, mal abzuschalten, sich mal eine Auszeit zu gönnen.

„Madame Okebe, haben Sie nicht gehört?", rief Fabrice sie an.

Durch Sidonias Körper ging ein Ruck. „Nein, tut mir leid. Was haben Sie gesagt?"

„Ist Ihnen wirklich niemand aufgefallen? Ein bestimmtes Auto, das Sie vielleicht mehrere Male gesehen haben?"

Sie schüttelte den Kopf. „Nein. Wirklich nicht. Aber wir haben auch nicht auf die Autos geachtet, sondern mehr auf die Landschaft."

Fabrice nickte.

„Können wir den Reifen wechseln, damit Alexandra mit dem Wagen zurück nach Colmar fahren kann?"

Fabrice nickte. „Aber den kaputten Reifen bekommen wir zur Untersuchung. Vielleicht lässt sich ja mehr feststellen."

„Der Commissaire hat mich gefragt, ob in meinem Leben etwas Außergewöhnliches geschehen ist und ich habe verneint, aber mir ist, als müsste da etwas sein", erzählte Magalie ihrer Mutter, als diese sie später im Krankenhaus besuchte.

„Ja natürlich war da was, Kind. Dein Großvater ist gestorben und hat dir diesen Brief übergeben mit dieser fast unlösbaren Aufgabe. Ach, das war schon eine Last, die er dir aufgebürdet hat."

Magalies Augen weiteten sich. „Natürlich, der Brief. Ich muss das sofort dem Commissaire sagen."

„Aber Kind, beruhige dich. Das hat wirklich nicht mit diesem Fall zu tun. Wie sollte es. Ein Brief, der vor über siebenundsiebzig Jahren geschrieben wurde. Es ist schon ein Wunder, dass du ihn schließlich tatsächlich zustellen konntest."

„Ich habe auch keine Ahnung, aber irgendwas ist vielleicht damit. Laurent wusste auch von dem Brief, da ist schon mal eine Verbindung zwischen uns und durch Laurent zum Hotel. Und Großvater sagte, der Soldat hätte sich in dem Landhaus versteckt. Ich muss das dem Commissaire sagen. Vielleicht ist das das Verbindungsstück."

Margaux war blass geworden, als Magalie den Namen Laurent erwähnte. Sie wusste noch nichts von dessen Tod und sie sollte es auch heute noch nicht erfahren. Morgen oder übermorgen. Länger würde man das wohl nicht vor ihr verheimlichen können, aber noch nicht heute. Sie durfte sich nicht so aufregen.

„Wie du meinst", stimmte Margaux schließlich zu.

Magalie tastete nach ihrem Handy und wählte die Nummer von Fabrice Charpentier.

Der Mann war entsetzt, als er von dem Anschlag auf das Cabrio von Alexandra Werle hörte.

„Seid ihr vollkommen verrückt geworden?", schrie er.
„Wir wollten dir helfen, wir sollten der doch Angst machen."

„Angst gemacht haben wir ihr durch die Videoaufnahmen. Durch das Wissen, das sie beobachtet wird. Wäre sie allein, wären wir sie sicherlich auf diese Art auch losgeworden. Aber mit dieser Farbigen und dem Mann aus Deutschland scheint sie zu viel Rückendeckung zu haben. Was ihr jetzt gemacht habt, ist ein Anschlag auf ihr Leben. Obendrein nach dem Mord an Bouchard. Leute, ihr baut richtig Scheiße. So können wir am Haus nicht weitermachen."

„Aber Chef…"

„Nix aber Chef", schrie der Mann. „Wir können nicht weitergraben. Die Bullen sind uns jetzt auf der Spur. Das Verschwinden von dem Köhler haben sie anfangs nicht ernst genommen, aber jetzt wird es zu viel. Ihr seid zu weit gegangen."

„Wir hätten nicht gedacht, dass den Bouchard so schnell einer findet. Wieso waren die heute schon wieder am Landhaus?"

„Ist aber passiert. Mensch, ihr habt viel zu eigenmächtig gehandelt. Habe ich euch nicht genug den Kopf gewaschen, weil ihr den kaltgemacht habt? Und was macht ihr? Setzt noch einen drauf."

„Wir wollten das doch nur wieder gutmachen und den Weibern einheizen."

Der Mann stöhnte. Ja, es war ihm schon klar, dass sich alles verselbständigt hatte. Es war alles viel zu weit gegangen. Dass sie Köhler aus dem Weg schaffen mussten, war schon schlimm genug. Aber jetzt...

Er hatte auch nicht gewusst, dass die beiden eine Waffe hatten. Er hatte nicht gut genug aufgepasst. Aber hatte er seine Ziele nicht deutlich benannt? Keine Toten? Na ja, getötet hatten sie die beiden Frauen ja wenigstens nicht.

„Verschwindet einfach und lasst mich allein", herrschte er seine beiden Handlanger schließlich an. Er wollte allein sein und nachdenken, wie es weitergehen sollte.

Die beiden gehorchten.

Der Mann war wütend. Verflucht, das konnte es doch nicht geben. In dem ganzen Haus war nichts zu finden gewesen. Angeblich hatte es im Krieg ein Kellergewölbe gegeben, war das der Schlüssel? Aber wie sollte man daran kommen, denn diesen Raum gab es ganz offensichtlich nicht mehr. Auch keinen dieser Geheimräume, die es im Krieg gegeben haben sollte.

Er nahm eine Tasse und warf sie voller Wut an die Wand, so dass sie zersprang. „Verdammt! Alles war umsonst gewesen."

Doch dieser aggressive Akt - das Geklirre der Scherben - die Flecke, die der restliche Kaffee an der Wand hinterließ, machten ihn wieder klar.

Ein breites Grinsen trat auf sein Gesicht.

Eine Möglichkeit gab es immerhin noch.

Kapitel 12
Sézanne, Juli 1944

In Coloummiers war etwas mit Hannes passiert. Der Fliegerangriff auf den nahen Flughafen, die Gefahr, in der er sich durch die drei französischen Soldaten befunden hatte, die Morde, die er begangen hatte, hatten etwas in ihm ausgelöst. Oder vielleicht besser: Zerstört. Die ganze Situation hatte die letzten Skrupel in ihm zerstört. Es war, als hätte er mit der Kleidung des getöteten Soldaten eine neue Haut angezogen.

Er machte sich nicht vor, dass das eine kriegerische Handlung gewesen war. Nein, er hatte die Männer aus dem Hinterhalt getötet, das war schon etwas anderes als auf dem Schlachtfeld. Obendrein, weil er sowieso nicht mehr an die große Sache glaubte und deshalb auch nicht dafür tötet. Nein, das hatte er nur für sich selbst getan. Trotzdem war seine Tat irgendwie durch den Krieg zu rechtfertigen.

„Nur ein toter Feind ist ein guter Feind", murmelte er vor sich hin. Hätte er etwa warten sollen, bis sie ihn entdeckt und getötet hätten?

In seinem Rucksack steckte seine eigene Uniform. Er war sich noch nicht ganz sicher, ob er sie behalten oder lieber entsorgen sollte. Er würde wohl bei Franzosen sowieso nicht als Franzose durchgehen, außer nach dem äußeren Anschein aufgrund seiner Uniform. Sobald er sprach, würden sie merken, dass er Ausländer war. So akzentfrei sprach er die Sprache nicht.

Seine Willenskraft, es nach Hause zu schaffen, war ungebrochen. Aber nicht nur das – in Coloummiers hatte er beschlossen, als reicher Mann heimzukommen. Er und seine Familie würden nicht zu den mittellosen Menschen gehören, die einfach nur froh waren, den Krieg überlebt zu haben, aber nicht wussten, woher sie die nächste Mahlzeit nehmen sollten.

Er hatte noch ein paar Stunden ausgeruht und war am nächsten Tag weitergewandert. Inzwischen war er in der Nähe von Sézanne in der Champagne.

Dort sah er eine Villa – oder besser gesagt, ein Gut. Sicher war das ein Weingut, zumindest war es das vor dem Krieg gewesen. Es sah durchaus etwas heruntergekommen aus. Klar, sicher gab es keine Leute, die es bewirtschafteten. Dennoch zog ihn das Gebäude magisch an.

Er schlich näher. Ganz langsam und vorsichtig. Ging in Deckung, so dass man ihn vom Fenster aus nicht sehen konnte. Doch dann wurde ihm klar, dass das gar nicht schlimm wäre. War er nicht ein französischer Soldat? Man würde glauben, er kehre heim. Er brachte seinen ganzen Mut auf, um sich aufzurichten und näher zu gehen. Er hatte keine Ahnung, wie viele Menschen hier lebten, aber es konnten unmöglich mehrere Dienstboten hier beschäftigt sein. So etwas gab es doch überhaupt nicht mehr.

Er wurde tatsächlich gesehen. Eine Frau trat ihm entgegen. Sie hatte schon bessere Tage gesehen, ihre Kleidung war zerschlissen, ihre Haare waren zu einem Knoten verschlungen, aus dem sich einzelne Strähnen lösten.

„Bonjour", rief sie ihm entgegen. „Kann ich etwas für Sie tun?"

Oh ja, dachte er. Sie war eine schöne Frau. Vielleicht in ihrer leichten Verwahrlosung sogar schöner als wenn sie perfekt gestylt wäre. Wie lange hatte er keine Frau mehr gehabt. Aber er musste vorsichtig sein. Sie war sicher nicht völlig allein in diesem großen Haus.

Ihm lief förmlich das Wasser im Mund zusammen. Das Bild von der Frau, das er sah, war deutlich schöner als die Wirklichkeit.

Er knöpfte seine Hose wieder zu, während die Frau ihn aus starren Augen anblickte. Sie war tot. Er hatte sie getötet. Warum auch nicht, sie war eine Feindin, die ihn verraten konnte. Sie wusste, dass er kein Franzose war. Außerdem wollte er das Haus durchsuchen. Es war eine große Villa. Wer so lebte, war reich. Zumindest war er es vor dem Krieg gewesen. Aber auch wenn die Frau jetzt nicht mehr im Luxus schwelgen konnte, musste es hier doch etwas zu holen geben. Schmuck zum Beispiel. Er hoffte, sie hatte nicht alles zu Geld gemacht.

Im Wohnzimmer hatte er Kerzenleuchter gesehen und Kristallschalen, aber so etwas konnte er nicht gut transportieren. Das war viel zu schwer und außerdem würde es sicher zerbrechen. Nein, solche Beute kam nicht infrage.

Er ging in die obere Etage, wo er das Schlafzimmer vermutete. Er fand es, begann, alle Schubladen aus den Schränken zu reißen und den Inhalt über den Fußboden zu verteilen.

Endlich fand er im Kleiderschrank ein Fach, in dem eine Schmuckschatulle stand. Sie war verschlossen, aber das einfache Schloss war nun wirklich kein Problem. Er brach es auf und öffnete den Kasten. Zum Vorschein kamen tatsächlich eine Perlenkette mit dazugehörigen Ohrringen, Gold- und Silberschmuck mit Steinen, die er als wertvoll einschätzte. Sicher waren das Diamanten, Rubine und Smaragde. Er grinste vor sich hin. Hier hatte er ja wirklich ein gutes Näschen gehabt. Er raffte alles zusammen und warf es in seinen Rucksack.

Er betrachtete eine Brosche, deren Silberstränge kunstvoll ineinander verschlungen waren, eine Kameebrosche und eine merkwürdige Brosche, deren ovale Form ringsherum mit Perlen bestückt war. In der Mitte befand sich das Bild einer Frau mit diesen getürmten Frisuren des 18. Jahrhunderts. Er staunte. Das Stück war bestimmt antik, mutmaßte er. Jesus, hier hatte er wirklich reiche Beute gemacht. Er warf das Schmuckstück zu den anderen Sachen in den Rucksack. Er sollte lieber sehen, dass er weg kam, bevor irgendjemand noch herkam und die tote Frau fand.

Er schulterte seinen Rucksack und lief die Treppe hinunter. Das Gewicht spürte er gar nicht. Schmuck war wirklich eine fantastische Beute. Kostbar, aber fast ohne Eigengewicht.

Er durchsuchte auch den Kleiderschrank im Schlafzimmer und fand Männersachen. Okay, das überraschte ihn nicht wirklich. Keine Frau lebte völlig allein auf einem solchen Anwesen. Vielleicht war der Mann an der Front.

Er probierte Hose und Hemd. Sie waren etwas zu weit, aber das war nicht wirklich schlimm. Jeder, dem das auffallen würde, würde ihm glauben, dass er an der Front ein paar Kilo abgenommen hatte. Anders sah es schon bei der Länge aus, die Hose war etwas zu kurz. Der Besitzer war kleiner als er und deutlich dicker. Er ließ den Hosenbund etwas tiefer sitzen, so dass die Beinlänge einigermaßen ausgeglichen war, dann band er sie mit einem Gürtel über dem Bauch fest und zog sich ein Hemd darüber, so dass keinem auffiel, dass die Hose zu tief saß. Ja, so würde es gehen. Abgesehen davon sah heutzutage keiner aus wie aus dem Ei gepellt. Er konnte immer noch behaupten, dass ihm die Sachen geschenkt worden waren.

Ab jetzt würde er als Zivilist durch das Land reisen. Er wollte beide Uniformen mitnehmen und versuchte, sie in seinen Rucksack zu stopfen. Sie passten, aber ob er auf Dauer beide Kleidungsstücke mit herumtragen würde, wusste er noch nicht. Nun, das würde sich zeigen. Er hatte ja auch nicht geplant, dass er als Zivilist reisen würde.

Er verließ das Haus, schloss die Tür sogar sorgsam hinter sich zu. Ob die Frau hier verfaulte oder sie in den nächsten Stunden oder Tagen gefunden wurde, war ihm gleichgültig.

Er ging ein paar Schritte, stoppte, ein Gedanke schoss ihm durch den Kopf. Bis zum Elsass war es noch immer sehr weit, bestimmt dreihundert Kilometer. Er brauchte einen fahrbaren Untersatz. Ob es wohl in den Scheunen des Anwesens ein Auto gab?

Er lief hin, rüttelte an der Tür, aber sie war verschlossen. Das Haus hatte er auch wieder verschlossen, vielleicht könnte er ein Fenster einschlagen und nach Schlüsseln suchen. Aber das würde ihn ganz schön aufhalten und wer konnte wissen, ob nicht doch noch jemand, der hier lebte, zurückkam. Nein, er musste sich beeilen. Er musste fort.

Er bemerkte eine Art Verschlag und fand dort ein altes, verrostetes Fahrrad. Besser als nichts, dachte er mürrisch und schob es den geschotterten Weg entlang bis zur Straße. Er befestigte den Rucksack sicher auf dem Gepäckträger und stieg auf den Sattel.

„Noch ein Vorteil – ich brauche diesen verdammten Rucksack nicht mehr zu tragen", sagte er laut vor sich hin. Mit den Kleidungsstücken darin wäre er auf Dauer doch ganz schön schwer geworden.

Er begutachtete eine Art Kiste, die vor dem Lenker über dem Vorderrad angebracht worden war, vermutlich, um Einkäufe besser transportieren zu können. Er grinste fies. Jetzt hätte er doch die Kerzenleuchter mitnehmen können. Die Vasen nicht, zerbrechliche Gegenstände waren für die Reise nicht geeignet. Er warf einen Blick zurück zum Haus. Nein, er würde nicht einbrechen. Aber bei der nächsten Gelegenheit würde er weitere Beute machen.

Er radelte los.

Der Mord lastete nicht auf seinem Gewissen, obwohl er sich keinen Moment lang einredete, dass es etwas anderes gewesen war. Die Frau war kein Soldat. Er hatte sie überfallen, vergewaltigt und getötet.

Die schöne Landschaft bemerkte er überhaupt nicht, vermutlich war er dazu einfach zu abgestumpft. Er sah mehr zerstörte Häuser. Der Krieg war überall. Und die Deutschen würden ihn verlieren, auch wenn Hitler das nicht wahrhaben wollte.

Er wusste nicht, wie die Lage in der Normandie inzwischen war, wie weit die Alliierten bereits vorgerückt waren. Er wusste nur, dass er weiter musste. Immer vorwärts – der Grenze entgegen.

Er merkte, dass er mit dem erbeuteten Reichtum noch unruhiger schlief als sowieso schon. Er hatte an diesem Tag noch einen Überfall begangen. Es war gar nicht so leicht, die Frauen liefen nicht gerade mit ihrem Geschmeide um den Hals und an den Ohren durch die Straßen. Dazu waren die Zeiten wirklich nicht geeignet. Aber die Türen wurden ihm geöffnet, wenn er um eine milde Gabe bat. Er grinste gemein vor sich hin. Er fühlte sich nicht schlecht bei den Plünderungen. Das war eben der Krieg. Am Abend packte er seine Beute komplett in den Rucksack und legte ihn sich unter den Kopf. Er hatte nicht vor, sich seinen Reichtum wieder abjagen zu lassen.

Er war weiß Gott hundemüde. Er braucht ein paar Stunden Schlaf. Und am nächsten Morgen musste er unbedingt einen ordentlichen Kaffee auftreiben. Koste es, was es wolle.

Der Platz, den er gefunden hatte, schien ihm sicher zu sein. Es war eine richtige Höhle, altes Gestein und Bäume. Aber man konnte nie wissen, ob außer ihm nicht noch jemand unterwegs war, der einen sicheren Unterschlupf suchte. Selbst Soldaten könnten dazu genötigt sein.

Seine Gedanken kreisten in seinem Kopf. Unruhe und Ungewissheit plagten ihn. Trotzdem bezweifelte er keinen Augenblick die Richtigkeit seiner Entscheidung. Herrgott, an der Front war die Lage auch ungewiss. Vermutlich sogar deutlich unsicherer. Wenn die Alliierten vorrückten, gab es die Möglichkeit zu sterben oder in Gefangenschaft zu geraten – wahrlich keine erbaulichen Aussichten.

Und nun?

Nun konnte er getötet werden oder er kam in die Freiheit. Er war kein Soldat mehr, sondern ein Zivilist. Er würde nicht gefangen genommen wird   en. Er sollte sich einen anderen Namen zulegen als Hannes Pohlmeier. Konnte doch sein, dass er mal danach gefragt wurde. Ja, das sollte er tun. Einen französischen oder deutschen? Am besten beides. Er würde dann den angeben können, der in der jeweiligen Situation passend war.

Jean Perrault. Jean Perrault – ja, das klang doch gut.

Es war das Letzte, was er dachte, als der Schlaf ihn schließlich doch übermannte.

Kapitel 13
Fr., 18. Juni 2021
- immer noch der 5. Tag, nachmittags -

Magalie wählte mit zitternden Fingern die Handynummer von Fabrice Charpentier. Er meldete sich beinahe sofort.

„Hier spricht Magalie Dubois", sagte sie leise. Sie fühlte sich noch sehr schwach und verängstigt, was man ihrer Stimme und ihrer Art zu sprechen anmerkte.

„Wie kann ich Ihnen helfen, Mademoiselle?", fragte Charpentier freundlich.

„Ich bin nicht sicher, aber vielleicht kann ich Ihnen helfen. Sie fragten, ob ich mich an etwas Ungewöhnliches erinnern könne, das in der letzten Zeit passiert ist. Inzwischen ist mir wirklich etwas eingefallen."

„Ich höre", forderte Fabrice sie auf, weiter zu reden, als sie schwieg.

„Das ist nicht so schnell in einem Satz erklärt. Können Sie noch mal vorbeikommen?"

Er stöhnte innerlich. Meine Güte – was war das denn heute für ein Tag?

Im Gegensatz zu seinen Gedanken stimmte er sofort zu. „Natürlich. Aber es wird eine Weile dauern, mein Kollege und ich sind gerade in Bergheim."

„In Bergheim?"

Fabrice konnte regelrecht sehen, wie sie die Stirn fragend zusammenzog. Aber es ging Magalie nichts an, was er hier tat und er hatte auch nicht vor, das zu erklären.

„Wenn wir hier fertig sind, kommen wir. Eine Stunde wird es sicher noch dauern."

„Ja natürlich", hauchte sie in den Hörer.

Philippe sah seinen Kollegen fragend an.

„Magalie Dubois. Ihr ist noch etwas eingefallen, was sie uns erzählen will. Wir müssen gleich noch mal ins Krankenhaus."

„Na hoffentlich bringt uns das weiter", meinte Philippe.

Bruno wechselte den Reifen an Alexandras Cabriolet, aber sie war nicht imstande, den Wagen zu fahren. Also setzte sich Sidonia ans Steuer, während Alexa auf dem Beifahrersitz Platz nahm. Bruno fuhr vor ihnen her.

„Ich will überhaupt nichts mehr damit zu tun haben", wisperte Alexandra.

„Womit? Mit dem Haus? Mit dem Verschwinden deines Kollegen?", fragte Sidonia verständnislos.

„Mit allem. Soll sich jemand anderes um die Inneneinrichtung kümmern. Ich will nach Hause."

„Alexandra, du steckst da mit drin. Dein Kollege ist spurlos verschwunden."

„Den muss die Polizei suchen, nicht ich. Denkst du, ich will auch noch gekidnappt oder gar getötet werden? Du hast doch gesehen, was mit dieser jungen Frau - Magalie - passiert ist." Ihre Stimme schraubte sich immer höher.

„Ja, das habe ich. Alexa, ich stecke auch mit drin. Und Bruno auch."

„Ich weiß, ihr könnt ja auch verschwinden. Du machst deine Reise weiter und Bruno fährt nach Hause."

„Aus dem Augen aus dem Sinn? Wenn ich so gedacht hätte, als ich dich auf dieser Mauer hab sitzen sehen…", erwiderte Sidonia mit mildem Vorwurf.

„Und bedauerst du nicht, dass du nicht einfach weitergegangen bist? Was ging dich mein Problem an?", schnappte Alexandra.

Sidonia nahm sich den heftigen Ton nicht zu Herzen. Sie wusste, dass Alexa einfach mit den Nerven am Ende war und mit ihren Worten all ihre Ängste, Sorgen und Zweifel herausbrachen.

„Verstehst du es nicht?", redete Alexa etwas ruhiger weiter. „Dieser Fall wird jetzt von der Polizei bearbeitet. Aber solange ich hier bin, stehe ich mitten im Kreuzfeuer. Ich bin im Weg, ich störe. Und deshalb bin ich in Gefahr. Wenn ich weg bin, störe ich nicht mehr. Die Polizei arbeitet trotzdem weiter. Mensch, Sidonia, ich will einfach nicht sterben!"

„Das wirst du nicht", versuchte Sidonia sie zu beruhigen.

„Und was macht dich da so sicher?"

Darauf konnte Sidonia spontan nicht antworten. Laurent war tot, Magalie war nur betäubt worden und was mit Patrick geschehen war, wussten sie noch immer nicht.

„Weil du nichts weißt und wir auf dich aufpassen."

„24/7 kann euch das kaum gelingen", murrte Alexandra.

Sidonia stutzte einen Moment, bevor sie kapierte, was 24/7 bedeutete. Vierundzwanzig Stunden an sieben Tagen – also pausenlos – jede Minute des Tages. Nein, das konnte ihnen nicht gelingen.

„Willst du mit in meine Gaststätte kommen? Ich habe ein kleines Appartement. Wenn du willst, kannst du auf dem Sofa schlafen", bot sie Alexa an.

Die junge Frau schwieg einen kurzen Moment. Dann sank sie förmlich in sich zusammen. „Ja, das wäre nett", murmelte sie leise. „Ich kann jetzt nicht allein sein. Nicht heute. Ich habe solche Angst, Sidonia."

Sidonia löste ihre Hand vom Lenkrad und legte sie auf Alexandras.

„Das weiß ich. Und das ist auch verständlich. Also abgemacht. Du holst ein paar Sachen – etwas zum Wechseln, Schlafanzug, Zahnbürste – und wir fahren in mein Studio."

„Meinst du, wir sind dort sicher?"

Sidonia nickte. „Natürlich. Dreh- und Angelpunkt ist offenbar das Hotel. Diese Leute, wer immer sie sind, wissen, dass du dort wohnst. Aber deine Verbindung zu meiner Gaststätte in Eguisheim kennen sie nicht."

„Nein, sicher nicht."

Sie schaute verträumt aus dem Fenster und merkte, dass sie schon fast in Colmar waren.

Fabrice und Philippe betraten zum zweiten Mal an diesem Tag das Krankenzimmer. Magalie war eingeschlafen. Philippe berührte sie sanft am Arm und sie schlug sofort die Augen auf. Sie blickte in zwei warme Augen, die sie mitfühlend anblickten, aber sie wusste nicht, zu wem sie gehörten.

„Salut Magalie", grüßte Philippe. Er lachte auf, als er merkte, dass sie keine Ahnung hatte, wer er war. „Ich bin's,

Commissaire Philippe Allard. Sie hatten uns gebeten, noch einmal vorbeizukommen."

Endlich fiel der Groschen. Natürlich, der junge Polizist. Sie lächelte. „Oh ja, natürlich. Tut mir leid. Ich habe Sie nicht gleich erkannt."

„Das macht nichts. Wenn man aus dem Schlaf gerissen wird, weiß man ja oft nicht einmal, wo man ist. Also, was wollten Sie uns erzählen?"

Magalie drückte auf einen Knopf und das Kopfende ihres Bettes fuhr etwas hoch, so dass sie bequem sitzen konnte. Sie bemerkte er jetzt Commissaire Charpentier, der am Ende ihres Bettes stand. Sie war noch nicht ganz wieder bei sich. „Setzen Sie sich doch", bat sie und beide Polizisten zogen sich einen Stuhl heran und setzten sich neben das Bett.

„Lassen Sie sich ruhig Zeit", ermunterte Philippe sie. „Wenn Sie soweit sind, erzählen Sie, an was Sie sich erinnert haben."

Die beiden Polizisten warteten geduldig eine weitere Minute.

„Sie hatten mich gefragt, ob etwas Ungewöhnliches geschehen war", sagte sie dann.

„Ja, genau", erwiderte Charpentier. „Und Ihnen ist etwas eingefallen. Das sagten Sie ja bereits am Telefon."

„Ja, aber ich weiß wirklich nicht, ob es mit meiner Entführung und dem Verschwinden des Deutschen zusammenhängt."

Und dem Mord an Laurent Bouchard, fügte Charpentier in Gedanken hinzu.

„Erzählen Sie einfach und dann schauen wir", ermutigte Philippe sie. „Jede Kleinigkeit kann helfen."

Magalie nickte und begann leise und etwas stockend zu erzählen.

„Im April ist mein Großvater gestorben. Vor seinem Tod fiel ihm plötzlich etwas ein, das viele, viele Jahre zurücklag. Im Krieg hat ein deutscher Soldat ihm einen Brief und ein Tagebuch anvertraut, das für seine Angehörigen bestimmt war. Mein Großvater war damals noch ein Kind und konnte den Brief nicht gleich verschicken. Es gab kein Postamt mehr. Er nahm sich fest vor, das später zu tun. Aber dann hat er es in diesen ganzen Wirren, die damals geherrscht haben müssen, vergessen. Die Alliierten rückten näher, Frankreich wurde von der deutschen Besetzung befreit – ach, ich weiß auch nicht genau, wie das alles war. Auf jeden Fall hat er diesen Brief vergessen."

Philippe und Fabrice sahen sich zweifelnd an. Was konnte das mit ihrem Fall zu tun haben? Magalie bemerkte den Blick.

„Ich sagte ja, ich weiß nicht, ob es etwas damit zu tun haben kann. Aber Sie fragten nach etwas Ungewöhnlichem. Und das war schon sehr ungewöhnlich. Oder nicht? Als würde die Vergangenheit plötzlich lebendig."

Philippe drückte ihre Hand. „Ja, da haben Sie sicher recht. Geht die Geschichte noch weiter?"

„Oh ja. Mein Großvater nahm mir das Versprechen ab, den Brief noch zuzustellen."

„Was? Beinahe achtzig Jahre später? Die Empfänger leben möglicherweise gar nicht mehr."

„Nun ja, zumindest seine Kinder und Enkel konnten noch leben."

„Haben Sie versucht, die zu finden?" fragte Fabrice.

Sie nickte.

„Und?"

„Nun, es war schwierig. Auf dem Brief – eigentlich war es sogar eher ein Päckchen – stand ja die Adresse. Klar – das sollte ja mit der Post verschickt werden. Danach habe ich gegoogelt, aber ich konnte unter der Adresse keine Familie Pohlmeier finden."

„Der Name der Familie war Pohlmeier?"

„Ja, in Stuttgart. Aber nachdem ich unter der Adresse nichts gefunden habe, wusste ich gar nicht, wie ich es weiter anstellen sollte. Laurent Bouchard hat mir bei meinen Recherchen geholfen. Er hat schon mal Ahnenforschung betrieben. Für sich, weil ihn das interessiert und deshalb wusste er, wie man solche Recherchen betreibt."

„Laurent Bouchard hat Ihnen geholfen?", hakte Fabrice nach.

Konnte es sein, dass doch ein Zusammenhang bestand? Das ganze wurde immer seltsamer. Das Verschwinden des Deutschen, die Bedrohung von Alexandra, die Verwüstung des Hauses, die Entführung von Magalie. Der Mord an Laurent. Und jetzt dieser Brief, mit dem Magalie und Laurent zu tun hatten.

Fabrice schwirrte der Kopf. Er fand einfach keinen roten Faden.

„Ja, Sie wissen schon, der Portier im Hotel Bougainville."

„Ja, ja, ich weiß. „Wissen Sie, was in dem Brief stand?"

Sie schüttelte den Kopf. „Er war all die Jahre verschlossen geblieben und wir haben ihn auch nicht geöffnet."

„Haben Sie den Empfänger gefunden?"

Magalies Gesicht hellte sich auf, als sie nickte. Sie freute sich eindeutig über ihren Erfolg. „Wir haben einen Enkel gefunden."

Fabrice warf Philippe einen merkwürdigen Blick zu.

„Stimmt etwas nicht?", fragte sie.

„Doch, doch. Können Sie uns den Namen des Enkels nennen? Vielleicht sogar die Adresse?"

Sie kniff die Augen zusammen. Der Name. Wieso wollte ihr der Name nicht einfallen? „Ich glaube, er hieß nicht Pohlmeier, aber – Mist, mehr fällt mir gerade nicht ein."

Philippe legte seine Hand auf ihre. „Ganz ruhig. Sicher können Sie sich gleich wieder erinnern."

Doch sie schüttelte den Kopf. „Nein, im Augenblick nicht. Aber wir waren über die Grenze gefahren, um ihn zu treffen. Fragen Sie doch einfach Laurent. Er weiß den Namen sicher noch. Er hat auch viel mehr mit ihm geredet, weil er deutsch kann."

Wieder folgte dieser merkwürdige Blickwechsel. Magalie kam das komisch vor.

„Commissaire, irgendetwas verschweigen Sie mir doch?"

„Es ist einfach seltsam, Mademoiselle. Ich erkenne keinen direkten Zusammenhang. Aber alle, die zurzeit Angriffe oder Bedrohungen erleben, haben mit dem Hotel zu tun. Und nun höre ich zwei der Namen im Zusammenhang mit dem Brief. Zufall?", erläuterte Philippe.

Etwas fiel ihr auf, das seltsam war. *Alle, die Angriffe oder Bedrohungen erleben?* Gut, sie war entführt worden, war mit Drogen betäubt worden. Aber soviel sie wusste, hatte Laurent nichts Vergleichbares erlebt. Die Polizisten fingen ihren verwirrten Blick auf.

Fabrice wusste, dass er jetzt Magalie von Laurents Ermordung erzählen musste. Er konnte keinen Tag länger warten. *Fragen Sie Laurent*, hatte sie gesagt. Wenn er jetzt nichts sagte, würde sie sich später nur hintergangen fühlen. „Mademoiselle, es ist noch etwas passiert", begann er vorsichtig. „Laurent Bouchard wurde heute Morgen beim Landhaus aufgefunden. Er wurde ermordet."

Die Welt blieb stehen. Selbst die tröstende Hand von Commissaire Allard fühlte sie nicht mehr. Die Bewegungen der beiden Polizisten waren wie in Zeitlupe. Was taten sie eigentlich? Fabrice schwebte zur Tür, rief etwas, das sich wie ein laut hallendes Geräusch anhörte. Auf einmal stand eine Schwester an ihrem Bett und dann kam noch ein Arzt. Magalie wusste nicht, wie viel Zeit vergangen war. Sie fühlte den Einstich der Spritze nicht und hörte nicht die beruhigenden Worte des Arztes. Auch nicht die tadelnden, die Fabrice einstecken musste.

Dann versank das Zimmer völlig in Dunkelheit und sie fiel in einen ruhevollen Schlaf.

„Wie konnten Sie ihr von dem Tod ihres Freundes berichten?", warf der Arzt dem Commissaire vor.

„Es war notwendig. Es gibt vielleicht einen neuen Aspekt und dazu konnten wir mit dieser Information nicht länger hinterm Berg halten.

„Sie sehen, was Sie damit erreicht haben. Am besten gehen Sie jetzt. Mademoiselle Dubois steht unter Schock. Es geht ihr nicht so gut, wie Sie vielleicht gedacht haben."

„Das sehe ich", murmelte Charpentier und verließ, gefolgt von Philippe das Krankenzimmer.

„Du hättest es ihr nicht unbedingt jetzt schon sagen müssen", meinte Philippe, als sie vor dem Gebäude standen.

„Und wie hättest du dir das weiter vorgestellt? Schon heute Morgen haben wir es ihr verschwiegen. Jetzt, nach ihrer Geschichte wieder? Sogar nach ihrer Bitte, dass wir uns an Laurent wenden sollten? Wie, glaubst du, hätte sie reagiert, wenn sie es morgen oder übermorgen erfahren hätte?"

„Sie hätte uns und wahrscheinlich auch ihrer Mutter vorgeworfen, sie regelrecht belogen zu haben. Belogen durch Schweigen", erwiderte Philippe.

Charpentier nickte. „Genau."

„Aber vielleicht wäre es trotzdem besser gewesen. Ich meine, wenn die Ärzte sagen, wir dürfen sie noch nicht mit solchen Nachrichten belasten..."

„Ja, ja... Ist ja schon gut. Philippe, die Situation war einfach so, dass diese Information dazugehörte. Überleg mal – die beiden stellen gemeinsam einen über fünfundsiebzig Jahre alten Brief zu. Und jetzt wurde Magalie entführt und mit Drogen betäubt und Laurent ermordet. Da stimmt doch etwas nicht. Nur, was das wieder mit dem Landhaus zu tun hat, dazu habe ich noch keine Idee. Aber irgendwas hat es damit zu tun, sonst wäre es nicht so verwüstet worden. Und sonst passen weder Patrick Köhler noch Alexandra Werle darein."

„Außerdem wurde Laurent Bouchard bei dem Haus gefunden", warf Philippe ein.

„Genau."

„Trotzdem hätte die Info für Magalie noch einen Tag Zeit gehabt. Oder hat es jetzt irgendwelche neuen Erkenntnisse gebracht, jetzt, da sie Bescheid weiß?"

Fabrice verzog den Mund. „Nein. Hast was für die Kleine übrig oder?" Er sagte es freundlich und ohne Abwertung.

„Quatsch", wehrte Philippe ab.

„Pass bloß auf. Sie ist in ein Verbrechen involviert, das wir aufklären sollen."

„Aber doch wohl nicht als Verdächtige."

„Nein, das schließe ich nun wirklich aus. Anderenfalls hätte sie sich selbst unter Drogen setzen müssen."

Bruno war froh, dass Alexandra mit in Sidonias Gaststätte fuhr. Auf diese Weise war wenigstens keine der beiden Frauen allein.

Er hatte weder mit Sidonia noch mit Alexandra darüber gesprochen, aber er wollte noch ein wenig arbeiten, wenn er auch im Augenblick keine Ahnung hatte, wo er ansetzen sollte.

Er saß in seinem Hotelzimmer und dachte nach.

Er hatte das Gefühl, dass gerade durch all diese Vorkommnisse und Bedrohungen der eigentliche Grund seines Auftrags in Vergessenheit geriet. Und zwar das Auffinden von Patrick Köhler. Vielleicht war das ja sogar das Ziel der Täter? Dass die Suche nach Patrick in den

Hintergrund rückte? War alles ein riesiges Ablenkungsmanöver? Aber wenn das so war, was wollte man dann damit bezwecken und warum?

Konnte das bedeuten, dass Patrick quicklebendig war und selbst nicht gefunden werden wollte? Steckte er mit drin in dieser Sache – was immer die Sache auch war?

Bruno versank einen Augenblick in Grübeleien.

„Aber das ist doch blanker Unsinn!", tadelte er sich selbst. „Wenn das so wäre, dann müsste die Sucherei an dem Haus ja nicht heimlich vonstatten gehen. Er konnte ja ganz selbstverständlich und legal hinein."

Aber es ist nicht eingebrochen worden. Und Patrick hat vielleicht nicht damit gerechnet, dass Alexandra selbst herkam und ihn suchte.

„Trotzdem Unsinn. Er hätte das ganz leicht verhindern können, indem er ihr eine Nachricht geschrieben hätte. *Mache noch etwas Urlaub.* Das hätte gereicht. Und auf ihre Nachrichten antworten. Stattdessen versinkt er im Nichts. Nein, nein. Außerdem hätte Patrick sicher nicht das ganze Mobiliar so rücksichtslos zerschlagen."

Bruno stöhnte laut. „Mal sehen, was wir haben."

Er holte sich einen Block und Stift an den kleinen runden Tisch und setzte sich in den Lehnstuhl.

Dann begann er zu schreiben:

Patrick Köhler: Wickelt Hauskauf ab,

verschwindet ohne Nachricht spurlos –

„Stimmt schon nicht", murmelte er. Er hat Alexa ja diese merkwürdige Ansichtskarte geschickt.

Er notierte:

Patrick Köhler:	Wickelt Hauskauf ab, verschwindet ohne Nachricht spurlos – schickt entgegen seiner Gewohnheit Ansichtskarte
Alexandra Werle:	kommt ins Elsass, fragt nach Patrick wird beobachtet und bedroht Man will ihr ganz klar Angst machen Wird durch Schuss in den Autoreifen angegriffen
Sidonia:	wird durch den Schuss ebenfalls angegriffen, Verbindung durch ihre Bekanntschaft mit Alexandra
Magalie Dubois:	wird entführt, geschlagen, unter Drogen gesetzt. Wird ohne Erinnerung freigelassen Warum?
Laurent Bouchard:	wird ermordet. Warum?
Zusammenhänge:	Dreh- und Angelpunkt ist das Hotel Damit hatten ALLE Personen zu tun. Das Landhaus wurde verwüstet, aber nur Patrick und Alexandra hatten damit zu tun.

Bruno stützte seinen Kopf schwer in die Hände. „Keine Ahnung. Der rote Faden fehlt noch. Allerdings…" Er richtete sich wieder kerzengerade auf und nahm den Stift in die Hand und schrieb.

Laurent	wurde **am Landhaus** ermordet

Fehlt nur noch die Verbindung zu Magalie. Vielleicht haben die Täter nur geglaubt, dass sie etwas weiß, was sie aber überhaupt nicht tut. Was wollten die Entführer von ihr wissen? Es war ganz schön schlau, ihr die Erinnerung zu nehmen. Und für ihn und die Polizei eine verflucht verquirlte Scheiße.

Er brauchte noch etwas frische Luft. Ein Spaziergang an der Lauch würde ihm gut tun.

Bruder Lucian hatte sich entschieden, nach Colmar zu reisen. Vom Breisgau aus war das keine sehr weite Fahrt, aber ihm ging es gar nicht gut. Der Anlass dieser Reise war einfach zu bedrückend.

Die Ereignisse, von denen er mitbekommen hatte, waren ja völlig aus dem Ruder gelaufen und jetzt war sein Freund Laurent tot. Mein Gott, er konnte die Worte kaum denken.

Er kniete in der Kapelle seines Ordens vor dem Bild der Gottesmutter mit dem kleinen Jesus auf dem Arm und hatte das Gesicht in die Hände vergraben.

„Ich muss nach Colmar und mich von ihm verabschieden. Gib mir deinen Segen für die Fahrt dorthin", bat er.

Jetzt schaute er auf und blickte in das freundliche Gesicht der Madonna.

In seinem Herzen vernahm er eine innere Stimme, die ihm recht gab.

Er hatte für zwei Nächte in einer kleinen Pension gebucht. Er wollte nicht in dem Hotel einkehren, in dem Laurent gearbeitet hatte. Nun ja, er hatte ein wenig Geld geerbt und hätte sich leisten können, zwei Nächste im Hotel

Bougainville zu verbringen. Er war nicht der Meinung, dass es Unrecht war, ein bisschen an sich selbst zu denken, mal ein bisschen Luxus zu genießen. Dennoch – sich so reich einzuquartieren wäre in dieser Situation völlig unangebracht. Außerdem würde ihm dort sein Freund an der Rezeption fehlen und jedes Mal, wenn er durch die Halle ginge, würde der Schmerz von neuem aufbrechen.

„Ach Laurent, es tut mir so leid", stöhnte er.

„Was tut dir leid, Bruder?"

Er wandte sich um und sah seinen Partner Bruder Baldur, mit dem er gemeinsam diese Stätte leitete, durch die Kapelle gehen.

„Der Tod meines Freundes Laurent Bouchard in Colmar."

„Ja, das tut mir auch sehr leid. Aber du kanntest ihn besser als ich. Es muss dir sehr nah gehen. Möchtest du mit mir darüber sprechen?"

Lucian schüttelte den Kopf. „Nein, zurzeit nicht. Vielleicht später, wenn ich von seiner Aussegnung zurückkehre."

Baldur nickte verständnisvoll. „Dann lass uns zusammen für seine Seele beten."

Sidonia und Alexandra waren in der gemütlichen Gaststätte Madame Fournier angekommen, in der Sidonia sich einquartiert hatte.

Alexandra fühlte sich in dem Augenblick, als sie durch die Haustür ging, gleich sehr viel wohler. Es war wirklich eine gute Idee gewesen, mit Sidonia hierher zu fahren.

„Oh, das ist aber gemütlich", entfuhr es Alexandra, als sie das kleine Studio betraten. Bisher hatte sie Sidonia ja immer nur an der Gaststätte abgeholt, war aber noch nie in dem Appartement gewesen.

„Ja, das finde ich auch. Ich fühle mich richtig wohl hier. Schau mal aus dem Fenster. Es ist zwar nur eine Sicht in die Straße und es wird auch allmählich schon dunkel, aber diese kleine Gasse und die farbigen Fachwerkhäuser sind so anheimelnd."

„Anheimelnd?", lächelte Alexandra. Der Ausdruck kam ihr doch etwas reichlich übertrieben vor. Der gehörte doch mehr in die Poesie als in das tägliche Leben. Doch als sie den zu der Polsterung passenden Vorhang öffnete und aus dem Fenster schaute, wusste sie zumindest, was Sidonia meinte. Wenn man den Begriff *anheimelnd* schon verwenden wollte, dann passte er wohl nirgends besser als hier.

Idyllisch war es. Das war wohl eher ein Wort, das sie benutzen würde. Aber das war ja ganz gleich. Wieso dachte sie über solche Nichtigkeiten nach? „Es ist wirklich wunderschön, Sidonia. Ich kann mir gut vorstellen, dass du dich hier wohlfühlst."

Sie wollte den Vorhang schon wieder vor das Fenster zurückfallen lassen, als ihr etwas auffiel. Im ersten Moment wusste sie nicht einmal, was es war. Sidonia bemerkte ihr Zögern. Sie erkannte die leicht veränderte Körperhaltung und damit die aufsteigende Anspannung, auch wenn sie Alexas Gesicht nicht sehen konnte.

Die junge Frau hatte entdeckt, was ihr Unterbewusstsein wahrgenommen hatte.

„Was ist los?", fragte Sidonia und trat neben sie.

„Schau mal – der Wagen, der dort zwischen den Häusern parkt."

„Ja, was ist damit?"

„Ich habe ihn schon mal gesehen."

Sidonia versuchte zu lachen, wollte das Gefühl wegwischen, dass sich auch ihrer bemächtigte. „Das glaube ich nicht. Solche dunklen Wagen gibt es in rauen Mengen."

Doch Alexandra schüttelte sacht den Kopf.

„Nein, ich habe ihn gesehen. Er stand am Landhaus. An dem Tag, als dieses Gelächter uns verfolgt hat. Der Wagen stand da. Ganz sicher."

„Alexandra, du hast vielleicht einen blauen Wagen gesehen, aber sicher nicht diesen dort. Woher willst du das so genau wissen? Du erkennst das Nummernschild doch gar nicht. Und du hast es dir sicher sowieso nicht gemerkt?"

Sidonia wollte ihre junge Freundin beruhigen, aber sie war sich keineswegs so sicher, ob Alexa Unrecht hatte.

„Doch diesen dort habe ich gesehen", beharrte die auch schon. „Sie wissen doch von dieser Pension. Sie sind mir gefolgt, haben gesehen, wo ich dich abgeholt habe."

Im nächsten Moment sahen sie den Wagen fortfahren und im selben Augenblick klopfte es an der Tür. Alexa schrak zusammen. Sidonia ging hin und öffnete. Eine junge Angestellte der Gaststätte stand dort und reichte ihr eine verschlossene Nachricht.

Sidonia war verwirrt und auch ohne sich umzudrehen, bemerkte sie Alexas panischen Blick in ihrem Rücken.

„Vielen Dank", sagte sie und die Angestellte verschwand wieder.

214

Sidonia öffnete die verklebten Ränder des Umschlags, nahm einen Zettel heraus und las die wenigen Worte.

„Was steht da?", wollte Alexandra wissen. Sie bewegte sich keinen Schritt auf Sidonia zu, um selbst lesen zu können. Sie verharrte wie versteinert am Fenster – nur, dass sie nicht mehr hinausschaute.

„Da steht: Wir wissen, wo ihr seid!", flüsterte Sidonia.

Alexandras Beine gaben nach und sie sank wie in Zeitlupe zu Boden. Dort saß sie und starrte zu Sidonia auf. Die Ältere ließ sich neben ihrer jungen Freundin nieder und streichelte ihr über das Haar. „Hab keine Angst. Die Tür ist versperrt. Es wird nichts passieren."

„Woher weißt du das?"

„Sie wollen uns nicht töten. Sie wollen uns Angst machen, so dass wir uns zurückhalten."

„Und der Schuss?"

Ja, der Schuss... das hätte man schon als Mordversuch auslegen können. Aber ob es wirklich einer war?

„Wenn das ein Fehlschuss gewesen war, dann hätten sie uns töten können, nachdem wir ausgestiegen waren. Das haben sie aber nicht versucht."

Sidonia nahm ganz automatisch Alexandras Hand und betrachtete die Handlinien. In den letzten Tagen hatte sie keine Vorahnungen gehabt. Sie hatte nicht die geringste Vorstellung, was noch auf sie zukam. Einerseits war sie froh darüber. Genau das hatte sie doch gewollt. Keine Ahnungen mehr, keine Ängste wegen Dingen, die noch gar nicht geschehen waren, keine Sorgen um wildfremde Personen.

Aber jetzt wäre es eben doch gut, etwas besser zu wissen, was auf sie zukam, in was für ein Komplott sie hier steckten.

Sidonia hatte Bruno nicht angerufen. Wozu auch? Wenn sie nicht wollte, dass er auch noch die Nacht über hier blieb, würde das sowieso nichts nützen. Und die Polizei? Was sollten sie sagen? Dass sie einen dunkelblauen Kombi in der Gasse gesehen hatten und sich verfolgt fühlten? Sie hatten nicht einmal das Nummernschild erkennen können.

Dass Alexandra beobachtet wurde, war ja sowieso schon hinreichend bekannt. Sidonia kaufte in der Gaststätte eine Flasche Rotwein und trank diese gemeinsam mit Alexandra aus.

Es war durchaus eine alte Gewohnheit, dass sie bei Stress oder Sorgen ein Glas Rotwein trank. Nein, sie war weiß Gott keine gewohnheitsmäßige Trinkerin, aber ein wenig Frust wegtrinken, wenn es ganz dicke kam, hatte sie sich schon immer gestattet.

Sie schalteten den Fernseher ein und sahen einen Film auf Französisch. Sidonia konnte die Sprache zwar, aber dem Dialog im Film konnte sie dann doch nicht so gut folgen. Da Alexandra keine Schwierigkeiten damit hatte, erhob sie aber keine Einwände dagegen, den Film zu sehen.

„Was sollen wir nur tun?", stöhnte Alexandra irgendwann plötzlich und zusammenhanglos. „Ich habe sogar schon nach dem Landhaus gegoogelt in der Hoffnung, dass es alte Geschichten dazu gibt. Aber nichts… Nicht mal die Geschichte von den verschwundenen Eigentümern im Krieg war im Internet zu finden."

„Das ist ja kein Wunder, damals gab es noch kein Internet und wenn die Geschichte später keiner eingestellt hat…"

„Ja, aber schon komisch oder? Auch das Ehepaar ist spurlos verschwunden."

Sidonia stutzte einen Moment. Aber dass einen Zusammenhang zwischen dem Verschwinden Patricks und der alten Geschichte konnte sie sich doch nicht vorstellen.

„Wir reden morgen mit Bruno und auch mit der Polizei", sagte sie schließlich.

„Mit Monsieur Charpenteil", kicherte Alexandra, als sie an Brunos Benennung des Commissaires dachte.

„Genau. Vielleicht gibt es ja schon wieder etwas Neues."

„Was ist da nur los?"

Sidonia hob ratlos die Arme. „Ich weiß es nicht. Und zum ersten Mal bin ich wirklich traurig und enttäuscht darüber, dass ich keine Vorahnungen habe."

Fabrice schaltete die schlichte Lampe, die an seinen Schreibtisch geklemmt war, aus. „Feierabend für heute!", verkündete er. „Lass uns morgen weiter machen."

„Eine gute Idee. Heute können wir sowieso nichts mehr ausrichten", stimmte Philippe zu. „Wenn wir nur wüssten, was in dem verflixten Brief stand."

„Oder den Namen des Empfängers hätten, der könnte es uns ja erzählen", erwiderte Fabrice.

„Magalie war wohl wirklich einfach noch überfordert. Sonst wäre ihr der Name bestimmt eingefallen. Das war doch sicher eine ziemlich große Sache für sie. So etwas vergisst man doch nicht", wandte Philippe ein.

„Ob es etwas mit dem Ganzen zu tun hat, wissen wir sowieso noch nicht. Wir müssen weiter in alle Richtungen ermitteln."

„Was kann dieser Brief mit Patricks Verschwinden zu tun haben?", überlegte Philippe.

„Eben, das ist das Problem. Ich sehe da einfach keinen Zusammenhang. Noch nicht jedenfalls. Wir müssen morgen früh Magalie noch einmal befragen. Sie muss sich an den vollständigen Namen erinnern. Und an den Wohnort. Egal, was der Arzt sagt, das ist einfach zu wichtig. Wir können nicht ganz Deutschland nach einem Pohlmeier absuchen. Wir kennen ja nicht einmal den Vornamen des Soldaten", meinte Fabrice.

„Magalie und Laurent haben es geschafft, den Nachfahren des Soldaten nur anhand des Nachnamens zu finden", sagte Philippe.

„Schon. Und wir haben das ja auch mit dem Namen Hannes Pohlmeier in die Wege geleitet. Aber bedenke auch, dass wir im Augenblick nicht einmal die Adresse haben, die auf dem Briefumschlag gestanden hat. Es würde sicher bedeutend schneller gehen, wenn Magalie uns direkt den richtigen Namen sagen könnte.

Die beiden Männer gingen nebeneinander her die Stufen hinunter und verließen das Bürogebäude durch die breite Glastür.

Bruno hatte einen langen Spaziergang gemacht. Schließlich hatte er sich in der Dämmerung an den Fluss gesetzt und dem Wasser zugesehen. War nicht Wasser sein Element?

Aber zunächst hatte es ihm nichts gebracht. Er hatte darauf gestarrt ohne es überhaupt wahrzunehmen. Doch dann brachte er endlich die kreisenden Gedanken zum Stillstand. Er wusste, dass es manchmal wichtig war, innerlich einen Schritt zurückzutreten, um das große Ganze wieder zu sehen, aber das fiel einem eben schwerer, wenn ein Fall persönlich wurde. Wenn Freunde in Gefahr waren. So war es damals in Paderborn gewesen und so war es auch jetzt wieder.

Trotzdem – er musste ruhiger werden. Nicht grübeln, sondern die Gedanken fließen lassen. Er atmete tief durch und entspannte sich endlich ein wenig.

Er hörte Stimmen von Passanten um sich herum, die sich zu einem leisen Rauschen vermischten. Er hörte das Plätschern des Wassers, sah das stetige Fließen. Er fühlte, dass es kühler wurde, aber das war jetzt egal. Da war etwas: Ein Gefühl, ein Gedanke – zum Greifen nah. Scheiße, das klang ja schon wie von Sidonia. Ein Grinsen machte sich auf seinem Gesicht breit.

Wer hatte eigentlich alles mit dem Fall zu tun?

Sidonia - nein, sie war nur da reingerutscht. Direkt damit zu tun hatte sie nicht. Alexandra und Patrick aber schon.

In irgendeiner Weise Magalie und natürlich Laurent. Wie das zusammenhing, war noch unklar.

Die Immobilienmaklerin – das Ehepaar Pasquiers.

Die Pasquiers?

Der Gedanke setzte sich fest und er wusste nicht, warum.

Die beiden alten Leute hatten sicher nichts mit Patricks Verschwinden, Magalies Entführung oder gar Laurents Ermordung zu tun.

Die Maklerin? Er kannte sie nicht. Sollte er sie mal besuchen?

Er erhob sich. Er war auf dem richtigen Weg, das sagte ihm sein Instinkt. Genau wie Sidonia hatte er gelernt, seinem Instinkt zu folgen. Auch wenn Sidonia es anders nennen würde.

Das, was ihm morgen früh als erstes wieder in den Sinn kommen würde, würde er tun.

Kapitel 14
Sa., 19. Juni 2021
- der 6. Tag im Elsass -

Bruno verfiel in seine alte Gewohnheit, trank am Morgen nur einen Kaffee und holte sich in der nächsten Bäckerei ein Croissant, das er unterwegs aß, obwohl das Frühstück im Preis seines Zimmers inbegriffen war. Er hatte einfach keine Ruhe. Er wollte zu den Eheleuten Pasquier fahren. Was ihn dazu trieb, war ihm selbst nicht klar.

„Wahrscheinlich hat die Zeit mit Sidonia auf mich abgefärbt", murmelte er vor sich hin, als er den Motor seines Wagens startete.

Aber irgendwas war ihm aufgefallen, das ihm jetzt erst bewusst wurde. Er wusste nicht mal genau, was es war. Etwas im Verhalten des Ehepaares?

Was war so auffallend, dass er jetzt plötzlich ein so komisches Gefühl bekam?

Er hatte das Haus der Pasquiers schnell erreicht. Ihm ging durch den Kopf, dass er eigentlich auch hätte zu Fuß gehen können. Als wäre die Überlegung jetzt noch wichtig. Er war ja da.

Er sprang aus dem Wagen und lief zur Haustür. Er läutete. Aber niemand öffnete. Na ja, komisch war das eigentlich nicht. Wieso sollten sie nicht weggegangen sein. Einkaufen, einen Spaziergang am Fluss machen, zum Arzt? Hatten sie nicht erwähnt, dass Xavier irgendwas hatte? Oh ja, er hatte Herzprobleme.

Bruno lief um das Haus herum, um in den Wohnraum hineinzusehen. Er war zu sehr Detektiv, um einfach wieder zu gehen, nur weil niemand öffnete. Er stand in dem schönen Garten, sah die breiten Glastüren zum Wohnzimmer und trat näher. Und da sah er Xavier auf dem Boden liegen und Karine in einem Sessel sitzen. Sie hielt sich den Kopf, schaute auf ihren Mann, schien aber unfähig, reagieren zu können.

Bruno klopfte an die Scheibe, versuchte, auf sich aufmerksam zu machen, Karine sah völlig verwirrt auf. Sie schien sich zu erschrecken, wich zurück. Vielleicht wusste sie gar nicht mehr, wer er war, hatte sogar Angst vor ihm.

Bruno sah sich um, nahm kurzentschlossen einen Stein und warf die Scheibe ein.

Karine sah ihm mit großen Augen entgegen, ängstlich, als würde sie überfallen werden. Aber er wollte doch nur helfen. Beschwichtigend hob er die Arme. „Haben Sie keine Angst, Madame. Ich will Ihnen helfen", sagte er auf deutsch und wiederholte es auf englisch, in der Hoffnung, dass Karine diese Sprache verstand. Er wusste es nicht. Sie antwortete nicht, aber sie schien sich zu entspannen. Vielleicht hatte sie durch seine Geste und seinen Tonfall verstanden, dass er nichts Böses im Sinn hatte. Er kniete sich zu Xavier, ertastete den Puls an seinem Hals und fühlte ihn ganz schwach.

Er zückte sein Handy aus der Gesäßtasche und rief die Polizei. Auf Englisch erklärte er kurz, was geschehen war, doch er wusste die Adresse nicht genau, hatte sich nur an die Strecke und das Haus erinnert. Er hielt Karine den Hörer entgegen. „Bitte… .Police….", sagte er. Das musste sie doch verstehen?

Karine sah müde und matt aus, aber sie schien jetzt zu verstehen, was von ihr erwartet wurde. Sie nahm das Handy, sprach auf Französisch hinein und reichte es Bruno zurück. „Was ist hier nur geschehen?", fragte er, aber sie verstand ihn nicht.

Fabrice und Philippe setzten ihren Plan in die Tat um und fuhren als erstes am Morgen ins Krankenhaus zu Magalie.

Dort wurde ihnen jedoch der Zugang zu ihrem Zimmer verwehrt.

„Mademoiselle Dubois hat einen Schock. Nachdem Sie gestern hier waren, hat sie einen Rückfall erlitten. Ihre Genesung hat durchaus Schaden genommen dank ihrer Art der Befragung", erklärte der Arzt in ziemlich unfreundlichem Ton.

„Sie sehen das völlig falsch. Wir waren gestern hier, weil Mademoiselle Dubois uns angerufen und gebeten hat, sie noch einmal aufzusuchen, weil ihr etwas eingefallen war."

„Wie auch immer das gewesen ist… Nun braucht sie Ruhe und darf keiner weiteren Befragung unterzogen werden. Ihr psychischer Zustand ist sehr labil."

„Es ist aber sehr wichtig für die Aufklärung eines Mordes."

„Und für mich ist die Genesung der Patientin wichtig. Bitte kommen Sie morgen wieder, vielleicht geht es dann."

Es war zwecklos. Magalie war offenbar nicht vernehmungsfähig. Fabrice und Philippe mussten unverrichteter Dinge wieder fahren.

„Das ist sehr ärgerlich. Wer weiß, ob nicht diese Geschichte der Schlüssel zu allem ist", meinte Fabrice.

„Du hättest ihr eben nicht von Laurents Ermordung erzählen dürfen."

„In der Situation blieb mir kaum eine Wahl. Aber lassen wir das – das haben wir schon durchgekaut. Vielleicht sollten wir Magalies Eltern befragen. Sicherlich hat sie mit ihnen über den Brief oder das Päckchen gesprochen und vielleicht auch den Namen erwähnt."

„Ja, das ist eine gute Idee. Also los."

Sidonia und Alexandra hatten am Abend noch lange geredet, Wein getrunken und ferngesehen. Immer wieder war Alexandra zum Fenster gelaufen und hatte nach dem blauen Kombi Ausschau gehalten, aber der war nicht zurückgekehrt.

„Glaub mir, du machst dich vollkommen umsonst verrückt. Der Wagen hatte nichts mit dir zu tun", versuchte Sidonia sie zu beruhigen.

„Glaubst du?"

Sidonia nickte, obwohl sie es besser wusste. Sie war sich inzwischen sogar sicher. Der Wagen war ihnen möglicherweise gefolgt, der Fahrer wollte klar machen, was er bereits mit dem Video gesagt hatte: Wir wissen, was du tust und wo du bist. Wir beobachten dich.

Diese Leute – wer immer sie waren – wollten Alexandra oder ihnen beiden Angst machen und das gelang ihnen ausgesprochen gut.

Die beiden Frauen frühstückten ausgiebig in Sidonias Appartement.

„Ich werde nach Hause fahren", erklärte Alexandra dann. „Ich kann hier nichts ausrichten. Ich werde mich damit abfinden, dass Patrick etwas passiert ist. Ich will auch das Landhaus nicht mehr einrichten, es ist mit zu vielen schlechten Erinnerungen verbunden." Sie wiederholte die Überlegungen, die sie bereits gestern auf der Rückfahrt geäußert hatte.

Sidonia antwortete nicht. Was hätte sie sagen sollen? Sie konnte Alexandra so gut verstehen. Das Landhaus einzurichten, wäre eine wunderbare Aufgabe für die junge Frau gewesen, auf die sie sich ja auch gefreut hatte, aber nun war diese Aufgabe mit Bedrohung und Mord verbunden. Vielleicht würde sie das Haus nie mehr betreten können.

„Gib mir deine Hand", bat sie und war nicht überrascht, dass Alexandra der Bitte sofort nachkam. Die junge Frau hatte anfangs etwas dagegen gehabt, aber jetzt war sie so verzweifelt, dass sie nach jedem Strohhalm griff. Sie könnte auch die Karten legen – in einem Schrank ihres Studios hatte sie ein paar Spiele entdeckt, dabei war auch ein einfaches Mau-Mau-Spiel, das sie durchaus verwenden könnte. Aber sie wollte das einfach nicht tun. Diesen kleinen Teil wollte sie zurückhalten, weil es für sie selbst besser war. Und was würde es schon ändern?

„Ich sehe, dass du die Weggabelung hinter dir gelassen hast, du hast dich schon entschieden. Es wird allerdings noch einige Tränen und Traurigkeit geben. Dir zur Seite stehen Freunde, aber du wirst auch betrogen von jemandem, dem du vertraut hast."

Alexandra starrte sie irritiert an. „Glaubst du, dass Patrick mich betrügt?"

Sidonia hob die Schultern. „Ich weiß es wirklich nicht. Möglich ist das, er könnte in der Sache drinhängen – was immer die Sache ist. Aber du wirst es zu Ende bringen müssen, damit du wenigstens Gewissheit hast."

Alexandra stöhnte. Sidonia ließ ihr diesen Moment der Nachdenklichkeit. Dann fragte sie: „Willst du immer noch nach Hause fahren? Es ist allein deine Entscheidung."

Alexandra schüttelte den Kopf. „Nein, es ist, wie du gesagt hast, ich kann nicht aufgeben. Ich muss wissen, was passiert ist."

Das Handy summte und Sidonia schrak ein wenig zusammen. Sie sah sich um, wusste einen Moment lang nicht, wo es lag und entdeckte es auf dem kleinen Tischchen, wo noch das Frühstück stand.

„Es ist Bruno", murmelte sie, wischte darüber, um das Gespräch anzunehmen.

„Bruno, was ist los?", begrüßte sie ihn.

„Komm bitte zum Polizeirevier. Es ist etwas passiert. Ich habe Karine und Xavier Pasquier gefunden. Die Polizei hat mich zur Vernehmung mitgenommen. Bitte komm schnell. Es ist ganz furchtbar, ohne die Sprache zu sprechen."

Sidonia runzelte die Stirn. „Karine und Xavier *gefunden*? Was bedeutet das?"

„Erkläre ich alles, wenn du hier bist."

Fabrice und Philippe waren schon auf halbem Weg zur Familie Dubois, als sie der Anruf erreichte. „Sie müssen sofort zurückkommen. Ein Monsieur Feldmann ist in der Villa der Eheleute Pasquier aufgegriffen worden. Er hat die Fensterscheibe eingeschlagen. Die Eheleute stehen offenbar beide unter Drogen. Der Zustand von Monsieur Pasquier ist äußerst kritisch.

Monsieur Feldmann fragt nach euch, aber viel konnten wir nicht aus ihm herausbekommen, da er kein Französisch spricht."

„Wir kommen!", stimmte Philippe sofort zu. „Aber besorgt einen Dolmetscher. Wir sprechen nämlich auch kein Deutsch. Oder wir müssen das Verhör auf Englisch führen."

„Natürlich."

Philippe legte sein Handy zur Seite und blickte Fabrice an, der den Wagen lenkte. „Hast du mitbekommen oder?"

„Ja, wir müssen zum Revier."

„Genau. Die Dubois müssen warten."

Sidonia und Alexandra fuhren sofort mit Sidonias Twingo los, ohne den Frühstückstisch abzuräumen. Was war denn jetzt schon wieder passiert? Und was sollte Brunos merkwürdige Aussage bedeuten?

Sidonia stürmte hinein und man brachte sie zu Bruno.

Fast gleichzeitig tauchten auch Fabrice und Philippe auf.

„Ach, Bonjour Commissaire", grüßte Sidonia freundlich.

Fabrice rollte die Augen. „Madame, ich kenne selbst noch keine Einzelheiten", sagte er reserviert.

„Könnte man uns nicht gleichzeitig auf den neusten Stand bringen?", fragte sie.

Wieder das Augenrollen. Fabrice war ganz offensichtlich nicht erfreut über ihr Auftauchen. Musste man vermutlich verstehen. Er kam hier an, wusste selbst noch nicht genau, was passiert war und wurde direkt von ihnen überfallen.

„Nun, ich schlage vor, wir reden mit unseren Kollegen und Sie mit Ihrem Freund Bruno Feldmann. Allerdings nur im Beisein eines Dolmetschers."

„Damit wir uns nicht verschwören. Die Gefahr besteht keineswegs", erwiderte Sidonia. Ihr Ton war gleichbleibend freundlich, auch wenn sie mindestens so genervt und ungeduldig war wie Fabrice.

Sidonia und Alexandra durften also zu Bruno, der mit einem Polizeibeamten und einem Dolmetscher in einem Verhörraum wartete.

Als er sie sah, sprang er auf. „Sidonia, wie schön, dass du da bist", rief er und umarmte sie.

„Pardon", tadelte der Beamte sofort. „Bitte setzen Sie sich." Der Dolmetscher, ein Mann um die vierzig, übersetzte.

Sidonia setzte sich neben Bruno an den Tisch, während Alexandra stehenblieb. Auf dem anderen Stuhl saß der Dolmetscher, einen vierten Stuhl gab es nicht. Es machte ihr nichts aus.

„Jetzt erzähl, was ist geschehen?", fragte Sidonia.

„Also – ich hatte schon gestern Abend plötzlich so ein Gefühl, dass ich irgendwas übersehen hatte. Ich dachte, irgendetwas müsste mir bei unserem Gespräch mit den Pasquiers aufgefallen sein, aber ich kam ums Verrecken nicht darauf, was das sein sollte."

„Trotzdem bist du deinem Instinkt gefolgt und bist hingefahren?"

„Klar. Ich bin zwar keine Hellseherin, aber auch Detektive haben gelernt, ihren Instinkten zu folgen."

Sidonia nickte. Der Dolmetscher hörte aufmerksam zu.

„Es öffnete niemand, also ging ich um das Haus herum, um durch die Fenster zu sehen."

„Warum?", fragte Alexandra dazwischen.

„Alexa, ich bin Detektiv. Wir kapitulieren nicht vor einer verschlossenen Tür. Wie sich herausstellte, war das auch gut so. Ich sah Xavier auf dem Boden liegen und Karine auf dem Sofa sitzen. Oder war es im Sessel? Egal. Sie schien vollkommen verwirrt zu sein und reagierte nicht auf mein Klopfen. Ich ging jedenfalls von einer unmittelbaren Gefahr aus und warf die Scheibe mit einem Stein ein. Karine stand vollkommen neben sich. Sie hatte Angst, aber ich konnte ihr irgendwie klarmachen, dass ich nur helfen wollte. Ich kümmerte mich um Xavier, fühlte seinen Puls."

„Lebte er?", fragte Alexa.

„Ja, er lebte. Aber der Puls war ganz schwach. Ich wählte den Notruf und gab dann Karine mein Handy, weil ich nicht die genaue Adresse kannte. Nun, sie schaffte es, Polizei und Arzt dorthin zu bitten.

Der Notarzt nahm beide mit. Um Xavier steht es schlecht. Man vermutet, dass beide unter Drogen standen."

„Ach du lieber Himmel. Wie Magalie?", entfuhr es Sidonia.

Bruno hob die Arme. „Vielleicht. Die Polizei sah in mir einen Tatverdächtigen und nun sitze ich also hier."

„Einen Tatverdächtigen?", fragte Sidonia verständnislos.

„Klar. Ich habe immerhin die Scheibe eingeschlagen."

„Ja, um zu helfen."

In dem Augenblick betraten Fabrice und Philippe den nüchternen Raum. Philippe setzte sich auf eine Tischkante, während Fabrice sich mit den Händen auf den Tisch stützte und Bruno fixierte. „Nun, da haben Sie sich ja in einen schönen Schlamassel manövriert. Hatte ich nicht deutlich genug gesagt, Sie sollen die Füße still halten?", fragte er ziemlich genervt.

Der Dolmetscher übersetzte.

„Ja, ja. Aber das ist eben mein Job. Das hier ist ein Auftrag, für den ich bezahlt werde. Wie hätten Sie reagiert, wenn ich Ihnen erzählt hätte, ich hätte ein komisches Gefühl wegen der Pasquiers?"

„Es ist grundsätzlich etwas mager, wenn mir jemand mit einem *komischen Gefühl* kommt, da muss ich Ihnen recht geben", erwiderte Fabrice etwas ruhiger und setzte sich endlich. „Aber auch in Frankreich kennen wir dieses Phänomen. Meistens ist es auch nicht nur so ein *komisches Gefühl*, sondern es beruht auf einer Beobachtung, die man unterbewusst gemacht, aber im ersten Moment nicht wahrgenommen hat. Wissen Sie inzwischen, auf welcher Beobachtung Ihr *komisches Gefühl* beruhte?"

Alexandra ging es ziemlich auf die Nerven, wie häufig Fabrice *komisches Gefühl* wiederholte. Wollte er Bruno damit provozieren? Oder wollte er verdeutlichen, wie wenig er ihm glaubte? Aber wenn Charpentier Bruno wirklich für einen Tatverdächtigen hielt, würde er doch sie und Sidonia hinausschicken und ihn verhören oder? Das lief doch dann sicher etwas anders ab als dieses Gespräch?

Bruno dagegen schickte ein heimliches Dankgebet zu allen guten Geistern, dass ihm inzwischen tatsächlich eingefallen war, was dieses vage Gefühl verursacht hatte.

Kapitel 15
Colmar, Juli 1944

Hannes hatte Colmar erreicht. Er konnte gar nicht beschreiben, was für ein Glücksgefühl plötzlich durch seinen ganzen Körper strömte, als er die ersten Häuser der Stadt vor sich sah. Er hielt an und blieb einen Augenblick stehen, um sich das Bild genau einzuprägen. Was für ein überwältigender Anblick, obwohl auch hier der Krieg seine Spuren hinterlassen hatte. Aber Colmar war sein erstes Ziel gewesen. Von hier war es nicht mehr weit bis zur Grenze. Aber er wollte hier eine Pause einlegen. Er musste. Er konnte einfach nicht weiter. Und er brauchte auf jeden Fall etwas Zeit, um sich sein weiteres Vorgehen genau zu überlegen.

Er erkannte voller Schrecken, dass das Elsass noch immer komplett von deutschen Truppen besetzt war. Er hätte es wissen müssen, natürlich. Aber es war noch viel schlimmer, als er gedacht hätte. Elsass-Lothringen war vollständig deutsch besetzt. Könnte er überhaupt ohne Schwierigkeiten über die Grenze kommen? Würde er seine Beute hinüberschmuggeln können?

Immerhin war das Elsass ja sogar mal deutsch gewesen, dachte er zynisch. Dass es das wieder werden würde, bezweifelte er stark. Die Deutschen hatten den Krieg schon verloren, auch wenn Hitler das nicht wahrhaben wollte. Auch wenn der seine Männer bis zum letzten Blutstropfen kämpfen lassen wollte. Hannes hatte das nicht mitgemacht.

Und er hatte ganz sicher nicht vor, jetzt im Elsass, so kurz vor der deutschen Grenze, zu kapitulieren.

Er hatte auf dem Weg hierher einige Beute gemacht. Hauptsächlich Schmuck, der leicht und handlich zum Transportieren war, aber auch kleinere Gefäße, Vasen und Schalen aus Silber. Keine aus Porzellan, die hätte er mit dem Fahrrad nicht heile bis hierher bekommen.

Er hatte sich auch seine Decknamen überlegt. Jean Perrault – er war bei diesem ersten Einfall geblieben, aber einen zweiten deutschen Namen zu überlegen, war ihm schwerer gefallen.

Johann – nein, der war viel zu nahe an seinem Namen Hannes.

Vielleicht Heinrich oder Hugo?

Schließlich war er bei Wilhelm hängen geblieben. Wilhelm war der Name seines Großvaters mütterlicherseits gewesen. Wilhelm Herold. So würde er sich ab jetzt nennen. Es war wohl nicht damit zu rechnen, dass irgendjemand den Namen überprüfte. Wie auch, in diesen Zeiten.

Seinen Pass würde er vernichten. Das würde nicht weiter problematisch sein. Das war durchaus glaubhaft und verständlich, dass der in den Wirren dieser Zeit abhanden gekommen war. Vielleicht konnte er sogar behaupten, er sei gestohlen worden, wenn er danach gefragt wurde. Blieb nur noch seine Beute. Er hatte sie jetzt in einem Rucksack und einer Art Seesack verstaut. Aber beides durfte wirklich niemand finden. Zum einen konnte er dann seine falsche Identität nicht mehr aufrechterhalten. Zum anderen wollte er die Stücke seiner Familie geben, die in Deutschland sehr wahrscheinlich komplett vor dem Nichts standen. Sie würden Geld brauchen, wenn der Krieg vorbei war. Und er musste unbedingt herausfinden, wie weit die Alliierten vorgestürmt waren. Keinen Augenblick lang gab er sich der Illusion hin, dass sie zurückgeschlagen worden waren.

Er wusste, dass er mitten in der Stadt keine Chance hatte, sich einzuquartieren. Er würde zu sehr auffallen und das wäre gar nicht gut. Als Deutscher durfte man ihn nicht erkennen und er war sich keineswegs sicher, ob er wirklich als Franzose glaubwürdig war. Klar, er sprach die Sprache und er hatte sie in seinen Jahren in Paris auch verbessert, er sprach sie flüssig, grammatikalisch machte er kaum Fehler. Aber vollkommen akzentfrei sprach er sie eben doch nicht. Und auch bei alltäglichen Redewendungen kannte er sich nicht besonders gut aus.

Verdammt, seine Heimat Stuttgart war in greifbare Nähe gerückt. Konnte er es schaffen, über die Grenze zu kommen? Würde er glaubhaft machen können, dass er ein deutscher Zivilist war? Aber aus welchem Grund sollte er in Frankreich gewesen sein?

Er könnte jede Menge Gründe nennen, um als Soldat nach Hause zu müssen, aber das müsste er nachweisen. Und dann war da noch immer seine Beute, die er ja auf keinen Fall verlieren wollte.

Ob es leichter war, in die Schweiz zu gelangen und von dort nach Hause? Es wäre ein ziemlicher Umweg, aber Sicherheit ging vor.

234

Wie man es auch drehte und wendete, er musste erstmal einen Plan fassen.

Er steuerte sein Fahrrad an der Stadt vorbei in die Weinberge.

Und dann sah er plötzlich dieses Landhaus. Wie eingebettet in die Berge, rustikal, unbeschädigt, als wüsste es nichts vom Krieg. Er wusste sofort: Das war seine Zuflucht für die nächsten Wochen oder Monate. Hier konnte er durchatmen, vielleicht seine Flucht aufschreiben. Wenn der Krieg vorbei war, konnte er einen Roman daraus machen. Er würde den natürlich nicht als Autobiographie verkaufen. Am Ende stellten sie ihn noch nachträglich an die Wand.

Er nahm sein Gewehr in Anschlag, denn er ging durchaus davon aus, dass das Haus bewohnt war.

Er klopfte, wartete, bis geöffnet wurde und schoss. Er erschoss das Ehepaar in den Fünfzigern ohne mit der Wimper zu zucken und ohne Vorwarnung. Es wurde immer einfacher. Es ging nur noch um ihn selbst, um sein Leben, seinen Reichtum. „Bonjour, je m'appelle Hannes Pohlmeier", sagte er zu den Leichen. „Ich brauche leider Ihr Haus."

Er stromerte durch das Gebäude und fand eine reich gefüllte Speisekammer. In den oberen Stockwerken fand er eine alte Frau in ihrem Bett. Sie war offensichtlich bettlägerig. Er schoss, bevor sie überhaupt merkte, dass ein Fremder ihr Zimmer betreten hatte. Jetzt konnte er nur noch hoffen, dass nicht noch mehr Menschen hier lebten, die vielleicht bald zurückkehrt en. Hoffentlich keine Kinder. Er hatte durchaus noch Skrupel, Kinder zu töten. Aber er würde es tun, wenn es sein musste.

Er musste die Leichen entsorgen. Ringsherum war Wald, dort würde er sie hinbringen und vergraben. Das würde noch mal ein hartes Stück Arbeit, aber es musste sein. Und dann konnte er ausruhen. Himmel, die Flucht hatte schon sehr an seinen Kräften gezerrt.

Hannes Pohlmeier richtete sich in dem Haus ein. Er begann sogar, sein Leben im Elsass zu genießen. War es denn nicht wunderschön hier?

Er begann, in alte Hefte, die er in einem Zimmer fand, seine Erlebnisse niederzuschreiben. Er schrieb alles auf, angefangen von seiner Begeisterung für diesen Kampf, mit welchem Elan waren er und seine Genossen in den Krieg gezogen – er beschrieb die Kämpfe, die Ängste, die Erschöpfung und schließlich das Sterben. Er hatte so viele Genossen sterben sehen. Vielleicht war er deshalb so roh und konnte selbst so gefühllos töten. Ihm war durchaus bewusst, dass er roh war. Andere brachen zusammen, er hatte alle Gefühle in sich abgetötet und war jetzt vollkommen abgestumpft. Nur der Wunsch, nach Hause zu kommen, lebte nach wie vor in ihm. Seine Frau wiederzusehen und seine kleine Tochter Anita, die er zuletzt als Baby gesehen hatte. Wie alt war sie inzwischen? Sie wurde bald drei Jahre alt. Und Jochen war jetzt schon acht. Würde der sich noch an ihn erinnern? Ja, sicherlich.

Hannes beschrieb seine ersten Gedanken an Flucht, als er nicht mehr an das große Ziel und an den Sieg glauben konnte. Als die grausame Wirklichkeit längst die illusorischen Vorstellungen und heroischen Gefühle getötet hatte.

Er beschrieb seine Flucht und ließ auch nicht aus, dass er Häuser überfallen und die Menschen ausgeraubt hatte. Aber taten das nicht Soldaten seit jeher? Hatten nicht sogar die Kreuzritter geplündert? Oder die Söldner im Dreißigjährigen Krieg? Was er auslieβ, war der gewaltsame Sex, den er sich durchaus gegönnt hatte. Vergewaltigungen. Aber das brauchte wirklich niemand zu wissen, am allerwenigsten seine Frau und seine Tochter. Die würden schon von den Plünderungen nicht erbaut sein. Aber es war auch möglich, dass sie dasselbe erlebt hatten und ihn verstanden. Egal – es ging ja um seine Beute. Er war nicht sicher, ob er es schaffen würde, die über die Grenze zu schaffen. Die Alliierten waren auf dem Vormarsch, das hatte er inzwischen mitbekommen. Es würde schwierig werden als deutscher Deserteur im Elsass. Aber das Haus hatte ein fantastisches Versteck. Es gab einen unterirdischen Raum, in dem sich vermutlich auch die Menschen versteckt hatten, wenn sie überfallen wurden. Vielleicht sogar schon im ersten Weltkrieg. Er hatte dort bereits Schmuck und Silber gefunden, das die Bewohner wohl selbst in Sicherheit gebracht hatten. Für alle Fälle oder weil sie schon einmal überfallen worden waren? Egal. Diesen Raum würde Hannes nutzen. Der Zugang befand sich hinter einem Regal und hätte er nicht so akribisch alles abgesucht, hätte er nicht bemerkt, dass es hinter dem Regal hohl klang.

Er würde alles dort verstecken und dann richtig verschließen. Zumauern, so dass nicht einmal neue Besitzer die Beute finden würden. Und dann konnte er die Sachen später einmal holen. Er müsste dann auskundschaften, wann die neuen Bewohner --+-fort waren und dann einbrechen. Zu morden, wenn der Krieg vorüber war, war keine Option. Es war auch nur zur Sicherheit, ein Plan B, wenn er tatsächlich nicht mit allem fortkonnte.

Hannes hatte dank der reich gefüllten Speisekammer vorerst keine Eile, sich etwas zu essen besorgen zu müssen, aber irgendetwas Frisches wäre trotzdem nicht schlecht. Er begann damit, dass er durch die Gegend lief und Früchte von Bäumen und Büschen pflückte.

Irgendwann wandte er sich trotzdem an Bauern der Gegend, um Milch, Brot, Gemüse oder auch frisches Fleisch zu bekommen. Er stellte sich als Jean Perrault vor, auch wenn er bezweifelte, dass man ihm aufgrund seines Akzents glaubte, dass er Franzose sei.

Es war schwierig, es gab am Ende des Krieges nicht so viel zu essen. Nichts war im Überfluss vorhanden.

An einem schönen, sonnigen Tag, an dem er vor dem Haus saß und allmählich zu der Entscheidung kam, dass er über die Schweiz weiterreisen würde, sah er einen kleinen Jungen zwischen den Bäumen.

„He, hallo!", rief er und ging gleichzeitig näher. „Wer bist du?"

Der Junge lief nicht fort, was ihn ein wenig verwunderte. Hatte er keine Angst? Jetzt trat er sogar hinter dem Baum hervor. Hannes schätzte ihn auf etwa zehn Jahre. Er war mager und hatte große, neugierige Augen. Angst sah er nicht darin.

„Wer bist du?", fragte der Junge statt einer Antwort.

„Mein Name ist Jean Perrault", erwiderte Hannes. „Ich komme gerade aus dem Krieg und wohne in dem Landhaus da vorne."

Der Junge legte den Kopf schief. „Dort wohnt ein älteres Ehepaar mit der alten Mutter des Mannes."

„Sie sind nicht mehr da, aber sie haben mir erlaubt, dort zu wohnen", erwiderte Hannes zögernd. Wieso antwortete er dem Jungen überhaupt? Er sollte ihn zum Teufel schicken. Aber wenn der Junge im Ort von ihm erzählte, konnte das gefährlich werden. Bis jetzt wusste niemand, dass er in diesem Landhaus wohnte.

„Jeder fragt sich, wo die Leute sind, weil man sie überhaupt nicht mehr sieht. Sind sie wirklich durch einen unterirdischen Gang geflohen?"

„Geflohen? Vor wem hätten sie fliehen sollen?", fragte Hannes.

Der Junge hob die Schultern.

„Du hast mir immer noch nicht gesagt, wie du heißt", warf Hannes ihm vor.

„Du klingst überhaupt nicht wie ein Franzose", meinte der Junge.

„Ich bin Belgier."

Ob er ihm das glaubte, wusste Hannes nicht.

„Möchtest du eine Tasse Kakao?"

Der Junge schüttelte den Kopf.

„Hör mal, du brauchst keine Angst zu haben, ich tue dir nichts." Dabei überlegte er ernsthaft, ob er das Versprechen halten konnte. Er hatte sich immer vorgenommen, keine Kinder zu töten. Aber bevor ein Kind ihn in Gefahr brachte?

„Ich bin Henri Dubois", sagte der Junge jetzt und irgendwie beruhigte Hannes die Antwort. Es war, als ob sie dadurch zu Verbündeten wurden. Jetzt hatten sie sich vorgestellt, kannten ihre Namen. Na ja... Der Junge kannte
Hannes' falschen Namen, aber das war doch Wortklauberei.
„Hör mal, Henri, es wäre schön, wenn du nicht erzählst,
dass du mich hier gesehen hast. In Ordnung?"
„Hältst du dich versteckt?"
„Nein, das nicht gerade. Ich..." Er entschloss sich zu
einer Halbwahrheit. „Ich meine, ich gehe sogar zum Einkaufen zu Bauern in der Umgebung, aber in gewisser Weise
habe ich mich hier nach einer Kriegsverletzung zurückge-
zogen. Ich will nicht wieder zurückgeholt werden an die
Front. Ich sitze hier und schreibe meine Erlebnisse auf und
das möchte ich in aller Ruhe tun. Bitte, Henri, ich will einfach nur in Ruhe leben. Ich tue keinem Menschen etwas
zuleide."

Er fand es irgendwie verbindlich, dass er den Jungen
beim Namen nennen konnte. Er erzählte Halbwahrheiten
und verschwieg, was ihn wirklich bewegte und hierher ge-
führt hatte. Aber was interessierte das dieses Kind.

Henri nickte. „Ich kann mal wieder kommen und dir was
zu essen mitbringen, wenn du willst", bot er an.

Hannes konnte sich gut vorstellen, was in dem Jungen
vorging. Das hier war für ihn ein Abenteuer. Einem abge-
halfterten Soldaten zu helfen, ein Geheimnis zu bewahren.

„Ich will nicht, dass du etwas stiehlst", sagte er. Das
überraschte ihn selbst. Woher kamen diese Skrupel? Er hatte
geplündert, vergewaltigt und gemordet und jetzt hatte er
Skrupel, dass dieser Junge etwas zu Essen stehlen könnte?

Aber die Bereitschaft des Kindes, ihm zu helfen, löste dieses Gefühl in ihm aus. Vermutlich erinnerte Henri ihn an seinen eigenen Sohn Jochen, der nur wenig jünger war. Was wäre, wenn der in Stuttgart einen fremden Soldaten traf und ihm Hilfe anbot? Nein, er würde Henri genauso behandeln, wie er wollte, dass Jochen behandelt würde.

Henri kam hin und wieder. Hannes war bewusst, dass der Junge ein großes Abenteuer darin sah. Er brachte mal ein Stück Kuchen mit, mal etwas Brot, nichts Weltbewegendes. Und er wollte immer wieder Geschichten aus dem Krieg hören, die Hannes natürlich von A bis Z erfand.

Derweil kamen die Truppen aus der Normandie immer näher und Hannes war klar, dass er fortmusste.

Als Henri an diesem Tag kam, eröffnete er ihm, dass er verschwinden würde. „Ich vertraue dir hier ein Päckchen an. Es sind Aufzeichnungen. Bitte schick sie an meine Familie. Nur für den Fall, dass ich es nicht schaffe."

„Warum machst du das nicht selbst?"

„Es gibt hier kein Postamt mehr. Und wenn mir etwas zustößt, kann ich auch die Aufzeichnungen nicht mehr verschicken, stimmts?"

„Jaaa, schon." Der Junge merkte, dass etwas nicht stimmte und er lag richtig damit. Er warf einen Blick auf das Päckchen, das das Tagebuch und persönliche Briefe an seine Kinder und seine Frau enthielt.

„Warum geht das nach Deutschland?", fragte Henri misstrauisch.

„Wir sind doch Freunde geworden Henri, nicht wahr?"

„Jaaaa…" Der Junge nickte.

„Dann muss ich dir etwas gestehen. Mein Name ist Hannes Pohlmeier und ich bin Deutscher. Ich bin desertiert und habe mich hier versteckt."

„Und die Bewohner haben das erlaubt?"

Hannes nickte. „Sie waren schon weg."

Henri war misstrauisch und enttäuscht. Über was hatte ihn der Soldat, dem er versucht hatte zu helfen, noch belogen?

„Ich wusste doch, dass du kein Franzose bist. Du hast einen Akzent", sagte er.

„Du hattest recht. Es tut mir leid, dass ich gelogen habe, aber ich hatte Angst."

Henri nickte. Das konnte er sogar verstehen. Auf Deutsche war man hier nicht gut zu sprechen.

„Kann ich mich auf dich verlassen? Du schickst das Päckchen weiter, wenn das wieder möglich ist?"

„Ja."

„Aber versteck es gut. Bitte, halte es geheim, sprich mit niemandem darüber. Man muss mir jetzt auch nicht mehr auf die Spur kommen. Ich habe nichts Unrechtes getan Henri, und ich habe in Deutschland eine Familie. Eine kleine Tochter, die sich vermutlich nicht mal mehr an mich erinnert und einen Sohn, der ungefähr in deinem Alter ist. Ich will sie wiedersehen. Verstehst du das?"

„Ja." Henri nickte zögerlich.

Hannes hatte ein schlechtes Gewissen, dass er den Junge da mit reinzog, aber es musste sein. Wenn er das Päckchen selbst mitnahm und ihm etwas passierte, dann war auch die Botschaft verloren. Das wollte er nicht riskieren. Auch so gab es eine Unsicherheit, aber zumindest war sie minimiert.

Entweder er selbst oder das Päckchen würden es schon bis Stuttgart schaffen.

Trotzdem belastete es sein Gewissen mehr als die Morde, die er begangen hatte. „Du ahnst gar nicht, wie dankbar ich dir bin. Morgen werde ich nicht mehr hier sein."

Henri nickte.

Hannes zog den Jungen in seine Arme. „Ich danke dir so sehr, dass es dich in meinem Leben gegeben hat. Du hast mir in diesem schrecklichen Krieg mehr gegeben, als du dir vorstellen kannst. Menschlichkeit, Freundschaft. Du hast mir gezeigt, dass man auch inmitten dieses Tötens füreinander da sein kann."

Henri sagte nichts. Er war sich nicht sicher, ob er wieder gekommen wäre, wenn er gewusst hätte, dass dieser Mann – Jean oder Hannes – ein Deutscher war. Aber er würde ihm diesen Gefallen tun. Er würde das Päckchen verstecken, wo es niemand finden würde und es verschicken, wenn das wieder möglich war. Dass der Versand Geld kosten würde, darüber dachte er nicht nach.

Kapitel 16
Sa., 19. Juni 2021
- immer noch der 6. Tag im Elsass -

„Ich weiß definitiv wieder, was mir bei den Pasquiers aufgefallen war. Und das einzig Komische daran ist, dass mir das nicht früher aufgefallen ist, sondern erst im Nachhinein", beantwortete Bruno Fabrice Frage.

„Okay, okay. Erzählen Sie einfach", forderte Fabrice ihn ungeduldig auf, während der Dolmetscher unermüdlich übersetzte.

Bruno konnte seine augenblickliche Überlegenheit nicht wirklich genießen, zu viel stand auf dem Spiel. Zu eng war das Netz bereits zugezogen, in dem sie sich alle befanden.

„Die Brosche."

„Die Brosche?"

„Nun, Alexandra Werle sprach Madame Pasquier auf ihre schöne Brosche an und fragte, ob diese antik sei und wo man so etwas kaufen könne."

„Ja, ich erinnere mich", mischte sich Philippe ein.

„Schön. Was mir daran auffiel, war die etwas merkwürdige Art von Xavier Pasquier. Er wirkte nervös und behauptete, es sein ein Erbstück, was wiederum seine Frau erstaunte."

„Ja?"

„Ja. Schauen Sie, ich konnte ihren Gesprächen aufgrund meiner fehlenden Sprachkenntnis nicht gut folgen und habe mich umso mehr auf Körpersprache und Gestik konzentriert. Rein instinktiv. Ach, ich weiß auch nicht. Es kam mir komisch vor." Schon wieder das Wort. Den nächsten der das Wort benutzte, würde er lynchen, auch wenn er es selbst war. „Aber eben nicht sofort. Wer denkt sich schon bei einem Gespräch über Schmuck etwas. Besonders als Mann." Bruno grinste breit.

Fabrice registrierte es mit unbewegtem Gesichtsausdruck. „Da gebe ich Ihnen recht. Aber was könnte das bedeuten? Xavier Pasquier hat den Schmuck sicher nicht gestohlen."

Bruno hob die Arme. „Das müssen Sie herausfinden. Sie sind die Polizei."

„Ach, auf einmal... Okay, arbeiten wir zusammen. Ich habe auch eine Neuigkeit, die noch nicht so ganz ausgewogen ist."

„Soll das heißen, dass ich nicht länger verdächtig bin, die Pasquiers überfallen zu haben?", fragte Bruno.

„Nein, das sind Sie nicht. Für mich waren Sie das sowieso nie. Also, ich erzähle Ihnen jetzt, was Magalie mir erzählt hat."

Doch zunächst blickte eine junge uniformierte Polizistin in den Raum.

Fabrice schaute kurz auf. „Pardon, aber das Krankenhaus hat sich gemeldet. Monsieur Pasquier hat es nicht geschafft", sagte sie mit leichtem Bedauern in der Stimme.

Alexandra schrie leise auf.

„Was ist die Todesursache?", fragte Fabrice.

„Wir müssen die Obduktion abwarten. Aber in seinem und Madame Pasquiers Blut wurde GHB gefunden."

„Das war zu erwarten", meinte Fabrice ganz sachlich..

Sidonia erschrak bei der Nachricht.

„Liquid Ecstasy, wie bei Magalie?", stellte Philippe fest. „Wie hängt das nur alles zusammen?"

Bruno schlug vor Wut und Hilflosigkeit mit der flachen Hand auf den Tisch, als der Dolmetscher ihm das Gespräch übersetzte.

Karine konnte es nicht begreifen. Sie fühlte sich noch immer ganz benommen.

„Aber – aber das kann doch gar nicht sein", stammelte sie, als der Arzt ihr mitteilte, dass Drogen in ihrem Blut und Urin nachgewiesen worden waren.

„Ich nehme keine Drogen. Aber… ach, ich kann mich einfach nicht erinnern, was geschehen ist." Tränen rannen ihre Wangen herunter. Erst die Nachricht vom Tod ihres Mannes und dann noch das. Es war einfach zu viel für sie. Sie hatten doch gerade in Colmar noch mal neu anfangen wollen nach dem Verkauf des Hauses. Ihr letztes Lebensviertel genießen. Und jetzt war es schon vorbei.

Der Arzt war sehr mitfühlend. Er setzte sich auf den Bettrand und fasste nach ihrer Hand. „Das ist ganz typisch für diese Droge. Sie wird auch als K.O. Droge benutzt. Haben Sie das schon einmal gehört?"

Karine nickte. „Ja, in Krimis. Aber wieso sollte mir so etwas passieren?"

„Das kann ich natürlich nicht sagen. Das wird die Polizei ermitteln müssen."

„Ist mein Mann daran gestorben?", fragte sie leise.

Der Arzt nickte. „Ja. Sie und Ihr Mann haben eine ziemlich hohe Dosis bekommen. Aufgrund seines schwachen Herzens, konnte er es nicht verkraften."

Karine nickte. Sie weinte haltlos. Wie konnte das nur passieren. Warum?

Wer hatte das getan?

„Kann ich Sie allein lassen?", fragte der Arzt.

Sie nickte. Er konnte ihr ja nicht helfen. Er konnte ja nichts ungeschehen machen. Er konnte nicht Xavier wieder lebendig werden lassen.

„Sollen wir jemanden benachrichtigen?"

Sie schüttelte den Kopf. „Nein. Oder doch – vielleicht meine Schwägerin. Ja, Antoines Frau. Aber ich habe ja nichts dabei. Sie lebt in der Nähe von Carcassonne, die Adresse ist in meinem Adressbuch."

„Wir werden es der Polizei weitergeben. Sicher wollen die sowieso noch mit Ihnen sprechen."

„Aber nicht sofort. Bitte nicht sofort. Ich muss erst einmal wieder zu mir selbst finden."

Er tätschelte sanft ihre faltige Hand. „Natürlich nicht sofort. Ich lasse sie zurzeit nicht zu Ihnen. Sie sind in meinen Augen nicht vernehmungsfähig. Bleiben Sie ruhig liegen und erholen Sie sich."

Sie nickte.

Er ging hinaus.

Sie sah auf die geschlossene Tür und dachte: *Erholen Sie sich?* Was für ein dummer Spruch. Erholen Sie sich. Sie war mit Drogen vollgepumpt worden und Xavier war tot. Und sie konnte sich absolut nicht daran erinnern, wer in ihrem

Haus gewesen war und was diejenigen gewollt hatten. Was für ein furchtbares Gefühl das war.

Plötzlich kam ihr der Besuch der beiden Polizisten in den Sinn. Ein Detektiv aus Deutschland war dabei und die junge Kollegin dieses ... wie hieß er noch – dieses jungen Mannes, der ihr Haus gekauft hatte.

Sie hatten gefragt, ob etwas Besonders mit dem Haus war. Sie hatten verneint. Aber jetzt? Jetzt war sie nicht mehr so sicher. War das alles wegen ihres ehemaligen Hauses geschehen? Es war verwüstet worden, hatten sie gesagt. Der junge Mann war entführt worden, die Frau bedroht. War nic ht auch ein Mord hinter dem Haus geschehen? Sie hatte davon gehört. Und immer wieder das Haus. Meine Güte, wie konnte das plötzlich so geheimnisvoll sein? Sie hatte so verflucht lange darin gelebt. Und jetzt hatten sie ihren Lebensabend in der Stadt verbringen wollen.

Der Plan war jetzt auch vereitelt worden – von irgendwelchen undurchsichtigen Leuten. Sie ballte ihre Hände zu Fäusten und hämmerte gegen ihre Schläfen. Aber ihr kam keine Idee, was es mit dem Haus auf sich haben könnte.

Der Mann stand kurz vor einem Tobsuchtsanfall, als er von dem neuen Todesfall hörte. Sein Handlanger war gerade aus dem Krankenhaus gekommen, wo er sich hoffentlich unauffällig umgehört hatte und war mit dieser Nachricht hergekommen.

Dieses Mal war er selbst nicht so unbeteiligt. Dieses Mal hatte er selbst gemeinsam mit einem seiner Handlanger das Ehepaar, dem bis vor kurzem das Landhaus gehört hatte, aufgesucht. Er hatte es für einen so guten Einfall gehalten. Die letzte Möglichkeit, doch noch etwas über den Schatz aus dem Zweiten Weltkrieg zu erfahren. Die beiden alten Leute sollten sich an nichts erinnern. Ebenso wie Magalie. Und nun...?

„Verdammt, wir sind keine Mörder!", tobte er. Gleich darauf mahnte er sich selbst zu etwas mehr Ruhe. Was, wenn jemand etwas von seinem Geschrei mitbekam? Die Worte konnten einen Unbeteiligten zumindest stutzig machen.

„Wenn die Polizei uns auf die Schliche kommt, ist es etwas ganz Anderes, ob wir wegen Hausfriedensbruch oder von mir aus sogar Einbruch verhaftet werden oder wegen mehrfachen Mordes. Außerdem will ich keine Menschenleben auf meinem Gewissen haben."

„Es tut mir leid, aber der Typ hat es eben einfach nicht vertragen. Die Alte hat ja überlebt. Aber er... Mensch, du warst doch dabei. Du kannst mir das nicht allein anlasten."

„Ja, ja! Ihr seid niemals Schuld nicht wahr? Was war mit Laurent?"

„Der hat uns angegriffen. Wollte alles verraten. Hätten wir das dulden sollen?"

„Nein", erwiderte er ruhiger. Nein, es war ja alles richtig. Für den Alten konnte keiner was. Die K.O.-Tropfen mussten sein, damit er sich nicht erinnern konnte. Aber Laurent? War das wirklich nötig gewesen? Ja, vermutlich, wenn das stimmte, dass er alles hatte verraten wollen. Ach, dieser Trottel kam einfach nicht damit zurecht, dass sie die Kleine entführt hatten. Magalie. Hübsches Ding, das musste man zugeben, aber wie konnte man dermaßen den Kopf deswegen verlieren? Es ging doch um eine größere Sache. Um etwas, das ihrer aller Leben bereichern konnte. Verdammt! Verdammt, verdammt! Wie hatte das alles so aus dem Ruder laufen können? Es hatte sich alles so leicht angehört, war so glasklar gewesen und mit Laurent als Informant war auch alles einfach zu händeln gewesen. Und dann hatte nichts funktioniert. Sie hatten nichts gefunden, das Haus war verkauft worden, die Käufer tauchten auf und ihnen war keine Zeit geblieben. Himmelherrgott. Er raufte sich die Haare. Und ein Unglück hatte das nächste gejagt.

„Seht zu, dass nicht noch mehr passiert."

Sein Gesprächspartner grinste breit. „Das dürfte kein Problem sein, wir haben ja jetzt, was wir wollten."

„Können wir sicher sein, dass wir wirklich alles haben?"

Der andere kratzte sich hinterm Ohr. „Äh – nein, nicht wirklich. Aber mehr haben wir ja nicht gefunden. Sollen wir…"

„Weiter suchen? Auf keinen Fall. Haltet bloß die Füße still. Sowohl das Landhaus als auch die Villa der Pasquiers sind jetzt im Blickfeld der Polizei. Das Hotel auch. Keiner von uns sollte an einem der Orte noch mal auftauchen. Am besten wäre es sogar, du würdest wegfahren."

„Wenn ich einen Vorschuss kriege, bin ich schon verschwunden."

„Ja, kannste haben", knurrte der Mann. Lieber sollte der Typ abhauen. Der war mit Sicherheit sowieso das schwächste Glied. Der wäre der erste, der von den Bullen weichgekocht würde.

Sidonia betrat das Krankenhaus mit einem etwas unguten Gefühl. Sie wollte Karine besuchen, aber was sollte sie der Frau sagen? Was hatte sie überhaupt bei ihr zu suchen? Sie kannten sich nicht. Sie war ja nicht einmal dabei gewesen, als Bruno und Alexa sie zusammen mit der Polizei besucht hatten. Aber Bruno hatte gemeint, sie solle mal hinfahren und herausfinden, was für ein Geheimnis Xavier und Karine hüteten. Irgendetwas musste es geben, dass sie verschwiegen hatten. Bruno hatte ihr von der Brosche erzählt, die ihm erst im Nachhinein etwas merkwürdig vorgekommen war.

„Alexandra könnte hinfahren. Die kennt Karine wenigstens schon von ihrem Besuch mit der Polizei", hatte Sidonia eingewandt.

„Alexa ist zu aufgeregt. Persönlich viel zu sehr involviert. Und Karine hat einen Überfall und einen schlimmen Verlust zu verkraften. Sie hat Angst und Trauer. Da bist du einfach die Richtige."

„Du kannst so was total gut", hatte auch Alexandra ihr zugeredet. „Denk nur daran, wie du mich zum Reden gebracht hast. Und mich hast du auch nicht gekannt. Das ist einfach total dein Ding, auf Menschen zuzugehen und ihnen beizustehen."

Klar. Sie war ja immer diejenige, die Menschen half, die ihnen sagte, wie es weitergehen sollte. War sie nicht nach Frankreich gereist, um dem mal zu entgehen?

Wie egoistisch von dir, mahnte sie sich in Gedanken.

Sie wusste, dass Bruno und Alexandra recht hatten. Dieses Gespräch mit Karine lag ihr mehr.

„Vielleicht könnte ich dann auch Magalie besuchen, sie liegt ja auch noch im Krankenhaus, glaube ich", bot sie wie von selbst an.

„Gute Idee. Vielleicht kannst du ihr irgendwie helfen, die Erinnerung zurückzuholen."

„Ich kann nicht zaubern, weißt du", murrte sie.

Bruno grinste breit. „Den Eindruck hatte ich aber durchaus schon oft."

„Jaja." Sie winkte genervt ab.

Jetzt stand sie vor der Zimmertür und straffte sich ein letztes Mal, bevor sie anklopfte. Sie trug eine etwas schlichtere Kleidung als es bei ihr üblich war – eine einfache Leinenhose und eine schlichte Tunika darüber. Ihre Haare hatte sie im Nacken zu einem krausen Zopf gebändigt.

Sie hörte kein *Herein* und schob die Tür langsam auf.

Sie sah eine ältere Frau zwischen einer Wolke aus weißer Bettwäsche. Das Kopfende war hochgestellt, so dass sie fast aufrecht saß.

„Madame Pasquier?", fragte Sidonia.

„Ja." Die Patientin sah der Besucherin verwundert entgegen. „Kennen wir uns?"

Sidonia trat näher. „Nein. Ich bin eine Freundin von Bruno Feldmann und Alexandra Werle. Erinnern Sie sich an die beiden?"

Karine nickte. Sogar ein kleines Lächeln umspielte jetzt ihre Lippen.

„Der deutsche Privatdetektiv. Er war zusammen mit der Polizei bei mir. Ist noch nicht lange her. Zwei oder drei Tage?"

252

Sidonia nickte und zog sich einen Stuhl heran. „Madame Pasquier, es tut mir so unendlich leid, was Sie durchmachen müssen. Der Tod Ihres Ehemannes..."

Karine nahm die Worte beinahe teilnahmslos entgegen. Sie hatte ein Beruhigungsmittel bekommen.

„Aber wir sind noch immer auf der Suche nach Patrick Köhler. Darf ich Ihnen deshalb eine Frage stellen?"

Karine nickte sacht. „Was passiert ist? Da waren zwei Männer, sie klingelten und stürmten sofort ins Haus. Sie bedrängten Xavier und mich. Und danach weiß ich gar nichts mehr. Der Arzt sagt, wir hätten Drogen bekommen, was Xaviers schwaches Herz..."

Sie schluchzte auf.

Sidonia drückte ihre Hand. „Es tut mir so leid."

Sie schwiegen beide einen Moment. Das Gespräch fiel Sidonia schwer. Sie musste eine völlig fremde Frau bedrängen, die noch dazu in Trauer war. Das war eigentlich Sache der Polizei. Sie ging das doch gar nichts an.

„Madame, Bruno sagte, ihm sei eine wundervolle Brosche aufgefallen, die Sie getragen hätten. Das ist eigentlich der Grund, weshalb ich hier bin. Und weshalb ich Sie fragen möchte, ob es doch irgendetwas gibt, das..."

„Was diesen Überfall erklärt?"

„So ungefähr."

Karine schluckte schwer und richtete sich noch ein wenig mehr auf. Sie schaute Sidonia ungewöhnlich fest in die Augen, als sie antwortete. „Ja, das gab es tatsächlich. Und ich kann Ihnen das auch gerne alles erzählen. Mein Mann ist tot, die Banditen haben den Schmuck sowieso. Da können Sie es gerne auch wissen. Obwohl ich streng genommen ja gar nicht weiß, ob Sie wirklich Alexandras Freundin sind."

Sidonia nickte ihr verstehend zu. „Ich bin es wirklich", sagte sie.

Karine ließ sich wieder zurücksinken und erzählte:

„Xavier hat es mir erzählt, nachdem die Polizei und Ihre Freunde wieder fortwaren. Ich habe es wirklich all die Jahre nicht einmal geahnt. Aber er hat eine Art Schatzlager gefunden, als er die Laube gebaut hat. Er hat die Erde ausgehoben, um die Laube gut zu verankern. Und dabei stieß er auf einen Hohlraum. Er war zwar mit einer Platte abgedeckt, aber das Holz war in den Jahren morsch geworden und brach schnell, als Xavier dort buddelte. Das muss der geheime Gang gewesen sein, man konnte im Inneren durch ein Versteck hinein und offenbar hinter dem Haus wieder hinaus. Die Menschen reden ja davon, dass es einen gegeben haben musste, weil die Eigentümer im Krieg so plötzlich verschwunden waren."

Sie seufzte schwer. In ihren Augen standen Tränen. Sidonia drückte sanft die zarte, dünne Hand, die schlaff auf der Bettdecke lag.

„Xavier hat die Sachen damals an sich genommen. Das meiste war Schmuck, aber auch Kerzenständer und ähnliches war dabei. Er hat ein paar Dinge verkauft und das Geld gespendet. Das hat wohl sein Gewissen etwas beruhigt. Den Schmuck hat er mir nach und nach geschenkt."

„Ist die Brosche, die Sie an dem Tag getragen haben, als die Polizei bei Ihnen war, auch daher?", fragte Sidonia sanft.

„Ich weiß nicht mehr. Vielleicht schon. Welche war es denn?"

„Eine Kameebrosche. Sie war Bruno aufgefallen, leider erst im Nachhinein. Deshalb ist er zu Ihnen gefahren und hat Sie gefunden. Leider konnte er Xavier nicht mehr helfen."

Karines Gesichtsausdruck verklärte sich etwas. „Ah, die Kameebrosche. Ich habe sie sehr geliebt und oft getragen. Aber ich glaube, die Männer haben sie auch mitgenommen. Ach Xavier, hätte er doch nur etwas gesagt. Wenigstens an dem Tag zu der Polizei. Er hat es mir erzählt. Er war doch auf den Gedanken gekommen, dass die Vorkommnisse mit dem Schmuck zu tun haben könnten. Bis zu dem Tag hatte ich keine Ahnung, woher der Schmuck tatsächlich stammte."

„Warum haben Sie die Polizei nicht angerufen?", fragte Sidonia, sorgfältig darauf bedacht, dass ihre Stimme nicht vorwurfsvoll klang.

„Das wollte ich. Aber Xavier war dagegen. Er meinte, die Leute wissen ja nicht, dass die Sachen bei uns sind. Ich habe ihn so gebeten. Habe ihm gesagt, dass wir den Schatz nicht brauchen, dass wir ein gutes Auskommen haben. Und ich brauche den ganzen Schmuck doch nicht. Man braucht keinen wertvollen antiken Schmuck, um gut zu leben, nicht wahr?"

„Nein, das braucht man nicht", bestätigte Sidonia.

„Am Ende war er sogar einverstanden. Aber er hat nicht mehr rechtzeitig gehandelt. Und jetzt…"

…ist er tot, dachte Sidonia. Was für tragische Verkettungen.

„Woher sollten diese Leute überhaupt wissen, dass in dem Landhaus Schmuck und wertvolle Antiquitäten zu finden waren?", überlegte Sidonia laut.

Karine hob die Schultern. Sie wirkte so zerbrechlich in ihrer Hilflosigkeit.

Aber Sidonia ging plötzlich ein Gefühl durch den Körper, dass mit ihren Vorhersehungen vergleichbar war. Es floss wie ein heißer Strom, kribbelte und blieb schließlich in ihrer Magengegend hängen. Dann formulierte sich der Gedanke in ihrem Kopf.

Der Brief, den Magalie verschickt hat. Dieser Brief, den ihr Großvater vergessen und der erst siebenundsiebzig Jahre später sein Ziel erreicht hatte, musste der Schlüssel zu allem sein.

„Fühlen Sie sich stark genug, mit mir zusammen Magalie Dubois zu besuchen? Den Schlüssel zu allem hat sie. Sie weiß es nur noch nicht."

Karine saß in einem einfachen Rollstuhl und ließ sich von Sidonia den Gang entlangschieben, auf dem nur ein paar Zimmer weiter Magalie Dubois lag.

Sie traten ein und fanden die junge Frau im Bett sitzend vor. Auf der Bettkante saß ein junger Mann.

Magalie blickte die Besucherinnen irritiert an. „Ich glaube, Sie haben sich in der Tür geirrt", sagte sie. Dann erkannte sie die Frau im Rollstuhl.

„Aber Sie sind doch Madame Pasquier, nicht wahr?"

Die alte Frau nickte. „Ja, wir kennen uns durch unsere Berufe, nicht wahr?"

Magalie nickte.

„Guten Tag, Mademoiselle Dubois", begann jetzt Sidonia. „Entschuldigen Sie, dass ich als Fremde Sie hier aufsuche. Mein Name ist Sidonia Okebe. Ich würde Sie wahnsinnig gerne sprechen, wenn es Ihnen nicht zu viel wird. Eine junge Freundin von mir ist die Innenarchitektin des Landhauses in den Weinbergen, wissen Sie…"

„Jetzt reicht es aber!" Der junge Mann, der auf der Bettkante saß, sprang auf. „Meine Schwester hat viel durchgemacht und braucht noch Ruhe. Der Polizei wurde schon ein Besuch verwehrt und da wagen Sie…"

„Lass gut sein, Jerôme", bat Magalie. Dann wandte sie sich an Sidonia. „Haben wir uns nicht schon einmal gesehen? Sie kommen mir bekannt vor."

Sidonia lächelte. „Das stimmt. Ich habe Sie vor zwei Tagen in der Hotelhalle beinahe umgerannt."

Jetzt lächelte sogar Magalie ein wenig. Ganz sacht und nur ganz kurz.. „Stimmt. Es war der Tag, an dem ich entführt wurde."

Sidonia trat unter den wachsamen Augen von Jerôme näher an das Bett. Sie legte ihre Hand auf die von Magalie. Die Berührung hatte etwas so Beruhigendes, dass es Magalie wie ein Strom durch den Körper floss. Sie starrte die Frau verwirrt an. „Was war das?", fragte sie.

„Ich versuche nur, Ihnen Ruhe zu übermitteln. Das geht ebenso, wie Freude oder schlechte Laune."

„Hören Sie bloß mit solchem Hokuspokus auf", schimpfte Jerôme.

„Schon gut, Jerôme, es hat sich gut angefühlt. Und mal ehrlich – wir kennen das doch? Wenn eine Person in unserer Nähe ist, die uns nicht mag, dann spüren wir das beinahe körperlich. Nicht wahr?"

Er knurrte kurz etwas Unverständliches und setzte sich wieder auf die Bettkante.

„Also – was ist mit Ihrer Freundin, der Innenarchitektin?" Magalies Blick schweifte zu Karine. „Und was ist mit Ihnen geschehen? Warum sind Sie hier im Krankenhaus?"

„Das hängt alles irgendwie zusammen und ist nicht ganz einfach erklärt", begann Sidonia vorsichtig. Sie wollte die junge Frau nicht überfordern, sie schien noch unter Schock zu stehen, wenn die Polizei nicht einmal zu ihr durfte.

„Alexandra Werle steckt wie Sie selbst und auch Madame Pasquier in einem undurchsichtigen Netz, das wir noch nicht entwirren können. Weder die Polizei, noch ein Privatdetektiv, den meine Freundin und ich beauftragt haben. Auch ich kann es nicht, obwohl ich als Hellseherin bekannt bin." So sehr Sidonia diesen Begriff hasste, so sehr schien er ihr in diesem Moment und in diesem Zusammenhang doch am Passendsten. Er drückte die Möglichkeit aus, dass sie die Zusammenhänge dank einer höheren Macht erkennen könnte. Ganz anders war das bei einer Kartenlegerin oder Lebensberaterin.

„Sie wurden entführt, Magalie. Meine Freundin Alexandra wurde bedroht. Man ließ sie wissen, dass ihr etwas zustoßen würde, wenn sie weiter nach ihrem Freund Patrick Köhler suche."

„Der verschwundene Deutsche."

Sidonia nickte. „Genau."

„Auch das Ehepaar Pasquier wurde überfallen und unter Drogen gesetzt", erklärte Sidonia vorsichtig. Sie konnte es

258

kaum umgehen. Magalie hatte ja schon gefragt, warum Karine hier war.

„Sie auch?", fragte sie entsetzt und blickte Karine an.

„Ja. Es hängt irgendwie mit dem Haus zusammen. So weit wir inzwischen wissen, sind dort wertvolle Antiquitäten und Schmuck versteckt gewesen." Karine hatte nicht vor, zu erläutern, dass Xavier diese gefunden hatte, dass sie sogar Schmuckstücke davon getragen hatte. Es war vollkommen unwichtig.

Magalie zog die Nase kraus. „Aber ich verstehe noch immer nicht. Wie kann ich Ihnen helfen? Ich bin ebenso Opfer wie Sie und diese Alexandra."

Wieder nickte Sidonia und zog Magalies Aufmerksamkeit erneut auf sich. Sie hoffte, dass die junge Frau nicht nach Xavier fragen würde. Das wäre sicher zu viel für sie. Dass Karine etwas sagte, glaubte sie nicht. Sie war einfühlsam genug, um zu erkennen, dass Magalie diese Nachricht noch nicht verkraften konnte.

„Das ist schon richtig. Aber erinnern Sie sich wirklich an gar nichts?"

„Nein." Die Antwort kam zögernd.

„Irgendetwas, das kurz vor Ihrer Entführung war? Oder später?"

„Nein – da .... Da war dieses Auto, in das ich hineingezerrt wurde."

„Wie sah es aus?"

„Dunkel. Schwarz. Nein – eher ziemlich dunkel, aber nicht richtig schwarz."

„Na das ist doch schon etwas", freute sich Sidonia.

„Aber danach ist alles weg. Wirklich. Ich weiß nicht mal, wohin sie mich gebracht haben. Aber wir sind schon eine Weile gefahren."

Sie begann leise zu weinen.

„Ich glaube, jetzt reicht es wirklich", begehrte Jerôme auf.

„Glauben Sie mir, ich will Ihrer Schwester nichts Böses. Aber wir müssen dem Ganzen doch auf die Spur kommen. Auch im Sinne Ihrer Schwester."

„Ich würde sagen, das ist Sache der Polizei. Nicht Ihre."

Sidonia neigte leicht den Kopf. „Da haben Sie wohl recht. Ich dachte nur, wir stecken halt alle gemeinsam darin. Aber ich möchte Sie wirklich nicht zu sehr aufregen", wandte sie sich dann an Magalie und legte wieder ihre Hand auf die der jungen Frau. Sie war nicht so schlaff und so dünn wie es Karines gewesen war.

„Schon gut. Sie haben schon recht. Ich zermartere mir ja auch schon selbst das Hirn."

„Es hat irgendwie mit dem Brief zu tun, den Ihr Großvater all die Jahre aufbewahrt hat", meinte Sidonia.

Magalies Augen weiteten sich. „Der Soldat aus dem Krieg. Ja, irgendwie hat alles damit angefangen. Laurent und ich haben einen Nachfahren aufgespürt. Aber ich erinnere mich einfach nicht an den Namen."

Sidonia schwieg. Manchmal war die Stille der beste Verbündete. Sie hoffte, dass auch Jerôme nicht wieder lospreschen würde mit seinen Vorwürfen. Obwohl sie ihn wirklich verstehen konnte. Da stürmte sie als völlig Fremde in das Krankenzimmer und rührte in den Wunden herum.

„Er hieß nicht Pohlmeier wie der Soldat, da bin ich ganz sicher. Aber ich kann mich nicht erinnern, wie er hieß." Plötzlich erhellte sich ihr Gesicht und sie blickte Sidonia in die Augen. „Doch. Er hieß Guido. Ja genau. Ich weiß noch, dass ich etwas kichern musste, weil der Name so ähnlich klingt wie le guidon."

Sidonia schmunzelte. Le guidon – der Lenker.

„Sie machen das sehr gut", lobte sie.

„Uhland. Er hieß Uhland", ergänzte Jerôme plötzlich.

Magalie strahlte über das ganze Gesicht. „Ja, das stimmt."

„Du hast ihn mal erwähnt. Ich habe ihn mir gemerkt, weil die ganze Situation ja schon ziemlich ungewöhnlich war."

Sidonia drückte Magalies Hand.

„Ja, jetzt weiß ich es auch wieder. Ich bin ganz sicher. Guido Uhland. Es war eine Adresse in Stuttgart, aber die Straße weiß ich wirklich nicht mehr. Die müsste aber in meinem Handy stehen, aber das ist leider verschwunden. Wahrscheinlich haben meine Entführer mir das abgenommen. Ich weiß nicht. Ich war auf jeden Fall niemals selbst bei dem Mann. Ich habe aber später einen kurzen Brief bekommen, in dem er mir dafür dankt, dass ich ihn ausfindig gemacht habe und eine Nachricht quasi aus dem Jenseits verschickt habe. Puh, es fühlt sich gerade an, als würde sich ein Schleier heben. Wie haben Sie das gemacht?" Magalie strahlte richtig.

Sidonia hob die Augenbraue. „Wie ich das gemacht habe? Ich bin keine Zauberin, junge Frau. Ich habe gar nichts gemacht."

„Oh, ich glaube schon. Aber egal. Jetzt wird alles gut, nicht wahr? Jetzt finden Sie meine Entführer und den Mörder von Laurent, nicht wahr?" Sie sagte es in einem etwas kindlichen Vertrauen. Ob es ganz so einfach war, wusste Sidonia nicht. Sie hoffte es. Sie hoffte es aus ganzem Herzen und dass sie mit der Aufklärung dieser Verbrechen Patrick wohlbehalten finden würden.

Sie nickte der jungen Frau aufmunternd zu. „Ich glaube fest daran", sagte sie. „Und jetzt lassen Madame Pasquier und ich Sie wieder mit Ihrem Bruder allein. Entschuldigen Sie die Störung."

„Für mich war es am Ende gut", meinte Magalie.

„Das bleibt abzuwarten", murrte Jerôme.

Magalie ignorierte ihn.

„Gute Besserung, Madame Pasquier, auch für Ihren Mann", wünschte Magalie.

Karine stutzte einen Augenblick, aber sie sagte nichts, sondern nickte ihr nur leicht zu. Sidonia hatte sich nicht geirrt, sie hatte Einfühlungsvermögen.

„Ich würde dem Privatdetektiv gerne die Adresse des Gudio Uhland sagen. Steht die Adresse vielleicht auf dem Brief und haben Sie den noch?", erkundigte sich Sidonia.

Magalie nickte. „Ja, der Brief müsste in meinem Schreibtisch sein, aber ich bin mir nicht sicher, ob das Couvert auch noch da ist. Und auch nicht, ob der Absender draufstand."

„Es wäre sehr nett, wenn Sie das überprüfen könnten und der Polizei und auch mir die Adresse schicken könnten?"

„Ja natürlich", bestätigte Magalie. „Jerôme, kannst du das machen?"

Der junge Mann nickte. „Ja sicher."

Sidonia reichte Magalie eine Visitenkarte mit ihrer Handynummer.

„Auf Wiedersehen, Magalie", sagte sie herzlich.

„Besuchen Sie mich mal wieder, Madame Okebe?" Sidonia war den Bruchteil einer Sekunde verwirrt, weil Magalie sie mit Madame ansprach, die Anrede, die Sidonia sich als Kartenlegerin zugelegt hatte. Doch dann fiel ihr ein, dass sie ja in Frankreich war und Madame hier die übliche Anrede war.

„Das werde ich", versprach Sidonia.

Fabrice und Philippe waren auf dem Weg zu Magalies Eltern, als das Handy summte. Fabrice ging ran.

„Hallo, hier spricht Jerôme Dubois. Der Name des Briefempfängers ist uns gerade wieder eingefallen."

„Tatsächlich?" Fabrice schaute Philippe an, der am Steuer saß. Sein Gesichtsausdruck zeigte eine gewisse Anspannung. Der Name konnte sie einen gehörigen Schritt weiterbringen.

„Uhland. Guido Uhland. Wir können Ihnen zurzeit nur leider nicht die Adresse nennen. Magalie hatte sie im Handy gespeichert, aber das ist ja verschwunden. Aber sie hat einen Dankesbrief bekommen. Wenn ich gleich zuhause bin, werde ich nachsehen, ob dort die Adresse steht. Magalie ist sich nicht sicher, ob sie das Couvert auch aufgehoben hat."

„Vielen Dank, Monsieur Dubois. Die Adresse werden wir schon in Erfahrung bringen."

Er legte auf. „Alles hängt irgendwie mit diesem Brief zusammen. Allmählich finden wir immer mehr Puzzlestücke."

Philippe nickte. „Und wie passen wieder die Fingerabdrücke darein, die wir gefunden haben? Die, die zu dem jungen Burschen aus Stuttgart gehören?"

Fabrice hob die Schultern. „Das Puzzlestück müssen wir noch einfügen.

„Ja."

Bruno folgte seinem Instinkt und fuhr zu der Immobilienmaklerin Sylviane Tremblay. Er wusste, dass die Polizei sie bereits verhört hatte, aber irgendeine kleine, nervige innere Stimme sagte ihm, dass sie mehr wissen musste als sie gesagt hatte. Vielleicht sogar mehr, als ihr bewusst war.

Er blieb einen Augenblick vor dem imposanten Gebäude stehen, bevor er es mit festen, weit ausholenden Schritten betrat. Nur keine Schwäche durchblicken lassen.

Die Sekretärin am Empfang wollte ihn ohne Termin nicht vorlassen.

„Junge Frau", sagte er mit deutlichem Ärger in der Stimme auf Englisch. Er ging davon aus, dass man diese Sprache in einem solchen Geschäftshaus sprach. „Wir haben genau zwei Möglichkeiten. Sie führen mich jetzt zu Madame Tremblay oder ich öffne einfach jede dieser Türen und schaue nach, wen ich dahinter finde. Das kann unmöglich in Ihrem Interesse sein."

Die unnahbare, perfekt gestylte Fassade der jungen Frau begann deutlich zu bröckeln. Als sie etwas sagen wollte, hob Bruno provokant sein Kinn und machte Anstalten, sich umzudrehen, um die nächste Tür aufzureißen. Sofort lief sie um ihren Schreibtisch herum und stellte sich ihm in den Weg. Trotz ihrer hohen Absätze war sie deutlich kleiner als er und sehr zierlich gebaut war – sie war auf keinen Fall imstande, ihm körperlich etwas entgegenzusetzen. Das erkannte sie offensichtlich auch. Sie stöhnte hörbar und bot schließlich an, ihn bei Madame Tremblay anzumelden.

Er nickte und geduldete sich.

Er verstand nicht, was sie sagte, denn sie sprach jetzt Französisch, Ihrem Ton und ihrem abschätzenden Blick nach zu urteilen, nahm er an sie sagte in etwa: „Hier steht ein sehr gereizter unfreundlicher Mann, der Sie unbedingt zu sprechen wünscht – nein, er ist kein Kunde. Er sieht auch nicht so aus, als könnte er sich eine Immobilie von uns leisten."

Sie legte auf und forderte Bruno schließlich auf, ihr zu folgen.

Er grinste vor sich hin. Solche Situationen waren ihm nicht ganz unbekannt. Die meisten Empfangsdamen waren nicht gewillt, sich komplett mit ihm anzulegen, um ihren Chefs dieses Ungemach zu ersparen.

Sylviane Tremblay stand hinter ihrem Schreibtisch, als er eintrat.

Er wunderte sich über ihre imposante Erscheinung und war sich sehr sicher, dass sie dies bewusst ausspielte. Er konnte nicht erkennen, wie hoch ihre Absätze waren, aber sie schien fast seine Größe zu haben. Ihre kurzen Haare waren straff nach hinten gekämmt, was ihr ein strenges, geschäftsmäßiges Aussehen verlieh. Sie trug ein cognacfarbenes Kostüm.

Sie reichte ihm nicht die Hand, als sie ihn auf Französisch ansprach. Bruno ließ sich seine Verwunderung darüber nicht anmerken. Hatte die Sekretärin ihr nicht gesagt, dass er kein Französisch sprach?

„Mein Name ist Bruno Feldmann. Ich bin Privatdetektiv und im Auftrag von Alexandra Werle von der Firma Danner GmbH hier – Frau Werle kennen Sie ja, die Kollegin von Patrick Köhler", erläuterte er auf Englisch.

Sie antwortete wieder auf Französisch, gab vor, ihn nicht zu verstehen, was Bruno verärgerte. Er trat näher, blieb vor dem Schreibtisch stehen und stützte sich mit den Händen auf.

„Nun hören Sie mir mal gut zu, Madame Tremblay", begann er. Seine Stimme war ruhig, aber der harte Unterton, der keinen Raum Einschüchterungsversuche ließ, war auch nicht zu überhören. „Sie sind eine erfolgreiche Geschäftsfrau, eine Immobilienmaklerin, die auch mit Ausländern verhandelt. Machen Sie sich also nicht unglaubwürdig und werten Sie sich nicht selbst ab, indem Sie vorgeben, kein Englisch zu sprechen. Und unterschätzen Sie bitte auch nicht meine Intelligenz. Darauf reagiere ich äußerst allergisch."

Sekundenlang standen sie sich gegenüber wie zwei Kontrahenten, sahen sich in die Augen. Jeder hielt dem Blick des anderen stand.

Dann stöhnte Sylviane genervt und ließ sich auf ihrem Stuhl nieder. Mit der Hand deutete sie an, dass auch Bruno sich setzen durfte.

„Na also, geht doch", knurrte er auf Deutsch und setzte sich.

„Vorsicht, Monsieur Feldmann, ich verstehe sogar Deutsch", sagte sie mit einem deutlichen Akzent. „Wie übrigens viele Menschen im Grenzgebiet."

„Noch besser. Dann suchen Sie sich aus, in welcher Sprache wir uns unterhalten. Deutsch oder Englisch."

Sie neigte leicht den Kopf, was aber keineswegs demütig, sondern eher hoheitsvoll wirkte. „Dann wähle in Englisch. Das ist wenigstens für uns beide eine Fremdsprache."

„Von mir aus."

„Also, womit kann ich Ihnen helfen? Ich habe nicht ewig Zeit."

„Ich möchte mit Ihnen über das Landhaus sprechen."

„Welches Landhaus?" Sie werkelte auf ihrem Schreibtisch herum, machte irgendwelche Notizen, von denen Bruno glaubte, dass sie dies nur machte, um möglichst geschäftig und desinteressiert zu wirken.

„Welches Landhaus, welches Landhaus. Ich bitte Sie – das Landhaus der Eheleute Pasquier natürlich. Das die Firma Danner gekauft hat."

Sylviane stöhnte. „Was sollte es dazu noch zu besprechen geben?"

„Aber Madame, Sie wissen doch, dass es im Zusammenhang mit dem Haus unangenehme Ereignisse gab. Von Patrick Köhler gibt es noch immer keine Spur, Madame Okebe und Madame Werle wurden bedroht und Magalie

Dubois wurde entführt und unter Drogen gesetzt, so dass sie sich an nichts erinnern kann. Ebenso das Ehepaar Pasquier. Xavier ist verstorben."

Jetzt hielt sie endlich inne und richtete ihre Aufmerksamkeit auf den ungeduldigen Gast. Die Nachricht hatte sie berührt. „Xavier Pasquier wurde unter Drogen gesetzt und ist tot?"

„Ja genau. Leider kann Madame Pasquier sich an nichts erinnern, ebenso wie Magalie vor ein paar Tagen. Wir wissen also nicht, was die Täter wollten."

Sylviane hatte sich wieder gefangen. „Das tut mir schrecklich leid. Ich habe beiden wirklich gewünscht, dass sie noch ein paar wunderbare Jahre in Colmar verbracht hätten. Aber nichts desto trotz – was habe ich damit zu tun?"

Bruno lehnte sich vor und stützte sein Kinn auf seine Faust. Er sah Sylviane direkt in die Augen. „Madame, ich war zweimal beim Haus und habe es einmal verwüstet vorgefunden und beim zweiten Mal habe ich eine Leiche entdeckt – Laurent Bouchard – ach, das habe ich bei meiner Aufzählung ganz vergessen: ein weiteres Opfer des Landhauses in den Weinbergen. Jeder, der damit zu tun hat…"

„… wurde bedroht oder ihm ist sogar etwas zugestoßen, ich habe das verstanden", erwiderte sie unwirsch.

„Und da fragen Sie immer noch, warum ich zu Ihnen komme? Auch Sie hatten mit dem Haus zu tun. Sie haben den Kauf abgewickelt. Sie müssen des Öfteren dort gewesen sein. Haben es angesehen, haben den Grundriss studiert, haben Interessenten hindurchgeführt. Madame Tremblay – und da soll Ihnen nicht ein einziges Mal etwas aufgefallen sein? Das hat doch alles zeitgleich begonnen. Also bitte…"

Sie wurde unruhig. „Nein, ich kann wirklich nicht sagen…"

„Verarschen Sie bitte die Herren von der Polizei, wenn die Ihnen glauben. Nicht mich", fuhr Bruno sie an.

Sie erhob sich. Jetzt hatte sie sich gefangen und fühlte sich wieder ganz Herr der Lage. So redete keiner mit ihr. Sie hatte nicht so hart für ihre Karriere gearbeitet, um sich von Männern derartig abkanzeln zu lassen.

„Monsieur, ich glaube, Sie gehen jetzt besser. Ich habe zu tun."

Er blickte grinsend zu ihr auf. Hoppla, da hatte er aber einen Nerv getroffen. Er machte keine Anstalten, sich zu erheben.

„In Ordnung, Madame. Es tut mir leid, aber ich bin sehr ungehalten über alles, was geschehen ist. Madame Okebe ist eine gute Freundin von mir und Madame Werle meine Auftraggeberin. Die anderen Herrschaften kenne ich kaum, aber das, was ihnen zugestoßen ist, lässt mich nicht kalt. Und es hat mit dem Haus zu tun. Also bitte – wenn Ihnen irgendwann einmal etwas aufgefallen ist, dann reden Sie!"

Alexandra wusste kaum, wohin mit ihrer Unruhe. Sie versuchte es mit Sport und joggte an der Lauch entlang, aber das Richtige war das auch nicht. Sidonia war noch nicht aus dem Krankenhaus zurückgekehrt und Bruno war zu der Maklerin gefahren. Aber das hatte er ihr schlicht über WhatsApp mitgeteilt, sodass sie keine Möglichkeit gehabt hatte, sich anzuschließen. Aber vielleicht wollte er das auch gerade nicht.

Da – ihr Handy gab den Ton für eine WhatsApp Nachricht von sich.

„Komme jetzt nach Hause und erzähle, was ich herausgefunden habe. Bis gleich, Sidonia."

„Ja, bis gleich", murmelte Alexandra vor sich hin und trabte zurück zum Hotel.

Sylviane lehnte sich in ihrem Bürostuhl zurück. Ihr Gesichtsausdruck ließ sich nicht deuten. Bruno hatte keine Ahnung, was in ihr vorging. Worüber dachte sie nach? Er konnte nicht erkennen, dass sich in Sylvianes Kopf noch nicht lange vergangene Bilder abspulten:

Sylviane war zu dem Landhaus gefahren, um mit Xavier und Karine die letzten Details zu besprechen. Sie hatten sich für die deutsche Firma Danner GmbH als neuen Besitzer ihres Hauses entschieden. Für Sylviane war das keine große Überraschung gewesen. Sie hatte gespürt, dass die Sympathie zwischen dem älteren Ehepaar und dem jungen Patrick Köhler einfach vorhanden war. Der ganze Umgang miteinander war anders als mit den anderen Interessente. Außerdem hatte Köhler versprochen, keine wesentlichen Umbauten oder große Zusatzbauten vorzunehmen, die das Landschaftsbild verändern würden. Das sollte nun auch vertraglich festgehalten werden. Dazu hatte Sylviane bei einem Notar ein Schriftstück aufsetzen lassen. Wenn das nun von beiden Seiten unterzeichnet wurde, war der Verkauf rechtskräftig. Karine und Xavier konnten in ihre neue Villa nach Colmar ziehen, die auch Sylviane vermittelt hatte. Sie rieb sich die Hände, als sie aus dem Wagen stieg. Dieses Jahr lief richtig gut für sie.

Sie hörte das leise Klicken, als sie den Wagen per Fernbedienung verschloss und ging auf das Haus zu. Aus den Augenwinkeln heraus nahm sie einen dunkelblauen Kombi wahr, der am Waldrand geparkt war. Ein Mann stand davor und starrte einfach nur auf das Haus. Ein Wanderer schien das nicht zu sein, wieso sollte er sonst so starr dort stehenbleiben?

Kurzentschlossen änderte sie die Richtung und ging auf ihn zu.

Der Mann blickte ihr entgegen.

„Kann ich Ihnen helfen?", fragte sie.

„Gehört Ihnen das Haus?", fragte er statt einer Antwort.

„Nein, ich bin Immobilienmaklerin und verkaufe es gerade im Auftrag der Eigentümer", erwiderte sie wahrheitsgemäß. „Der Vertrag ist zwar noch nicht unterschrieben, aber die Entscheidung ist gefallen. Falls Sie Interesse daran haben, kommen Sie leider etwas zu spät."

Jetzt lächelte er kurz, aber unfröhlich auf. „Ich könnte mir so ein Anwesen kaum leisten."

Sie musterte ihn ungeniert und etwas geringschätzig.

Nein, sicher nicht, dachte sie. Er war ein wenig kleiner als sie und hatte eine Halbglatze, seine Figur war etwas dicklich, was grundsätzlich noch nichts über seine Vermögensverhältnisse aussagte. Aber seine Kleidung, der Wagen und seine ganze Erscheinung sprachen einfach nicht für einen vermögenden Mann.

„Warum interessiert Sie das Haus dann?", fragte sie.

Er hob die Schultern. „Mein Großvater soll im Krieg dort gewohnt haben", antwortete er. „Ich habe das durch einen Zufall erst jetzt erfahren."

„Das kann nicht sein, dieses Haus war lange von den Besitzern bewohnt und danach stand es eine Weile leer. Es gab Häuser, in denen Soldaten untergebracht waren oder auch Waisenkinder. Aber dieses Haus gehörte nicht dazu."

„Nicht?" Er schien überrascht zu sein.

„Nein. Vielleicht haben Sie sich geirrt und es handelt sich um ein anderes Haus. Sie sprechen gut Französisch, aber Sie sind kein Franzose, nicht wahr?"

„Nein, ich komme aus Stuttgart. Meine Familie lebt immer noch dort. Mein Großvater war im Krieg hier im Elsass."

„Ah, die deutsche Besatzung."

„Ja, ich glaube. Meinen Sie, ich kann das Haus einmal von innen sehen?"

Jetzt wurde es ihr zu viel. „Nein, da kann ich Ihnen leider nicht helfen. Wie gesagt, dies ist sicher nicht das richtige Haus. Am besten prüfen Sie Ihre Angaben noch einmal. Machen Sie doch eine kleine Wanderung in den Wald."

„Ja, danke."

Sie wandte sich ab und ging zum Haus. Sie hörte hinter sich den Wagen starten und als sie sich umwandte, fuhr er den Weg hinunter. Eine Wanderung wollte der wohl nicht machen. Sollte sie Karine und Xavier von dem Zusammentreffen erzählen? Ach was, es war ja nichts. Der wollte nur ein wenig auf den Spuren seines Ahnen wandeln. Er war nicht der Erste und würde nicht der Letzte sein. Kein Problem. Obendrein, da es die falsche Adresse war.

„Madame?", hakte Bruno jetzt doch nach. Er hatte geduldig gewartet, da sie offensichtlich etwas überlegte, aber nun wurde es ihm doch allmählich zu viel.

Sie schien durch seine Ansprache regelrecht zu erwachen.

Unvermittelt lehnte sie sich wieder vor. „Nun gut, Monsieur. Es gab da tatsächlich etwas."

Bruno hielt das Handy schon am Ohr, als er von dem Gebäude Richtung Auto ging. „Hallo Sido", meldete er sich, als er ihre Stimme vernahm.

„Es gibt etwas. Diese Maklerin hat bei einem ihrer Besuche in dem Landhaus einen Typ getroffen, der sich für das Haus interessierte.

Er war mit einem dunkelblauen Kombi dort, mit Freiburger Kennzeichen. In der Heckscheibe war eine Sonne. Der Mann hat behauptet, sein Großvater hätte im Krieg dort gelebt. Das aber kann überhaupt nicht sein, denn das Haus wurde weder als Hospital genutzt, noch als Waisenhaus oder sonst was."

Er konnte nicht sehen, dass Sidonia ein wenig blass geworden war. „Ein blauer Kombi sagst du?"

„Ja."

„Bruno, Alexa und ich haben einen blauen Kombi gesehen, als uns die Reifen zerschossen wurden und auch Magalie sagt, ihre letzte Erinnerung sei ein dunkler Kombi gewesen, in den sie gestoßen wurde."

„Scheiße. Und keiner kennt das komplette Nummern-schild."

„Natürlich nicht. Als wir den Wagen sahen, haben wir uns nur etwas geärgert, dass er nicht angehalten und uns geholfen hat. Es bestand absolut keine Notwendigkeit, den Fahrer des Wagens zu verdächtigen."

Bruno nickte, was Sidonia natürlich nur ahnen konnte.

„Bruno, ich bin gerade auf dem Parkplatz des Kranken-hauses – hier steht ebenfalls ein blauer Kombi mit Freibur-ger Kennzeichen.

„Hat er einen Sonnenaufkleber?"

„Ich muss nachsehen. Er hat rückwärts eingeparkt, des-halb sehe ich das Heck nicht. Ja, doch, da klebt einer!"

„Ich komme hin!", rief Bruno sofort.

„Bruno, das ist doch alles total verrückt, das wäre ein viel zu großer Zufall."

„Versuch macht klug."

Sidonia nickte und beendete wortlos das Gespräch.

Bruno fuhr los.

Sidonia setzte sich in ihren Twingo und wartete unruhig auf Bruno. Doch da kam ein Mann zurück und steuerte auf den Kombi zu. Verdammt, was sollte sie jetzt machen? Hatte sie den Typ nicht eben im Krankenhaus gesehen?

Er setzte sich in den Wagen und startete ihn.

Sidonia blickte sich hektisch um, aber Bruno war noch nicht zu sehen. Sie startete ihren Twingo und folgte dem blauen Kombi.

Philippe Allard legte den Hörer auf, nachdem er mit der Stuttgarter Polizei gesprochen hatte. „Interessante Neuigkeiten, Chef."

Fabrice Charpentier sah auf. „Wissen wir jetzt, wo wir den Mann finden? Diesen Guido Uhland?"

Philippe nickte. „Etwa eine halbe Stunde von hier. Direkt hinter der Grenze auf deutscher Seite."

„Na dann los."

Sidonia stand hinter dem blauen Kombi an einer Ampel und suchte auf dem Handy hektisch nach Brunos Nummer. Sie drückte darauf, die Ampel wurde grün. „Scheiße!", fluchte sie, aber sie schaffte es, anzufahren, ohne das Handy wegzulegen.

Hätte ich mich mal doch um meine Freisprechanlage gekümmert, dachte sie. Aber solche Situationen waren ja nicht vorherzusehen. Nicht mal von mir.

„Was ist?", bellte Brunos Stimme.

„Er ist weggefahren und ich folge ihm. Er fährt Richtung Wintzenheim."

„Ich komme hin! Wir dürfen ihn nicht verlieren."

Sie warf das Handy auf den Sitz ohne das Gespräch zu beenden. Sie brauchte jetzt beide Hände zum Lenken. Ja, das wusste sie auch, dass sie den nicht verlieren durfte. Aber sie war keine Detektivin oder Polizisten. Sie war es nicht gewohnt, Menschen zu verfolgen noch dazu durch den dichten Verkehr einer Stadt, die ihr größtenteils unbekannt war. Wie gut, dass sie dieses Mal nicht mit dem Bus gefahren war.

Philippe und Fabrice düsten bei Breisach über den Rhein und fuhren weiter Richtung Vogtsburg. Links und rechts von ihnen lagen Felder.

Noch bevor sie Vogtsburg erreichten, wies das Navi sie an, rechts auf einen einsamen Weg in die Felder abzubiegen. Das Navi geriet etwas durcheinander, danach fuhren sie inzwischen mitten durch die Felder und überhaupt nicht mehr auf einer Straße.

„He, lass uns jetzt nicht im Stich", bat Philippe und klopfte unsinnigerweise an dem Gerät herum.

Fabrice lachte.

Plötzlich sprang das Navi tatsächlich wieder um und zeigte die Strecke an. Offenbar hatte es nur den Satelliten verloren.

Philippe fuhr weiter, ließ sich von der Computerstimme leiten, bis er auf ein altes Steingebäude zufuhr, das völlig einsam dalag. Das Haus wirkte wie ein riesiger Hof. Das musste der neue Wohnort dieses Guido Uhland sein. Lange konnte er dort noch nicht leben. Magalie war sich ja sicher, ihren Brief nach Stuttgart geschickt zu haben. Aber sie waren ihm auf der Spur. Fabrice war sich sicher, den Fall in Kürze einem guten Ende zuführen zu können.

Was hatten die Stuttgarter Kollegen gesagt?

Dieser Uhland hatte in Stuttgart eine Art alternative Glaubensgemeinschaft geleitet, in der er vor allem gestrauchelte oder vernachlässigte junge Männer aufnahm. Er musste dort weg, nachdem man ihn der Veruntreuung von Geld und Manipulation der ihm Anvertrauten verdächtigt

hatte. Zusammen mit einem Partner und zwei seiner Bewohner ist er an den Kaiserstuhl gegangen.
Vielleicht zieht er hier dasselbe auf", meinte Philippe.

Sie lenkten den Wagen die Auffahrt hinauf und parkten auf einer kleinen Schotterfläche, auf der nur ein blauer Kombi stand.

„Sieh an", meinte Fabrice und wies zu dem blauen Kombi.

Philippe nickte. „Wir sind auf der richtigen Spur."

Sidonia kostete die Verfolgung des Kombis Nerven. An solche Dinge war sie nicht gewöhnt. Ihr Herz klopfte und das Blut rann heiß durch ihre Adern. Aber sie war sich absolut sicher, dass sie der Lösung des Falles auf der Spur war.

Sie sah, dass der Kombi vor einem kleinen Hotel stoppte und hielt ein Stück entfernt, damit der Fahrer sie nicht bemerkte. Sie hatte nicht besonders gut geparkt, vielleicht könnte sie andere Fahrzeuge sogar behindern, aber sie saß ja im Wagen und konnte sofort wegfahren, wenn jemand vorbeiwollte. Sie sah den Mann aussteigen und auf das Hotel zugehen. Als er im Haus verschwunden war, fuhr sie weiter vor, parkte ihren Twingo und nahm das Handy zur Hand.

„Hallo Bruno, ich stehe vorm Hotel *Grain de raisin*. Wo bist du"

„Gleich da."

Das Gespräch war beendet. Sidonia stieg aus, um besser sehen zu können, wenn Bruno mit seinem Mazda um die

Ecke bog. Sie stellte sich auf die Zehenspitzen und reckte den Hals, obwohl ihr das keinen besseren Überblick bot. Ah, da kam Bruno ja schon. Sidonia winkte. Er sah sie und fuhr direkt auf sie zu.

Alexandras Ungeduld verwandelte sich allmählich in Ärger. Wo zur Hölle blieb Sidonia? Sie hatte doch angerufen und gesagt, dass sie das Krankenhaus verlassen hatte. Da hätte sie doch längst hier sein müssen. Sie hatte auch schon eine WhatsApp geschickt, aber keine Antwort erhalten. Sie nahm ihr Handy zur Hand und versuchte es mit einem Anruf. Aber Sidonia ging nicht ran.

Da wird doch wohl nichts passiert sein?, dachte sie besorgt.

Philippe und Fabrice schlichen an dem Gebäude entlang. Sie versuchten, in die Fenster zu spähen. „Da sind Männer in langen hellgelben Gewändern", meinte Philippe.

„Das sieht vielleicht nicht nur aus wie ein Kloster, sondern ist auch eins", meinte Fabrice.

„Dann sind wir hier aber falsch oder?"

„Wieso?" Fabrice hob fragend die Augenbrauen.

„Na ein Mönch wird kaum unser Täter sein oder?"

Fabrice winkte lachend ab.

„Für einen Polizisten bist du aber noch ganz schön idealistisch. Na ja, sei erst mal so lange im Job wie ich. Dann weißt du, dass du Täter überall finden kannst. Auch Mönche sind nur Menschen."

Philippe verzog ein wenig den Mund. Ja, da konnte Fabrice schon recht haben. Leider.

„Gehen wir rein?", fragte er.

Fabrice nickte.

Okay, ich gehe da jetzt rein und versuche, ihn rauszulocken. Hast du ihn richtig gesehen? So, dass du ihn wiedererkennst?", fragte Bruno.

Sidonia schüttelte den Kopf. „Da bin ich nicht sicher. Ich bin ein Stück entfernt stehen geblieben, damit er mich nicht sieht. Wenn ich jetzt drüber nachdenke, war das eigentlich totaler Blödsinn. Er kennt mich ja nicht und hätte gar nicht über mich nachgedacht."

„Vielleicht. Aber das wissen wir nicht genau. Ist aber jetzt sowieso egal. Okay, was haben wir? Den Namen Guido Uhland. Aber die Zimmernummer wird man mir nicht geben und wenn Uhland nicht zu mir kommen will, komme ich nicht an ihn ran. Außerdem könnte er sich unter anderem Namen eingecheckt haben. Ich habe eine Idee. Warte hier."

Bruno warf einen prüfenden Blick auf den Kombi und ging dann zielstrebig auf das Hotel zu. Er stieg die Stufen hinauf und betrat das Gebäude. Es gefiel ihm auf Anhieb. Es war weder groß noch sehr feudal, aber es strahlte Gemütlichkeit aus, bei der man sich sofort zu Hause fühlen konnte. Er ging auf die Rezeption zu.

„Entschuldigung", begann er auf englisch.

„Ja? Kann ich Ihnen helfen?", fragte die junge Frau hinter der Theke.

„Ich hoffe", Bruno lächelte sie verbindlich an. „Mir ist ein Missgeschick passiert. Ich habe beim Ausparken ein anderes Fahrzeug gestreift. Ich nehme an, der Besitzer ist Gast hier."

„Wie ist denn das Kennzeichen? Ich kann nachsehen. Wir haben nämlich die Kennzeichen der Wagen notiert, damit wir kontrollieren können, dass keine fremden Wagen auf unserem Parkplatz stehen."

„Sehr umsichtig", lobte Bruno und nannte dann das Kennzeichen des Kombis.

„Ah, das gehört Monsieur Pohlmeier", sagte sie. „Ich rufe ihn sofort an."

„Vielen Dank. Ich warte draußen."

Sie nahm den Hörer zur Hand während Bruno das Gebäude verließ. Herr Pohlmeier also. Der Name des Soldaten. Der Name seines Vorfahren. Wie gut, dass er nicht nach Monsieur Uhland gefragt hatte.

Er strahlte Sidonia entgegen. „Kommt gleich."

„Schön. Ich habe inzwischen mit Alexandra gesprochen. Die war schon ganz wirr, weil sie sich nicht vorstellen konnte, wo ich so lange bleibe. Jetzt ist sie wieder normal nervös und wartet auf uns." Sie verzog den Mund. Arme Alexandra. Es war manchmal das Schwerste, in einer Warteposition verharren zu müssen.

Fabrice und Philippe läuteten die altmodische Glocke am Eingang.

Es dauerte eine Weile, aber dann öffnete ihnen ein junger Mann, der mit einem knöchellangen blassgelben Gewand mit einer leuchtend gelben Sonne auf der Brust bekleidet war.

„Licht und Freude", grüßte er und legte nach Yoga-Art die Hände vor der Brust voreinander und verbeugte sich leicht.

„Ja, ja, Guten Tag", murmelte Fabrice befremdet und zückte seinen Ausweis. Philippe grinste vor sich hin. „Wir sind von der Polizei in Colmar. Dürfen wir eintreten?", fragte er auf Französisch. Doch der junge Mann verstand ihn augenscheinlich nicht, deshalb wiederholte er seine Frage auf Englisch.

„Ich weiß nicht recht, wir lassen nur Besucher ein, die sich angemeldet haben", erwiderte der junge Mann. „Es stört sonst unseren Tagesablauf und unsere Meditationsrunden."

„Nun hören Sie mal zu", erwiderter Fabrice verärgert. „Die Spur von gleich mehreren Verbrechen führt hierher. Ihre Meditationsrunden sind mir gerade scheißegal."

Philippe war verwundert über den Tonfall seines sonst immer so souveränen Chefs. Er mutmaßte, dass er das absichtlich tat, um den jungen Mann zu verunsichern. Es schien zu funktionieren. Der Gelbgewandete zuckte zusammen. Dass so mit ihm gesprochen wurde, war er offenbar nicht gewöhnt. Aber er war gedrillt, gehorsam zu sein. Keine eigenen Entscheidungen zu treffen.

„Einen Augenblick, ich muss nachfragen", sagte er und verschwand. Dabei verschloss er die Eingangstür nicht vollständig.

Fabrice schob sie wieder auf und trat ein.

„Dürfen wir das?", fragte Philippe.

„Klar. Wenn nicht, hätte er die Tür ja wohl richtig zugemacht, nicht wahr?"

„Das ist aber eine sehr freie Auslegung", grinste Philippe.

Fabrice hob die Schultern. Es war ihm egal. Er war nicht bis hierher gefahren, um sich unverrichteter Dinge wieder zu verabschieden. Wenn die nichts zu verheimlichen hatten, würden sie der Polizei Rede und Antwort stehen.

Sie standen in einem ziemlich kahlen, mit naturfarbenen Fliesen ausgelegten Gang. An der Wand hingen Bilder von der Sonne, Gestirnen und Meditationen.

„Wo sind wir hier gelandet?", fragte Philippe. Fabrice antwortete nicht. Das war auch nicht nötig, denn sie wussten ja genau, wo sie waren. Philippe hatte nur seine Verwunderung ausgedrückt. Sie waren in einer Art Kloster, in einer Sekte. Bei den *Brüdern des Lichts*, wie die Stuttgarter Kollegen diese bezeichnet hatten.

Guido Uhland oder Herr Pohlmeier näherte sich mit großen Schritten. Seine ganze Haltung ließ darauf schließen, dass er sehr wütend war. Beim Näherkommen war das auch in seinem Gesichtsausdruck deutlich zu sehen.

„Sind Sie der Typ, der mein Auto angefahren hat?", rief er Bruno entgegen.

„Sind Sie Guido Uhland?", fragte Bruno statt einer Antwort.

Der Mann stockte in seiner Bewegung. Woher kannten diese Fremden seinen Namen? „Nein, ich bin Hannes Pohlmeier. Was ist jetzt mit meinem Wagen?" Er blickte Sidonia und Bruno finster an. Kein Wunder, er musste ja misstrauisch werden.

„Gar nichts."

Trotzdem rannte der Mann zu seinem Wagen und begutachteten ihn, strich mit den Händen darüber und suchte nach einer Beule.

„Was sollte diese Komödie?"

„Herr Uhland, wir suchen Sie, weil Sie der Empfänger eines Briefes sind, den Magalie Dubois Ihnen hat zukommen lassen."

Uhland zog die Nase kraus. „Was reden Sie für einen Unsinn! Ich kenne keine Magalie Wie?"

„Dubois", half Bruno.

Sidonia beobachtete den Fremden genau und wusste, dass er log. Er wurde eindeutig unsicher. Seine Stimme verlor an Kraft.

Auch Bruno spürte das.

„Ruf diesen Charpenteil an", bat Bruno Sidonia.

Sidonia verdrehte die Augen. Es war für Bruno offensichtlich unmöglich, sich den Namen zu merken. Oder machte er das etwa absichtlich? Möglich war auch das.

Sidonia nahm ihr Handy und suchte nach der gespeicherten Nummer.

„Ich werde jetzt auf jeden Fall wegfahren", beschloss Uhland.

„Warum? Sie wollten doch bis gerade eben nicht wegfahren. Wir haben Sie aus Ihrem Hotelzimmer gelockt."

„Aber jetzt will ich es. Haben Sie ein Problem damit?" Jetzt schrie er Bruno an. Aber wenn er glaubte, ihn damit einzuschüchtern, hatte er sich geirrt. In Bruno festigte das nur seinen Verdacht gegen den Mann.

„Ehrlich gesagt, ja. Wir warten jetzt zusammen auf die Polizei. Das kann Ihnen doch nicht so viel ausmachen. Wenn Sie nicht der Gesuchte sind, wird sich das schnell herausstellen und Sie können fahren, wohin Sie wollen. Im anderen Fall..." Bruno hob die Schultern.

„Gehen Sie mir aus dem Weg!", forderte der Mann aggressiv. Er ballte die Faust und stürmte auf Bruno los. Doch der parierte, bog dessen Arm nach hinten und drückte ihn gegen den Kombi.

„Au, Sie tun mir weh!"

„Schauen Sie, es macht doch überhaupt keinen Sinn. Selbst wenn ich Sie jetzt gehen lasse, was ich nicht tue, wird man Sie rasch finden. Sie müssen im Hotel ja Ihre Adresse hinterlassen haben. Außerdem haben wir Ihr Nummernschild. Also was ist?"

Der andere erschlaffte. Das war alles richtig, was der Fremde gesagt hatte. Und der Name, unter dem er sich angemeldet hatte, war auch nicht sehr einfallsreich. Hannes Pohlmeier, der Name seines Vorfahren, von dem das Tagebuch stammte.

Sidonia hatte der Szene bis jetzt schweigend zugesehen. Jetzt verkündete sie: „Fabrice Charpentier und Philippe Allard sind in Deutschland. Sie haben herausgefunden, wohin ein gewisser Guido Uhland von Stuttgart aus gezogen ist. Aber es kommen zwei Kollegen, die den Fall auch kennen." Sie grinste, während sie das sagte. Irgendwie machte es ihr Spaß, den Mann zu verunsichern. „Aber Sie kennen den Namen ja Namen Guido Uhland ja gar nicht, Richtig, Herr Pohlmeier?", setzte sie nach.

„Genau", brummte der wenig überzeugend.

Kapitel 17
Sa., 19. Juni 2021
- derselbe Tag im Breisgau -

Schließlich kam ein Mann Ende vierzig auf Fabrice und Philippe zu und hieß sie Willkommen. Der Mann trug eine Hose und eine leichte Tunika in der gleichen hellen Sonnenfarbe wie der junge Mönch zuvor.

„Licht und Freude. Ich bin Bruder Baldur. Darf ich fragen, was uns die Freude Ihres unerwarteten Besuchs verschafft?"

Philippe hätte am liebsten bei dieser schwulstigen und verlogenen Begrüßung gekotzt. „Es wäre nett, wenn Sie uns zuerst Ihren bürgerlichen Namen nennen würden, ist bei Behörden nun mal wichtig."

„Bitte." Bruder Baldur verzog leicht unwillig den Mund. „Mein Name ist Dirk Norden."

„Gut, Herr Norden, wir ermitteln in verschiedenen Fällen, die aber alle zusammengehören. Es handelt sich um Entführung, Bedrohung und Mord", berichtete Fabrice.

„Mord!", der andere schlug sich erschrocken die Hand vor den Mund.

Ist der wirklich so entsetzt oder tut der nur so?, dachte Philippe.

„Können wir uns irgendwo unterhalten?", fragte Fabrice, angenervt davon, dass sie immer noch in dem zugigen Flur standen.

„Oh ja natürlich. Folgen Sie mir bitte."

Fabrice und Philippe folgten Bruder Baldur den Gang entlang an dessen Ende er schließlich eine Tür öffnete und die beiden in eine Art kleines Wohnzimmer führte. Nur ein runder Tisch und vier unbequem wirkende Stühle standen hier.

„Bitte, nehmen Sie Platz", bot Bruder Baldur an.

„Darf ich fragen, was dies für eine Gemeinschaft ist?", fragte Philippe.

Bruder Baldur lächelte bemüht wohlwollend. „Wir sind eine Lebensgemeinschaft. Wir nehmen junge, gestrauchelte Männer auf und unterweisen sie in der Lebenskunst, wie ich es gerne nenne. Wir helfen ihnen, ihren Weg im Leben zu finden, sich den Widrigkeiten zu stellen und dennoch selbst wie ein Fels in der Brandung seinen Weg zu gehen und in sich selbst Kraft zu finden.

Es ist doch so, nicht wahr? Draußen in der Welt herrscht Machtkampf, Egoismus, Ellebogendenken, Karrieredenken. Hier sind wir unter uns, können Kraft im Gebet und an unserer Gemeinschaft finden."

Philippe lächelte ebenso wie der Mönch oder was immer er war. „Sie leben noch nicht lange hier, nicht wahr?"

Der Mönch legte seine Handflächen aneinander wie er es schon bei der Begrüßung getan hatte. „Wir sind Anfang dieses Jahres hierhergezogen.

„Und wovon leben Sie?"

„Vom Verkauf auf Märkten. Von unseren Produkten aus dem Garten. Wenn es Sie interessiert, zeige ich Ihnen gerne den Garten. Wir bauen das meiste selbst an. Außerdem sind einige unserer Mitbrüder handwerklich sehr geschickt und stellen Holzschnitzereien her, die wir ebenfalls verkaufen."

Wer's glaubt, dachte Fabrice. „Und vom Vermögen ihrer jungen Mitbrüder?"

Wieder folgte dieses süffisante, irgendwie falsche Lächeln.

„Nun, es ist in jedem Orden üblich, eine Art Mitgift einzubringen, nicht wahr?"

„Sind die Mitbrüder aus Stuttgart mitgekommen oder haben Sie hier ganz neu angefangen, fragte Fabrice neugierig. Er hatte ein ziemlich genaues Bild davon, was in diesem merkwürdigen Orden vor sich ging. Oder sollte man nicht lieber Sekte sagen?

„Nur zwei Ehemalige sind aus Stuttgart mit hierhergezogen. Sie gehen uns inzwischen bei unserer sozialen Arbeit zur Hand. In Stuttgart gab es unschöne Zwischenfälle, bei denen junge Leute von ihren verblendeten Eltern zurückgeholt wurden."

„Ah. Natürlich."

Philippe grinste heimlich in sich hinein. Ihm war so klar, dass sein Chef am liebsten auf den Mönch losgehen würde, aber Fabrice wollte Baldur nicht verärgern, denn sie brauchten Informationen, die weit wichtiger waren als diese Gemeinschaft. Ob damit alles mit rechten Dingen zuging, konnte man später untersuchen.

„Hier lebt auch ein Guido Uhland", wechselte Fabrice das Thema.

Der Bruder lächelte. Wahrscheinlich ist sein Gesicht schon zur grinsenden Maske erstarrt, dachte Fabrice angewidert.

„Guido Uhland gibt es hier schon sehr lange nicht mehr. Aber Bruder Lucian lebt hier, ja."

„Natürlich, Bruder Lucian. Nun gut, können wir ihn sprechen?"

„Bedaure, er ist auf Reisen. Ein guter Freund starb in Colmar und er möchte ihm die letzte Ehre erweisen."

„Das heißt, Herr Uhland ist in Colmar?", rief Philippe ungläubig aus.

„Gewiss, Bruder Lucian ist in Colmar. Er kommt nach der Beisetzung zurück."

Fabrice stöhnte. Schöner Mist. Sie fuhren hierher, um diesen Uhland oder Lucian zu verhören und der war in Colmar. Aber umsonst war die Fahrt nicht gewesen. War schon interessant, diese Lebensgemeinschaft kennen zu lernen. Wenn es wirklich darum ging, dass es Geld oder Schmuck oder Antiquitäten in dem alten Haus zu finden gab, dann würde der es bestimmt für sich haben wollen.

„Wissen Sie, ob Bruder Lucian einen Brief aus Colmar bekommen hat?"

Fabrice und Philippe beobachteten Baldur genau. Einen winzigen Moment schienen dessen Gesichtszüge zu entgleisen. Doch er fing sich sofort wieder. „Nein, das wüsste ich wirklich nicht." Dann schien ihm plötzlich etwas einzufallen. „Sie sagten anfangs, Sie ermitteln in Fällen von Bedrohung und Entführung. Wie kommen Sie da auf uns?", fragte Bruder Baldur.

„Und Mord", betonte Fabrice. „Das besprechen wir mit Herrn Uhland persönlich."

Er stand auf, wandte sich zur Tür, drehte sich dann aber noch einmal um, als würde ihm gerade erst noch eine Frage einfallen. „Sagen Sie, kennen Sie einen gewissen Patrick Köhler?"

Täuschte Fabrice sich oder war da für den Bruchteil einer Sekunde ein Erschrecken in den Augen des anderen zu erkennen?

„Patrick Köhler sagen Sie?"

„Ja."

Bruder Baldur versuchte Zeit zu schinden. Er war sich nicht sicher, wie er reagieren sollte.

„Nein, den Namen habe ich nie gehört. War's das dann?"

Ah, jetzt versuchte er, sie loszuwerden. Als könnte Unfreundlichkeit ihn und Philippe dazu bringen, zu gehen.

„Noch nicht ganz. Mich interessiert noch der blaue Kombi da draußen. Haben Sie mehrere davon?"

Baldur war inzwischen sehr misstrauisch geworden. Hinter jeder Frage vermutete er eine Falle. Aber wie konnte er diese Frage nicht beantworten? „Wir haben zwei", erwiderte er deshalb zurückhaltend. „Wir brauchen schließlich Fahrzeuge."

„Natürlich. Um Produkte zum Markt zu transportieren zum Beispiel. Gemüse und Schnitzereien", meinte Fabrice gespielt verständnisvoll.

„Ja."

„Wo ist der zweite Wagen?"

„Bruder Lucian ist mit ihm nach Colmar gefahren."

„Ah ja, natürlich. Nun, dann schreiben Sie uns jetzt bitte noch auf, wo Herr Uhland in Colmar wohnt. In welchem Hotel ist er abgestiegen oder ist er bei Freunden untergekommen?" Er benutzte weiterhin bewusst den bürgerlichen Namen. Sollte dieser Dirk oder Baldur ruhig deutlich merken, dass er sie mit seinem scheinheiligen Gerede nicht hinters Licht führen konnte.

Bruder Baldur schaute die beiden Polizisten auch einigermaßen konsterniert an. Er wollte nichts sagen, er wollte seinen Kollegen und Freund nicht den Befragungen dieser beiden aussetzen. Scheiße, wie hatten die ihnen nur auf die Schliche kommen können. Na ja, bei näherer Betrachtung war das eigentlich kein Wunder. Es war zu viel passiert, was sie nicht eingeplant hatten. Der Verlauf hatte sich verselbstständigt und war einfach nicht mehr zu stoppen gewesen.

„Nun?", drängte Philippe.

„Ja, ist ja schon gut."

Bruno und Sidonia sahen den Polizisten und Guido Uhland lachend nach. Bruno rieb sich die Hände. „Das hätten wir. Gehen wir was essen?"

„Sehr gerne. Aber wir sollten Alexandra mitnehmen. Die wird vor Ungeduld bald platzen."

Guido Uhland alias Bruder Lucian wurde ins Polizeipräsidium gebracht. Er tobte und bezeichnete es als Unverschämtheit, dass ein Mann wie er, ein gottesfürchtiger Mann, der nur für das Wohl seiner ihm Anvertrauten arbeitete und wirkte, von der Polizei in Gewahrsam genommen wurde. Dass es einem Proleten wie Bruno erlaubt wurde, ihn zu verleumden. Es brachte alles nichts.

Einer der beiden Polizisten zückte sein Handy und rief die Nummer von Commissaire Charpentier an.

„Auf jeden Fall festhalten! Mensch, wir sind am Kaiserstuhl, um den zu finden. Wir sind in vierzig Minuten da – in dreißig."

Fabrice beendete das Gespräch und blickte seinen Kollegen triumphierend an. „Du glaubst nicht, was dieser Detektiv aus Deutschland geschafft hat."

„Uhland zu finden?"

„Ganz genau."

„Was ist mit diesem Patrick Köhler?", fragte Philippe, als sie wieder draußen standen. „Der kannte ihn doch oder nicht?"

„Oh ja. Er wurde ganz unsicher, wusste nicht, wie er reagieren sollte. Zugeben oder Verneinen. Ich würde gerne eine Weile hier bleiben und observieren. Andererseits wartet dieser Uhland auf dem Revier auf uns."

„Was hältst du davon, wenn ich hier bleibe? Ich könnte mich zwischen den Büschen verstecken und den Eingang im Auge behalten."

Fabrice überlegte einen kurzen Augenblick, dann nickte er. „Das ist eine gute Idee. Komm, setzen wir uns ins Auto und fahren ein Stück. Falls uns jemand vom Fenster aus beobachtet, soll er denken, dass wir wegfahren. Ich halte, sobald wir außer Sichtweite sind und du gehst zurück und hältst dich versteckt. Ich rufe an und beordere jemanden her, der dich unterstützt. Du musst ja auch irgendwie nach Colmar zurückkommen."

Philippe nickte. Dann kam ihm eine Idee. „He, wie wär's mit diesem Detektiv?"

„Was?" Fabrice verzog das Gesicht. „Ich gebe mir seit Tagen alle Mühe, ihn von uns fernzuhalten und jetzt soll ich ihn praktisch um Amtshilfe bitten?"

Philippe grinste. „Amtshilfe ist das ja nicht gerade. Nur Hilfe."

„Schon klar", brummte Fabrice.

„In diesem Fall könnte man das doch mal machen. Wir ziehen am gleichen Strang. Er hat ein echtes Interesse an der Aufklärung. Er hat Uhland aufgestöbert und er ist Deutscher. Notfalls könnten wir ihn ins Kloster einschleusen ohne dass jemand damit rechnet, dass er ein französischer Polizist ist oder auch nur ein Franzose. Nicht der kleinste Akzent." Philippe grinste. Er freute sich über seinen Einfall und er sah Fabrice an, dass dieser tatsächlich darüber nachdachte.

„Okay, ich rufe den Typen an. Untereinander könnt ihr euch ja auf Englisch verständigen."

„Siehst du."

„Jetzt aber los, sonst haben sie Köhler rausgeschleust, so lange wir hier quatschen. Falls sie ihn im Kloster versteckt halten."

Philippe salutierte scherzhaft, sprang aus dem Wagen und lief zum Haus zurück, immer darauf bedacht, nicht gesehen zu werden.

Fabrice seufzte und wählte Sidonias Handynummer aus. Sicher war die sowieso mit Bruno und Alexandra zusammen. Er musste diesen Detektiv genau instruieren, damit er nicht mit dem Wagen zu nah ans Gebäude heranfuhr und... ach Unsinn, das war der Job des Typen. Observieren konnte der.

„Ja, Herr Feldmann sitzt direkt neben mir. Wir nehmen gerade in Frau Werles Zimmer einen kleinen Imbiss zu uns."

Sidonia reichte das Handy weiter. „Es ist der Commissaire", erklärte sie dabei.

„Feldmann", meldete sich Bruno überrascht.

„Charpentier hier", meldete Fabrice sich auf Englisch. „Herr Feldmann, ich möchte Ihnen ein Angebot machen. Mein Kollege Allard und ich sind am Kaiserstuhl und haben eine Art Kloster aufgesucht, in der Herr Uhland als Bruder Lucian junge Männer manipuliert. Egal, ich kann das jetzt nicht in aller Breite erklären, ich muss zum Präsidium und Herrn Uhland befragen. Philippe Allard bleibt hier. Wir brauchen jemanden, der zu seiner Unterstützung herkommt und das Kloster observiert, vielleicht sogar undercover hineingeht, denn wir vermuten Monsieur Köhler dort. Wenn Sie mögen..."

Bruno hatte bereits nach dem ersten Satz den Lautsprecher angemacht, so dass Sidonia und Alexandra mitgehört hatten. Sein Gesicht strahlte.

„Da fragen Sie noch?", rief er aufgeregt aus. „Natürlich will ich. Geben Sie mir die Adresse und ich bin schon unterwegs."

Alexandra sprang auf und brachte einen Notizblock und Stift.

Bruno notierte die Adresse, die Fabrice nannte. Der Commissaire betonte noch, dass Bruno auf keinen Fall ganz bis zum Kloster fahren solle, damit man ihn nicht entdeckt, schon gar nicht zusammen mit Philippe."

„Ich bin kein Amateur", erwiderte Bruno mit einem Anflug von Beleidigtsein.

„Schon gut. Also Sie fahren los? Dann brauche ich keinen Kollegen herbeordern."

„Ich bin schon unterwegs."

In der Tat stand er schon am Tisch und schüttete sich den Rest seiner Cola in einem Schluck durch die Kehle.

„Tschau Mädels, ich muss los. Ein Glück, dass ich keinen Wein trinke wie ihr!", rief er und war schon im Begriff zu starten.

„He, mein Handy!", rief Sidonia ihm nach.

Er warf es ihr zu und lief los.

„Commissaire?", fragte Sidonia in das Handy. „Sind Sie noch da?"

„Ja. Es wäre nett, wenn Sie mir die Handynummer von Herrn Feldmann per SMS zukommen ließen. Die habe ich nämlich nicht und werde sie dann auch meinem Kollegen schicken. Ich muss mich jetzt beeilen."

„Ja, mache ich." Sie war sich nicht sicher, ob er das noch gehört hatte, denn das Gespräch war schon unterbrochen.

Bruno fuhr los und tippte an der nächsten Ampel die angegebene Adresse in sein Navi. Da – die Ampel sprang um und er war noch nicht ganz fertig. Er konnte im Stadtverkehr nicht beides bewältigen, so fuhr er weiter und ließ Colmar hinter sich – die Richtung wusste er ja erstmal.

Danach, als er mitten durch Felder fuhr, tippte er weiter. Er wusste, dass es blöd war - die zwei Minuten hätte er auch gehabt, bevor er losfuhr. Außerdem war es wirklich nicht in Ordnung – telefonieren durfte man nicht, aber ein Navi programmieren? Es war ihm egal. Er wollte sich die zwei Minuten, um anzuhalten nicht nehmen.

Er brauste durch die Felder und wartete darauf, dass das Navi einen Satelliten gefunden hatte und endlich zu ihm sprach. Er war mächtig erfreut und stolz darauf, dass die Polizei ihn zur Unterstützung des jungen Commissaire hinzugezogen hatte.

Sidonia und Alexandra schlenderten an der Lauch entlang. Alexandra war ein Nervenbündel und so hatte Sidonia vorgeschlagen, einen Spaziergang zu machen. „Wir können doch nicht durch Colmar bummeln, während Bruno sich in Gefahr begibt", wandte Alexandra ein.

„Nein?", fragte Sidonia verwundert. „Kannst du ihm mehr helfen, wenn wir hier im Zimmer Panik schieben?"

Einen Augenblick herrschte Stille, dann schüttelte Alexandra den Kopf. „Nein, natürlich nicht."

„Denkst du, dass jetzt alles wieder gut wird? Denkst du, dass Patrick lebt?", fragte Alexandra.

Sidonia hatte schon eine Antwort auf den Lippen. Dass sie das nicht wissen könne, dass man abwarten müsse. Aber was sollten diese Floskeln? Sie setzte sich auf eine Bank und schaute zu Alexandra auf. „Komm, gib mir deine Hand."

Wortlos ließ sich die junge Frau ebenfalls auf der Bank nieder und reichte Sidonia ihre Handinnenfläche.

„Kannst du dort sehen, was mit Patrick los ist?"

„Nein. Nur, was mit dir los ist. Es wird wieder mehr Ruhe in dein Leben einkehren."

Alexandra lachte grimmig auf. „Das kann ich mir auch so denken. Irgendwann muss diese Sache ja zu Ende gehen."

„Da hast du recht. Und etwas Neues beginnt."

„Ach ja?"

„Ja." Sidonia lachte. „Mehr kann ich dir gerade nicht sagen. Tut mir leid."

„Können Karten mehr sagen? Kannst du da erkennen, ob mit Patrick alles in Ordnung ist?"

„Den Tod kann niemand vorhersehen. Aber ich könnte vielleicht erkennen, ob die Gefahr noch in deiner Nähe ist, ob es Traurigkeit für dich gibt oder Glück. Aber ich habe hier keine Karten."

„Dann lass uns welche kaufen. Ein Kartenspiel kostet kaum etwas." Alexandra wurde plötzlich ganz aufgeregt. Doch Sidonia hielt sie zurück.

„Nein, Alexandra, das möchte ich nicht. Ich wollte eine Weile davon Abstand nehmen. Ich brauche diese Pause."

„Das ist aber schon etwas egoistisch."

Sidonia hob die Augenbrauen. Sie fühlte sich nicht beleidigt, etwas verletzt allerdings schon. Auch wenn Alexandra einfach vollkommen durcheinander, voller Angst und Sorgen war, hatte sie nicht das Recht, ausgerechnet ihr Egoismus vorzuwerfen.

„Es würde dir nicht einmal ein paar Stunden Nervosität ersparen, denn die letzte Gewissheit könnte ich dir nicht geben. Wir müssen warten", erwiderte sie ruhig.

Alexandra sank ein wenig in sich zusammen, aber sie nickte. Sidonia legte ihre Arme um die Schultern der Jüngeren. „Komm, lass uns etwas trinken gehen."

Wieder nickte Alexandra zaghaft.

„Du hast jetzt solange gewartet und soviel durchgemacht. Den Rest schaffst du auch noch. Wenn dieser Tag zu Ende ist, wirst du Gewissheit haben."

„Ja", hauchte Alexandra.

Sie standen auf, Alexandra hakte sich bei Sidonia unter und sie schlenderten weiter bis zu einem kleinen Bistro, in das sie einkehrten und Kakao und Café au lait bestellten.

Fabrice hatte das Polizeirevier erreicht und eilte im Laufschritt hinein. „Wo ist der Typ", bellte er seinen Kollegen entgegen.

„Noch im Verhörzimmer. Wir haben es ihm nicht gerade gemütlich gemacht", grinste seine junge Kollegin Nadine.

Fabrice schnappte sich einen Kaffee aus der großen Kanne, die in der Abteilung stand und lief ohne Unterbrechung dorthin.

Er setzte sich auf den Stuhl am Tisch, einem etwa fünfzigjährigen Mann mit rundem Gesicht und Halbglatze gegenüber. Fabrice stellte die Bandaufnahme an.

„Sie sind also Guido Uhland", begann er.

„Mein Name ist Bruder Lucian. Ich leite ein Kloster in Vogtsburg."

Fabrice verzog keine Miene. „Das Kloster habe ich gesehen. Es handelt sich um eine Sekte, die jungen, haltlosen Menschen, vermutlich vorzugsweise mit reichen Eltern ein Zuhause bietet, um ihnen Geld aus den Rippen zu leiern. Wir haben Ihr Tun und Ihre Bankkonten in Stuttgart überprüft. Die Konten haben wir weiterverfolgt bis in die Schweiz. Guter Mann, was denken Sie, mit wem Sie es zu tun haben? Also, nun noch einmal: Nennen Sie mir Ihren bürgerlichen Namen und Ihre Adresse."

Brunos Vorsicht und Aufmerksamkeit erhöhten sich, je näher er seinem Ziel kam. Er durfte ja nicht zu nah ranfahren, sonst würde er am Ende entdeckt und würde alles vermasseln. Er musste fast da sein. Vielleicht sollte er einfach halten und zu Fuß weitergehen. Wo zur Hölle war dieser Philippe?

Er verschloss seinen Mazda und schlich voran, wobei er darauf achtete, immer von Buschwerk verborgen zu sein. Ah – da war ja der Commissaire. Na, ein kleines Stückchen hätte er doch noch fahren können.

„Hallo, Monsieur Feldmann", grüßte Philippe.

„Bonjour, Commissaire", grüßte Bruno.

Über das Gesicht des Commissaires ging ein kurzes Aufleuchten. „Ah, ich dachte, Sie sprechen kein Französisch?", meinte er.

„Das stimmt auch. Außer *Bonjour* und *mon Chérie* nichts", erwiderte Bruno lachend auf Englisch. Er fragte sich, ob Allard die Doppeldeutigkeit von Mon Chérie wohl klar war – nämlich die Praline mit der Kirsche. Aber das war jetzt wirklich unwichtig.

„Inwieweit sind Sie über die Lage unterrichtet?", fragte Philippe.

„So gut wie gar nicht. Nur, dass Sie das Haus beobachten, weil Sie Patrick Köhler darin vermuten. Und dass Sie hier zum einen Unterstützung brauchen und zum anderen einen Chauffeur."

„Ja, genau", lachte Philippe. „Also, ich erkläre es Ihnen. Dieser Guido Uhland, der ja, wie wir inzwischen wissen, der Empfänger des Briefes vom alten Fontaine ist, dem Großvater von Magalie, leitet eine Art Kloster. Das hat er schon einmal in Stuttgart gemacht und nachdem das Haus dort aufgelöst wurde, ist er hierhergekommen. Und dort hat ihn der Brief erreicht."

„Dank der unermüdlichen Magalie, die ihrem Großvater seinen letzten Willen erfüllen wollte und ihrem engagierten Helfer Laurent Bouchard", ergänzte Bruno.

„Genau. Wahrscheinlich per Nachsendeantrag, denn Magalie sprach ja von einer Adresse in Stuttgart. Deshalb nehme ich an, sie wusste nichts von diesem Kloster. Ganz genau wissen wir das noch nicht, ist aber im Augenblick auch egal. Auf jeden Fall muss in dem Brief gestanden haben, dass in dem Landhaus nicht unbeträchtliche Vermögenswerte versteckt sind. Da wollte er ran, unser falscher Heiliger."

„Und deshalb hat er gedroht, entführt und sogar getötet."

Philippe nickte. „Fabrice und ich waren bereits im Haus, aber wir konnten nichts über Patrick Köhler herausfinden.

Ich stehe die ganze Zeit hier, aber wenn es einen Hinterausgang gibt, durch den sie ihn fortgebracht haben…"

„Klar, das hätten Sie allein nicht bemerkt. Wie wärs, wenn ich reingehe?"

Im Stillen hatte Philippe darauf gehofft. Dennoch war er nicht ganz sicher. „Trauen Sie sich das zu? Ich kann Sie nicht verkabeln, Sie wären da drin auf sich allein gestellt."

„Ist die Erde rund? Ist der Papst katholisch?", fragte Bruno entrüstet.

Philippe verstand nicht so recht, was Bruno damit sagen wollte und sah ihn verdattert an. Bruno lachte. „Klar Mann, traue ich mir das zu. Ich bin Privatdetektiv. Das ist mein Job und zwar schon ziemlich lange."

Bruno hatte seinen Rucksack aus dem Auto geholt, in dem er immer einiges Equipment mit sich führte. Er brauchte jetzt nicht mehr vorsichtig näherzuschleichen, sondern konnte ganz normal gehen, wenn er auch den Eindruck eines angeschlagenen Mannes machen musste. Er und Philippe hatten sich überlegt, dass er angeben würde, auf der Straße einen kleinen Unfall gehabt zu haben und Hilfe zu brauchen. Es war durchaus plausibel, dass er bei dem Kloster um Hilfe bat, denn die nächste Ortschaft war ein ziemliches Stück entfernt.

Bruno hatte sich sein Hemd noch etwas zerrissen, um seiner Geschichte noch mehr Glaubwürdigkeit zu verleihen.

Er betätigte die große Glocke und es dauerte eine kleine Weile, bis die Tür von einem jungen Mann in einem langen blasorangefarbenen Gewand mit einer großen Sonne auf der Brust geöffnet wurde.

„Licht und Freude", grüßte er und legte die Hände vor der Brust zusammen.

„Guten Tag", jappte Bruno. „Ich habe eine Wanderung unternommen und hatte einen kleinen Unfall. Kann ich hereinkommen und telefonieren? Jemand muss mich abholen, ich schaffe es nicht mehr zurück."

„Tja, ich... ich weiß nicht. Warten Sie bitte, ich muss nachfragen."

„Leben hier Mönche?", fragte Bruno.

„So etwas Ähnliches."

„Da werden Sie mir doch keine Hilfe verwehren?"

Der junge Mann war unschlüssig, aber er war gut gedrillt worden. „Ich muss nachfragen", wiederholte er und schloss die Tür. Bruno drehte sich um und hob die Schultern. Mehr wagte er nicht, falls er durch das Fenster beobachtet wurde.

Bald darauf kam ein Mann von Mitte bis Ende vierzig an die Tür, der eine Art Anzug in der gleichen Farbe trug. „Licht und Freude, ich bin Bruder Baldur. Ich hörte, dass Sie Hilfe brauchen?"

„Ja, ich hatte einen kleinen Unfall. Bin beim Wandern gestürzt und habe mir den Fuß verletzt. Ich möchte nur telefonieren, damit mich jemand abholt. Und vielleicht darf ich sogar so lange hier warten?"

„Nun, so gerne haben wir keine Fremden hier. Haben Sie denn kein Handy?", erwiderte Baldur.

„Ne, ich hab keins mitgenommen. Man will doch einfach mal nur mit sich und der Natur sein und nicht rund um die Uhr erreichbar."

Er sah den Mönch bittend an.

„Na ja, man kann es auch ausstellen, dann hört man es nicht, kann aber es aber im Notfall nutzen", murrte Bruder Baldur. „Aber gut, wenn es denn so ist... kommen Sie erstmal herein." Er öffnete er die Tür ganz und ließ Bruno eintreten. Bruno vergaß nicht, ordnungsgemäß zu humpeln, damit er mit seiner Lüge nicht jetzt schon auffiel.

Baldur schaute misstrauisch nach draußen und kontrollierte, ob noch irgendjemand bei dem seltsamen Besucher war.

„Stimmt etwas nicht?", fragte Bruno arglos.

„Haben Sie zufällig zwei Männer gesehen, die hier herumlungern?"

„Zwei Männer? Nein, wirklich nicht. Dann hätte ich die ja gebeten, mal schnell telefonieren zu dürfen. Ist auch wirklich zu blöd. Meine Frau sagt immer, ich soll nicht ohne Handy so weit wandern gehen. Wenn etwas passiert... Ich war manchmal richtig abgenervt von der Unkerei und jetzt hat sie doch recht behalten. Das wird ihr gefallen."

Er plapperte wie ein Waschweib, aber es wollte Baldur von seinem Misstrauen ablenken. Doch der ging nicht darauf ein, sondern führte Bruno in einen kleinen Raum gleich am Eingang, in dem ein Festnetztelefon stand.

„Bitte – hier können Sie telefonieren."

Baldur blieb aufrecht an der Tür stehen, als Bruno den Apparat in die Hand nahm. Klar, dass der ihn nicht allein ließ. Bruno würde ja auch niemanden allein lassen, der bei ihm nur mal eben telefonieren wollte.

Gut, der erste Teil war geschafft, aber das war der einfachste. Schwieriger als reinzukommen würde es sein, lange genug drin zu bleiben und sich sogar ein bisschen umsehen zu können.

Bruno tippte die Nummer des Commissaires so, wie sie es abgesprochen hatten. Damit konnte er ihm wenigstens übermitteln, dass dieser Teil geklappt hatte. „Ich bin im Kloster…" Er drehte sich zu Baldur um. „Wie heißt dieses Kloster?"

„Die Brüder des Lichtes."

„Bei den Brüdern des Lichtes", wiederholte Bruno. Er musste sich bemühen, nicht allzu abfällig zu klingen. Dann nannte er die Adresse und hörte eine Weile schweigend zu. Dann kam ein kurzes: „Ja, mein Schatz, du hast ja recht. – Ach, das ist blöd. Aber vielleicht kann ich hier warten. Sonst warte ich eben draußen. Ja, bis gleich."

Er beendete das Gespräch, stellte den Hörer zurück auf die Ladestation und berichtete Baldur. „Meine Frau holt mich ab, aber es wird eine Stunde dauern. Sie arbeitet noch und kann nicht holterdipolter alles hinschmeißen. Außerdem sei ich selbst schuld, meint sie. Sie hat mir ganz schöne Vorwürfe gemacht, weil ich mein Handy nicht dabei hatte." Er hob resigniert die Schultern. „Na ja…"

„Sie hat recht. Nun gut, Sie können hier warten. Aber sie bleiben nur in diesem Raum", bestimmte Bruder Baldur.

„Vielleicht darf ich wenigstens zur Toilette?"

Baldur hätte ihn am liebsten hinausgeworfen. Hätte der nicht draußen pinkeln können? Aber er musste einen gewissen Ruf verteidigen. Die jungen Leute würden ihn sonst womöglich nicht mehr als den Gutmenschen betrachten, den sie bisher in ihm sahen. Obwohl – er würde sicher vermitteln können, dass Bruno ein Unhold war, der sie ausrauben wollte.

Schließlich stimmte er mit einem unwilligen Seufzer zu. „Ich werde zwei junge Brüder bitten, Ihnen den Weg zu zeigen."

„Den finde ich bestimmt allein", wandte Bruno ein. „Aber ich möchte nicht, dass Sie allein hier herumgeistern. Haben wir uns verstanden?"

Bruno wurde klar, dass es nur eine Möglichkeit gab, sich allein hier umsehen zu können und das musste passieren, bevor ihn noch mehr Mönche sahen, sonst könnte er sich keine Ausreden mehr ausdenken. Ganz in Ordnung war es nicht, aber es musste sein. Als Baldur sich umdrehte, handelte Bruno blitzschnell, er umfasste von hinten Baldurs Mund und drückte ihn zu. Der Mönch wehrte sich, aber Bruno war im Kämpfen geübt. „He, wenn du weiter Zicken machst, endet das hier übel für dich. Also!"

Baldur nickte, aber Bruno traute ihm nicht. Wenn er den jetzt loslassen würde, würde der schreien, so viel war klar. Aber eine Hand brauchte er doch. Er zog ein Taschentuch aus seinem Rucksack, stopfte es dem Mönch in den Mund und band ein anderes Tuch darüber, so dass Baldur nicht mehr schreien konnte.

Aber er musste ihn auch fesseln, sonst würde Baldur sich allzu schnell von dem Knebel befreien und Alarm schlagen können. Er musste zumindest eine Weile die Möglichkeit haben, durch das Haus zu schnüffeln.

Er zog seinen Gürtel aus der Hose und fesselte Baldurs Hände auf dem Rücken.

Bruno hatte schon bemerkt, dass die Zimmertür einen Schlüssel hatte. Aus dem Fenster würde Baldur nicht klettern können, da es, wie so oft in alten Gebäuden, vergittert war.

Bruno griff nach seinem Rucksack, schupste den Bruder ins Zimmer und lief selbst hinaus, indem er den Schlüssel schnell abzog und die Tür von außen abschloss. Ihm war bewusst, dass er eine Freiheitsberaubung begangen hatte und mächtig Ärger bekommen würde. Bruno hoffte, dass er Patrick finden würde. Wenn er wenigstens einen Erfolg nachweisen konnte, wäre sein Vorgehen entschuldbarer. Fabrice sollte nicht bereuen, ihn hinzugezogen zu haben.

Fabrice Charpentier befand sich mitten in der Vernehmung von Guido Uhland. Der war ein harter Brocken, stellte sich absolut dumm.

„Nein, ich habe nichts mit dem Landhaus zu tun", behauptete er.

Fabrice blieb äußerlich ruhig, doch in ihm brodelte es. „Das ist nicht wahr, Ihr Fahrzeug wurde dort gesehen. Sie wissen schon: Der blaue Kombi mit dem Sonnenaufkleber."

„Ja, das ist das Fahrzeug des Ordens *Die Brüder des Lichts*. Aber ich bin nicht der einzige, der es fährt. Das kann auch jemand anderes gewesen sein. Vielleicht hat einer unserer Brüder einen Ausflug dorthin gemacht. Das ist nicht verboten, wissen Sie."

„Was für ein Unsinn!" Jetzt wurde Fabrice doch lauter. „Die Maklerin Sylviane Tremblay hat mit Ihnen gesprochen.

Die Beschreibung passt genau auf Sie, aber wir können auch gerne eine Gegenüberstellung machen. Sie interessierten sich für das Haus, weil Ihr Großvater im Krieg eine Weile dort gelebt hat."

„Ich habe meinen Großvater nie kennengelernt."

„Sie haben sich unter dessen Namen im Hotel *Grain de raisin* eingecheckt."

Für eine winzige Sekunde entgleisten Guidos Gesichtszüge. Fabrice bemerkte es sehr wohl.

Was für ein unverzeihlicher Fehler, dachte Uhland. Er hatte weder als Guido Uhland noch als Bruder Lucian gefunden werden wollen. Sollte etwa genau das jetzt sein Verhängnis werden? Das würde er nicht zulassen.

„Okay – aber wenn schon, natürlich kenne ich den Namen. Ich benutzte ihn ab und zu, wenn ich inkognito bleiben will."

„Was für ein Blödsinn, Sie sind kein Prominenter."

„Mich kennen einige Leute hier und ich will nicht immer von anderen erkannt und angesprochen werden. Hat das jemandem geschadet?"

„Nein, aber es ist schon verdächtig. Wer macht denn so was. Einige Zeit, nachdem Sie sich für das Haus interessiert haben, wurde der neue Eigentümer entführt."

„Das tut mir leid, aber ich habe nichts damit zu tun. Herr Commissaire, ich bin ein gottesfürchtiger Mann. ich habe Theologie studiert, ich kümmere mich um gestrauchelte Jugendliche. Glauben Sie etwa, dass ich ein solches Verbrechen begehen würde?"

„Was stand in dem Brief, den Sie von besagtem Hannes Pohlmeier erhalten haben?"

Es hatte wohl keinen Sinn, den Erhalt dieses Briefes zu leugnen, also verlegte Guido sich auf Teilwahrheiten.

„Darin stand eben, dass er von der Front desertiert ist und in dem leerstehenden Landhaus Zuflucht gesucht hat. Er enthielt Aufzeichnungen über seine Flucht quer durch Frankreich. Das war sehr spannend für mich, das können Sie sich vielleicht vorstellen. Deshalb wollte ich das Haus sehen. Das ist alles."

Fabrice seufzte. Der Typ war ja aalglatt, den bekam er nicht so leicht zu fassen. Der hatte auf alles eine plausible Antwort. Und es gab bisher keinen Beweis dafür, dass er etwas mit den Entführungen und den Ermordungen zu tun hatte.

„Wir haben Leute vor Ort. Wir werden etwas finden."

Da war es wieder, dieses leichte Zucken in den Mundwinkeln, das Fabrice die Sicherheit gab, dass er auf der richtigen Spur war.

„Haben Sie einen Durchsuchungsbefehl?", fragte Guido.

„Beschluss", korrigierte Fabrice.

„Schafft ihn weg", forderte er dann den uniformierten Kollegen auf, der dem Verhör zugehört hatte.

„Kann er gehen?"

„Auf keinen Fall. Zum Erkennungsdienst und dann in eines unserer Hotelzimmer." Er verzog spöttisch den Mund.

„Lange können Sie mich nicht hierbehalten, sie haben keinen Grund."

„Lange nicht, aber lange genug", erwiderte Fabrice und hoffte sehr, dass das stimmte.

Bruno schlich durch den Gang. Er versuchte, den Jüngern der Sonne oder wie immer er die jungen Männer nennen sollte, aus dem Weg zu gehen. Das war nicht allzu schwer, denn er begegnete nicht vielen. Einmal kam ihm einer der Mönche entgegen und er sprang schnell durch eine Tür und befand sich in einer Art Besprechungsraum.

Er lehnte sich an die Wand und atmete kräftig durch. Puh, das hätte schief gehen können. Was, wenn er hier plötzlich dem ganzen Orden gegenübergestanden hätte? Ach was, so dramatisch wäre das auch nicht gewesen. Er hätte einfach erklärt, sich auf der Suche nach dem Klo in der Tür geirrt zu haben.

Er spähte vorsichtig aus der Tür und sah die orangefarbene Kutte hinter der nächsten Ecke verschwinden. Er ging hinaus und schlich weiter den kahlen Gang entlang.

Er wusste, er hatte nicht ewig Zeit. Über kurz oder lang würde dieser falsche Heilige Bruder Baldur in dem verschlossenen Raum entdeckt werden und dann wäre der Teufel los, sicher würden dann alle mobilisiert, um nach Bruno zu suchen. Und wenn er bis dahin Patrick nicht gefunden hatte, hätte er mindestens eine Anklage wegen Hausfriedensbruch und tätlichem Angriff am Hals.

Hoffentlich fand er Patrick. Hoffentlich war er überhaupt hier. Wenn er ehrlich war, gab es darauf keinen deutlichen Hinweis. Nur, dass dieser Uhland etwas mit Patricks Verschwinden zu tun hatte.

Philippe Allard war durchaus nervös. Sie hatten den Plan gemeinsam geschmiedet, aber der war nicht ganz astrein. Er kannte auch Bruno nicht gut genug. Der war kein Polizist. Philippe wusste nicht, wie der sich da drin verhalten würde. Ob er die Regeln einhalten oder ihn in die Scheiße ziehen würde. Hätte Fabrice dem wohl zugestimmt? Nein, bestimmt nicht. Der hätte sicher einen Durchsuchungsbeschluss abgewartet und erst dann das Haus gestürmt. Bis dahin wäre aber dieser Köhler weg gewesen. Vielleicht. Wenn er überhaupt drin war, was streng genommen nicht mehr als eine schwache Hoffnung war. Puh, es war vorhin alles so schnell gegangen. Bruno war sehr überzeugend gewesen und ihm hatte es ganz gut gefallen, diesen Erfolg für sich zu verbuchen. Wenn es denn einer wurde…

Wenn's schief geht, nehme ich das auf meine Kappe, hatte Bruno gesagt. Na hoffentlich, dachte Philippe. Er hatte doch keine Ahnung, ob er dem Mann trauen konnte. Aber hätte er ihn aufhalten können?

Vielleicht – vielleicht auch nicht.

Ach, er drehte sich im Kreis und das machte auch keinen Sinn. Er musste sich auf das Gebäude konzentrieren und darauf achten, ob er einen Hilferuf von Bruno erhielt.

Bruder Baldur war zu sich gekommen. Verdammt, was war passiert? Er lag mit gefesselten Händen auf dem Boden. Dieser angebliche Wanderer war ein Eindringling. Er erinnerte sich. Der Fremde hatte ihn geknebelt und gefesselt und in den Raum geschubst. Er hatte sich den Kopf gestoßen und war für einen Moment weggetreten gewesen, aber das konnte nicht sehr lange gewesen sein.

Aber was wollte der Mann hier? Hoffentlich hatte der nichts mit den zwei Polizisten zu tun, die vorhin nach Patrick Köhler gefragt hatten. Ach, er musste hier raus, herausfinden, was der Typ im Schilde führte und versuchen, das Schlimmste zu verhindern.

Er richtete sich auf und rutschte Richtung Tür.

Nee, ein Polizist war der bestimmt nicht. Der hätte ihn nicht niedergeschlagen, sondern wäre mit einem Durchsuchungsbeschluss gekommen. Musste doch alles seine Ordnung haben.

So ein Heini vom Amt, der kontrollieren wollte, ob alles mit rechten Dingen zuging, dass die jungen Männer auch gut untergebracht waren und ordentlich betreut wurden, war das auch nicht. Der hätte mit seinem Ausweis gewedelt und sich in aller Ruhe das ganze Kloster zeigen lassen.

Hoffentlich wollte er sie nicht bestehlen.

Baldur schwang sich auf die Knie und richtete sich auf. Ganz leicht war das nicht mit gefesselten Händen, weil er sich nicht abstützen konnte, aber er schaffte es. Dann pochte er gegen die Tür. Er trat dagegen und schrie so laut er konnte. Irgendjemand musste ihn doch hören.

Was, wenn der Typ ein verdeckter Polizist war, der nach diesem Köhler suchte? Konnte das sein? Konnten sie wirklich die Spur bis hierher verfolgt haben? Diese kleine Magalie wusste jedenfalls nicht, wo ihr Kloster war. Aber einen Unsicherheitsfaktor gab es, das war Lucians wirklicher Name. Deshalb wollten er und Lucian ja auch fort. Deshalb hatten sie diesen Köhler festgesetzt. Nur, bis sie den Schatz in dem Landhaus gefunden hatten. Danach wollten sie sich eh absetzen und Köhler freilassen. Einen

Mord wollten sie nicht begehen. Dass es jetzt trotzdem zwei Tote gab, war bedauerlich, aber nicht ihre Schuld. Sie hätten einfach diese beiden jungen Brüder nicht in ihren Plan einweihen dürfen. Die waren einfach nicht so nervenstark wie er und Lucian. Aber was hätten sie tun sollen? Nachdem sie den Schmuck, von dem in dem Brief an Uhland die Rede gewesen war, nicht so leicht gefunden hatten, mussten sie das Haus auf den Kopf stellen, eventuell sogar buddeln. Da hatten sie tatkräftige Unterstützung gebraucht.

„Heh! Hört mich denn keiner?"

Nein, so verwunderlich war das nicht. Dieses Zimmer lag gleich hinter dem Eingang und war nicht mehr als ein kleiner Raum, in dem Besucher empfangen wurden.

Er trat noch einmal kräftig gegen die Tür – höher dieses Mal, nicht nur um Lärm zu machen. Er würde sie nicht aufbrechen können, da die Tür nach innen aufging, aber sie war nicht allzu stabil gebaut, er hoffte, dass sie einfach kaputt ging. Und noch einmal. Er verlor das Gleichgewicht, taumelte nach hinten, fing sich aber wieder. Jetzt lief er gegen die Tür an, warf sein ganzes Körpergewicht dagegen. Er hatte schon eine ordentliche Delle in das Türblatt getreten. Er schaffte es allmählich, seine Hände zu befreien und dann seinen Knebel aus dem Mund zu nehmen.

„Hilfe!", schrie er und trommelte gleichzeitig an die Tür. „Ist hier denn keiner?"

Ja, endlich hörte er draußen Geräusche. Der Schlüssel wurde gedreht und vor ihm stand ein junger Mönch. Hatte der Typ wirklich den Schlüssel stecken lassen? Egal.

„Wir haben einen Eindringling im Haus. Wir müssen ihn finden. Los", bellte er.

Bruno schlich durch die Gänge. Er war extrem aufmerksam, sein Verstand arbeitete auf Hochtouren. Plötzlich sah er wieder jemanden aus einem der Zimmer kommen. Er drückte sich fest an die Wand und hoffte, dass der Bruder nicht in seine Richtung sehen würde. Wenn doch, hatte er seine Ausrede parat.

Aber der Mann ging in die andere Richtung. Er trug ein kleines Tablett mit einem Tee oder etwas ähnlichem und etwas zu essen. Was das war, konnte Bruno nicht erkennen. Vielleicht Brot.

Der junge Mann hatte sich offenbar etwas aus der Küche geholt. Bruno atmete auf, weil er sich nicht umdrehte.

„Bist du verrückt", rief ihm plötzlich eine Stimme in seinem Kopf zu. „in einer solchen Gemeinschaft isst man doch gemeinsam."

Bruno merkte nicht, dass seine Augen sich weiteten. Der junge Mann verschwand am Ende des Gangs um eine Ecke. Bruno sprintete lautlos hinterher. Und da sah er ihn gerade noch eine Treppe hinuntergehen.

He, da stimmt wirklich etwas nicht, dachte er. Der junge Mann brachte Essen und Getränk in den Keller. Das war merkwürdig.

Bruno drückte sich dicht an die Wand und pirschte hinterher. Ganz leise. Eine Tür stand einen Spaltbreit offen. Er musste dorthin. Musste nachsehen, was dort los war. Aber vorsichtig, am besten unbemerkt. Wenn dort nicht Patrick war, sollte er lieber unentdeckt bleiben.

Wenn natürlich der junge Bruder jetzt wieder herauskäme, würde er ihm unausweichlich begegnen. Aber dieses Risiko musste er eingehen.

Er schlich bis zur Tür. Ein wenig musste er sie öffnen, so wie sie stand, konnte er nicht hineinsehen.

Und dann sah er ihn. Einen Mann in den Dreißigern mit unordentlicher Frisur, in eine dieser hässlichen Mönchskutten gekleidet. Bruno rief sich das Foto, das Alexandra ihm gezeigt hatte und das er inzwischen auf seinem Handy hatte, ins Gedächtnis. War das der Mann? War das Patrick Köhler? Bruno glaubte es schon, auch wenn der gepflegte Mann auf dem Foto in dem heruntergekommenen Typen in dem Kellerraum kaum wiederzuerkennen war.

Jetzt bemerkte Bruno auch, dass der Mann mit einer Kette um den Fuß am Heizungsrohr gefesselt war. Selbst wenn das nicht Patrick war, handelte es sich zweifelsfrei um einen Gefangenen. Helfen musste er dem Mann so oder so.

Er verstand nicht, was hier los war. Magalie war unter Drogen gesetzt und frei gelassen worden, die Pasquiers ebenfalls, dass Xavier gestorben war, war vermutlich nicht geplant gewesen. Sidonia und Alexandra waren immer wieder in Angst versetzt worden, aber es hatte keine tätlichen Übergriffe gegeben. Obwohl man den Schuss auf den Autoreifen auch als direkten Angriff statt als Einschüchterungsversuch sehen konnte.

Warum war dieser Mann im Keller angekettet? Und wie lange schon? Seit zwei Wochen?

Nicht nachdenken, hämmerte es in Brunos Kopf. Nicht nachdenken. Handeln. Einfach nur handeln. Alles tun, was getan werden musste, um diesen Mann zu befreien.

314

Er stürmte in den kleinen Raum.

Der orangegewandete Bruder fuhr aufgeschreckt herum. Bruno erkannte, dass er kaum mehr als ein Jugendlicher war, vielleicht nicht mal achtzehn Jahre alt.

Der Gefangene blickte nur völlig verwirrt von einem zum anderen. Fast wirkte sein Blick sogar schon ein wenig irr – aber was wollte man erwarten, falls er wirklich seit zwei Wochen hier eingesperrt war.

„Wer sind Sie? Was tun Sie hier?", schrie der Bruder Bruno an.

„Ich möchte in dieses Kloster eintreten", erklärte Bruno.

„Wir nehmen nur junge Männer", erwiderte der junge Bruder misstrauisch. Selbst wenn das Ansinnen wahr wäre, erklärte das ja nicht, warum dieser Fremde bis in den Keller gekommen war.

Er wollte Bruno hinausschieben, aber das würde der sich nicht so einfach gefallen lassen. Bruno hatte eine Aufgabe zu erfüllen.

„Okay, das war Quatsch. Ich bin hier, um Patrick Köhler zu befreien."

In den Gefangenen kam jetzt Leben, er wurde ganz unruhig, als er seinen Namen hörte.

Bruno holte aus und versetzte dem Bruder einen Schlag, der ihn zu Boden schickte. „Sorry, aber ich habe echt keine Zeit, um das auszudiskutieren", sagte er leichthin.

Dann wandte er sich an den Gefangenen. „Sind Sie Patrick Köhler?"

Der Mann nickte.

„Alexandra Werle schickt mich."

Patrick wurde noch unruhiger. „Alexandra ist hier?"

„Nein, hier nicht. Sie ist in Colmar", antwortete Bruno geistesabwesend. Seine Gedanken drehten sich schon um das Thema, wie er Patrick hier unbemerkt herausschleusen konnte. „Wie bekommen wir Sie denn von diesem Heizungsrohr los?", fragte er mehr sich selbst als Patrick. „Mal sehen, ob ich was in meiner Wunderbox habe. Oder hat unser ausgeknockter Freund vielleicht einen Schlüssel bei sich?" Er wies mit dem Kopf auf den Bruder, der regungslos am Boden lag. „Und dann... Aber eins nach dem anderen. Zuerst muss ich sowieso mal Philippe kontaktieren."

„Philippe?", fragte Patrick.

„Ein Polizist. Hier -", er warf Patrick ein Seil zu. „Fesseln Sie den Mönch, damit er uns nicht noch in die Quere kommt."

Damit tippte Bruno schon auf seinem Handy herum.

„Holen Sie sich Unterstützung", raunte er in sein Handy, als Philippe Allard sich gemeldet hatte. „Ich habe Patrick gefunden. Er ist gefesselt in einem Kellerraum. Ich versuche jetzt, ihn zu befreien. Aber ob wir hier rauskommen, weiß ich nicht."

„Mit der Nachricht haben wir einen Grund, ins Haus zu gehen. Gefahr in Verzug. Ich kümmere mich sofort darum." Damit beendete Philippe das Gespräch. Keine Zeit für höfliche Floskeln, jetzt war Eile geboten.

Bruno kramte schon in seinem Rucksack nach einem passenden Werkzeug, um die Kette um Patricks Füße zu öffnen. Patrick hatte in der Zwischenzeit die Hände des Mönchs zusammengebunden und vergeblich nach Schlüsseln für seine Fußfesseln gesucht. Er konnte es noch gar nicht richtig glauben. Konnte es wirklich sein, dass er hier herausgeholt wurde? Dass er endlich gerettet wurde?

Bruno hatte die Kette aufbekommen. „So, jetzt aber schnell. Können Sie aufstehen?"

Patrick nickte. Und ob er das konnte.

Aber seine Beine knickten ein, er war doch schwächer, als er gedacht hatte. „Na?", fragte Bruno zweifelnd.

„Ich schaffe es, hier rauszukommen", bekräftigte Patrick. Draußen konnte er immer noch umfallen, aber nicht hier drin.

Bruno stützte ihn, als sie den Kellerraum verließen. Er bezweifelte, dass sie es schaffen würden, auf diese Art das Gebäude zu verlassen. Die Flucht durch eines der Fenster kam nicht infrage, weil die alle vergittert waren. Aber quer durch das Kloster laufen? Ohne gesehen zu werden?

„Gibt es einen Kellerausgang?", fragte er Patrick.

„Ja, ich glaube schon. Der wird aber nur genutzt, um größere Lebensmittel hereinzubringen, die hier unten gelagert werden. Getränke zum Beispiel. Ich habe das einmal mitbekommen."

„Wir werden es kaum schaffen, quer durch das Kloster zu laufen."

„Aber der Kellerausgang ist bestimmt zugesperrt."

Bruno grinste. „Ich habe noch ein paar Dinge in meiner Wundertasche, die uns vielleicht helfen können."

Er lief mit Patrick durch das Gewölbe, da tönte plötzlich hinter ihm eine laute, wütende Stimme. „Ich glaube kaum. Ich bin sehr enttäuscht, wir lassen Ihnen unsere Gastfreundschaft zuteil werden und Sie nutzen sie so aus. Gefällt Ihnen etwa unser Gästezimmer nicht? Ihr werdet jetzt beide hübsch zurückgehen. Es tut mir leid, aber wir können Sie natürlich nicht gehen lassen."

Bruno drehte sich um. Baldur stand da mit zwei seiner Zöglinge. In der Hand hielt der fromme Mönch eine Pistole. „Sie wollen uns doch nicht erschießen? Das ist doch nicht Ihr Stil", meinte Bruno.

„Ich will nicht, aber ich werde tun, was getan werden muss. Also los!" Er wedelte mit der Pistole Richtung Kellerraum, aus dem sie gerade geflohen waren.

Patrick sank erschöpft und mutlos zusammen. Bruno hielt ihn. Er würde den jungen Mann nicht hier zusammenbrechen lassen. Es gab ja Aussicht auf Rettung, aber das konnte er jetzt nicht laut aussprechen, um Patrick damit Mut zu machen. Er gehorchte und schleppte den ihn zurück in den Kellerraum.

„Und jetzt: Her mit Ihrem Handy. Ich wette, Sie haben das nicht zu Hause gelassen, um einmal ungestört in der Natur zu sein, nicht wahr?"

Brunos Verstand arbeitete schnell und auf Hochtouren. Dieser Mann durfte nicht entdecken, dass er mit einem Polizisten in Kontakt stand. Aber konnte er das? Er würde sehen, dass er zuletzt mit einem Philippe Allard telefoniert hatte. Aber der war mit Fabrice bereits hier im Kloster gewesen. Würde sich Baldur an den Namen erinnern? Bruno konnte das nicht riskieren. Am Ende vermasselte Baldur noch alles, indem er Philippe eine SMS mit anderen Informationen schickte. Er würde so vorgehen. *Alles in Ordnung – keine Sorge.*

Zögernd übergab Bruno dennoch sein Handy, das einer der jungen Mönche entgegennahm. Er hatte sowieso keine andere Wahl. Sie würden es ihm abnehmen, wenn er es nicht freiwillig herausrückte.

„Es hat einen Touchcode", stellte der junge Mönch fest.

„Los! Gib ihn ein!", fauchte Baldur Bruno an und wedelte mit der Pistole.

Bruno erkannte, dass Baldur nervös war. Er war kein Mörder und er wollte nicht töten. Es war jetzt wichtig, dass Bruno einen kühlen Kopf behielt.

Er achtete nicht auf Patrick. Der hatte so viel durchgemacht, der konnte ihm keine Hilfe sein.

„Das werde ich nicht."

„Ich schieße", warnte Baldur.

„Davon haben Sie den Code auch nicht", erwiderte Bruno kaltschnäuzig.

Patrick glaubte, seinen Ohren nicht trauen zu können. War der Typ so mutig oder so dumm? Doch dann ging auch ihm durch den Kopf, dass der Bruder keinen Zugriff auf das Handy haben durfte. Er hatte seines damals abgegeben, vielleicht war das ein Fehler gewesen.

Er musste seinem Retter helfen. Er saß schon auf dem Boden, keiner achtete auf ihn. Er rutschte vorsichtig voran.

„Was ist da so Wichtiges drauf? Hast du die Polizei verständigt?", fragte Baldur und duzte ihn jetzt.

„Was denkst du? Glaubst du, ich bin ein Ein-Mann-Kamikaze-Unternehmen?", brummte Bruno. Gleichzeitig holte er mit dem Fuß aus. Er bemerkte nicht, dass Patrick seinen eigenen Plan ausführte.

319

Patrick trat Bruder Baldur mit aller Wucht in die Knie-
kehle, während Bruno ausholte und ihm die Pistole aus der
Hand schlug. Die Pistole flog durch den Kellerraum, ein
Schuss löste sich. Baldur stürzte. Die beiden jungen Brüder
wollten ihn stützen, doch einer von ihnen schrie auf und
sank ebenfalls zu Boden. Der Schuss hatte ihn in der Schulter getroffen.

„Bleibt zurück!", brüllte Baldur.

„Nun seien Sie vernünftig. Sie kommen hier nicht mehr
raus", warnte Bruno.

„Sie kommen hier nicht raus", konterte Baldur.

Baldur nahm Brunos Handy und schleuderte es ihm entgegen, so dass der einen Augenblick abgelenkt war, während Baldur mit dem unverletzten Mönch durch die offene
Tür sprang und sie zuknallte, bevor Bruno an dem Portal
sein konnte, um ihn daran zu hindern.

Bruno hörte, dass der Schlüssel umgedreht wurde. Sie
waren eingesperrt.

„Jetzt war alles umsonst", stöhnte Patrick.

„Ach was", wehrte Bruno leichthin ab. „Ich habe doch
die Polizei noch verständigt. Die wissen, dass ich hier bin,
dass ich Sie gefunden habe und werden das Gebäude stür-
men."

„Wirklich?"

„Ja, keine Sorge."

Der junge Mönch saß auf dem Boden, stöhnte und
drückte eine Hand auf die schmerzende Schulter. Bruno
hockte sich zu ihm und begutachtete die Wunde. „Sterben
wirst du daran nicht", sagte er mitleidlos. „Aber erkennst
du…" Er blickte zu dem Jungen, der dem Gefangenen das

Essen gebracht hatte und inzwischen auch wieder zu sich gekommen war, „erkennt ihr jetzt, was für Menschen ihr euch anvertraut habt? Das sind Verbrecher." Der Verletzte nickte mit schmerzverzerrtem Gesicht. „Na ja", Bruno tätschelte sein Bein. „Wird schon wieder. Mal sehen, ich kontaktiere Philippe draußen und bitte ihn, auch gleich einen Krankenwagen zu rufen. Bleib ganz ruhig, Junge. Ganz ruhig."

Philippe Allard wartete ungeduldig auf das Eintreffen der Polizei aus Breisach. Fabrice hatte ihm mitgeteilt, dass er das Revier in Breisach verständigt hatte, damit Philippe und Bruno nicht warten mussten, bis Verstärkung aus Colmar angekommen waren. Außerdem war so die Zuständigkeit nicht übergangen worden. Er hatte dort so knapp es ging mitgeteilt, dass ein Kollege in Gefahr sei und man dringend um Amtshilfe bitten würde.

Philippe kam die Zeit ewig vor, bis sie endlich mit Blaulicht und Martinshorn ankamen. Philippe berichtete ihnen in aller Kürze auf Englisch, was er zuletzt von Bruno erfahren hatte. Dass er gemeinsam mit der vermissten Person sowie zwei jungen Mönchen, von denen einer eine Schussverletzung hatte, im Keller eingesperrt worden war. Mit Pistolen im Anschlag schlichen die Männer - auch Philippe - dem Gebäude entgegen und verteilten sich dann drum herum.

„Halt! Stehen bleiben!", klang plötzlich ein Ruf von der Rückseite. Philippe eilte sofort dorthin und erkannte, dass ein Mann in dunkler Kleidung fliehen wollte.

„Arretez!", rief er in der Aufregung auf Französisch. Der Mann lief noch immer weiter, da schoss einer der Polizisten in die Luft. Das war Warnung genug, denn der Mann blieb stehen und hob zögernd die Hände.

„Wer sind Sie?", fragte der deutsche Kommissar.

„Mein Name ist Dirk Norden", erklärte der Mann.

„Sie wollen das Haus verlassen"?

Dirk Norden lachte irgendwie unbeholfen. „Ich? Dieses Haus dort? Nein, wie kommen Sie denn darauf? Ich habe mit dem Haus nichts zu tun."

„Warum bleiben Sie dann nicht stehen, wenn wir Sie rufen?"

Norden hob die Schultern. „Angst. Ich meine, das ist für einen normalen Bürger wie mich schon ein ziemlich dicker Hund, wenn er plötzlich von bewaffneten Bu... äh, Polizisten verfolgt wird."

„Klar. Kommen Sie mit, das wird sich alles klären."

„Ah, Bruder Baldur", grüßte Philippe grinsend, als sie an ihm vorbeigingen.

„Sie kennen den Mann?", fragte der deutsche Polizist.

„Oh ja, als ich mit meinem Kollegen im Kloster war, stellte er sich als Bruder Baldur vor."

„Von wegen, Sie haben nichts mit dem Haus zu tun", raunzte der Polizist Baldur an und zerrte ihn am Arm weiter.

„Also los! Wir gehen rein und suchen die Vermissten!" befahl der Einsatzleiter.

Bruno hörte die Geräusche zuerst. „Hörst du?", raunte er Patrick zu. „Da sind sie. Die Polizei."

Patrick lauschte angestrengt. Doch er konnte nichts hören. Aber dann... „Ja, ich höre sie auch. Sie kommen tatsächlich."

„Ja, sie kommen."

„Es ist zu Ende."

„Ja." Bruno tätschelte Patricks Arme. „Es ist vorbei."

„Sie dürfen nicht hier herein!", rief ein sehr junger Mann, der in einer orangefarbenen Kutte gewandet war. Er und neun oder zehn weitere junge Männer stellten sich den Polizisten in den Weg.

„Aus dem Weg! Wir dürfen das sehr wohl. Hier besteht Gefahr für Leib und Leben von Menschen."

„Nein! Hier würden wir niemals jemandem etwas antun. Wir sind friedliche, gläubige Menschen."

„Geht aus dem Weg oder wir machen uns den Weg frei."

„Nein!"

„Los!", gab der deutsche Kommissar den Befehl und die Polizisten gingen auf die Gruppe zu und trieb sie auseinander. Es war nicht sehr schwierig. Die jungen Leute waren keine Kämpfer. Sie waren fast noch Kinder, die ihren großen Vorbildern, den Gründern des Ordens, einen Gefallen tun wollten.

„Los, hier rein!", kommandierte der Kommissar, schickte die Brüder in einen der Räume und verschloss ihn.

„Um die kümmern wir uns gleich", bestimmte er.

Philippe rief Brunos und auch Patricks Namen. Sie liefen durch die Gänge und schließlich die Treppe hinunter. Bruno hatte ja geschrieben, dass sie sich in einem Kellerraum befanden.

„Bruno!", rief Philippe dann wieder.

„Hier! Wir sind hier!", rief Bruno und hämmerte an die Tür, damit die Polizisten dem Lärm folgen konnten. Tatsächlich dauerte es nur noch wenige Augenblicke, da wurde die Tür aufgebrochen und eine Handvoll Bewaffneter stand im Raum. Bruno lachte ihnen entgegen. „Na endlich", meinte er fröhlich. Patrick strahlte sie an, als wären sie vom Himmel gesandt. Der junge Bruder, den die Kugel erwischt hatte, lag in Brunos Arm, der einen Lappen auf die Wunde drückte. Er hatte Bruder Lucian und Bruder Baldur geholfen, das Erbe zu finden, das Gott ihnen durch eine Botschaft geschenkt hatte. Er hatte sogar mehr getan, als Lucian gewollt hatte. Er hatte alles getan, um ihn zu unterstützen. Lucian war sein großes Vorbild. Sein Licht. Und jetzt hatte Bruder Baldur ihn so schmählich im Stich gelassen. Wie konnte das sein? Er konnte das einfach nicht verstehen. Aber vermutlich hatte Baldur ein größeres Ziel und dieses Opfer musste gebracht werden. Trotzdem hatte der junge Bruder jetzt Angst.

Auch der Junge, den Bruno überwältigt hatte, kauert noch immer am Boden. Er hatte gewusst, dass der Gefangene hier unten war, er hatte ihm Lebensmittel und zu trinken gebracht, aber mehr wusste er nicht darüber. Er war sehr stolz gewesen, dass Lucian ihn für diese vertrauliche Aufgabe herangezogen hatte. Aber jetzt dämmerte auch ihm, dass hier etwas nicht stimmte. Und weder Lucian noch Baldur waren da, um ihnen beizustehen.

„Können Sie laufen? Der Krankenwagen ist schon da", fragte ein Polizist in Zivil mit deutlichem französischen Akzent den Verwundeten. Er nickte und erhob sich mit schmerzverzerrtem Gesicht.

Um Patrick kümmerte sich schon der deutsche Kommissar. „Wie geht es Ihnen? Sind Sie auch ein Mitglied dieser Sekte?"

„Oh nein. Ich bin nur schon eine Weile hier und hatte keine andere Kleidung. Sie haben mir dieses Gewand gegeben."

„Was ist nur passiert? Wieso hat man Sie hier festgehalten?"

„Ich befürchte, ich weiß nicht mehr alles. Sie haben mir ein Medikament gegeben."

Philippe nickte wissend. „Liquid Ecstasy."

„Was?"

„Ja, ja, aber das erklären wir alles später. Kommen Sie erst einmal hier raus. Wollen Sie mit dem Krankenwagen ins Krankenhaus fahren?"

Patrick schüttelte entschieden den Kopf. Er sah Bruno an. „Du sagtest doch, Alexandra ist in Colmar. Dort will ich hin."

Bruno lachte laut. „Na, dann scheint es dir ja doch nicht so schlecht zu gehen."

Bruno stützte Patrick, als sie das Gemäuer verließen, einer der Uniformierten stützte den jungen verletzten Mönch. Draußen wurde der von Sanitätern in Empfang genommen.

„Also dann, ich danke sehr für die schnelle und unbürokratische Hilfe", sagte Philippe zu seinem deutschen Kollegen.

„Das ist doch klar. Das haben wir sehr gerne gemacht und es geht auch wohl um etwas mehr als um den Gefangenen. Mit diesem Orden stimmt doch wohl etwas nicht."

„Nein, der wurde schon einmal in Stuttgart aufgelöst. Aber wirkliche Verbrechen konnten ihnen nicht nachgewiesen werden."

„Das wird sich jetzt wohl ändern", meinte Philippe. „Kommen Sie gut nach Hause. Wir kümmern uns jetzt erstmal um *die Orangen* da drin."

„Und wir müssen erst mal das Ganze aufbröseln. Was ist in Colmar geschehen und wer steckt wirklich hinter den Machenschaften und wer ist Opfer?", erwiderte Philippe.

Der deutsche Kommissar nickte. „Ja, das sollten wir in einem Videomeeting ausführlich besprechen."

Ich fahre jetzt mit Herrn Feldmann und Herrn Köhler nach Colmar. Dort sitzt noch einer dieser feinen Herrschaften in Gewahrsam. Wir sprechen uns morgen."

Sie nickten sich zu und verabschiedeten sich.

Dann gingen Philippe, Bruno und Patrick zum Auto.

Philippe rief sofort seinen Kollegen Fabrice Charpentier an und unterrichtete ihn über die wichtigsten Ereignisse und Ergebnisse.

„Fabrice ist froh, dass wir das geschafft haben. Er hat bei Uhland alias Bruder Lucian nämlich nichts erreicht. Der ist ein harter Knochen."

„Kann ich Alexandra anrufen?", fragte Patrick.

„Aber klar. Kannst du mit meinem Handy machen. Ein Glück, das das noch funktioniert. Dieser fromme Baldur hat es mir nämlich entgegengeschleudert", erklärte Bruno. „Los, rein in den Wagen und los gehts. Telefonieren kannst du auch noch von unterwegs."

Alexandra schrak so heftig zusammen, als sie die Melodie ihres Handys hörte, die einen Anruf ankündigte, als wäre es ein lautes, erschreckendes Geräusch. Ach, sie war einfach ein vollkommenes Nervenbündel. Sie konnte mit der Situation nicht mehr umgehen.

„Es ist Bruno", stellte Alexandra fest.

„Nun geh schon ran", drängte Sidonia. Die beiden Frauen befanden sich in Sidonias Appartement in Eguisheim. Sidonia wunderte sich, dass Bruno Alexandra anrief. Das konnte eigentlich nur bedeuten, dass er eine Nachricht bezüglich Patrick hatte.

Alexandra wischte über den Bildschirm. „Hallo Bruno", wollte sie sagen, aber es kam nur ein Krächzen heraus.

„Hallo Alexandra!"

Alexandra erkannte die Stimme sofort, auch wenn sie sich schwach und leise anhörte. Über ihr Gesicht flog ein Strahlen. Sidonia erkannte es. Es mussten gute Neuigkeiten sein.

„Patrick!", rief Alexandra aus.

„Ja, ich bin es."

„Wie geht es dir? Bist du gesund?"

„Ja, ja, es geht mir gut. Ich bin etwas heruntergekommen. Sie haben mich die ganze Zeit gefangen gehalten. Ach Alexandra, ich bin mit diesem Detektiv und einem Kommissar auf dem Weg nach Colmar. Wir sehen uns gleich. In spätestens einer dreiviertel Stunde können wir uns sehen."

„Oh mein Gott, ich bin so froh. Bis gleich. Wo soll ich hinkommen? Zum Polizeirevier?"

Sie hörte, dass Patrick mit jemandem flüsterte, vermutlich mit dem Commissaire. Dann hörte sie wieder, wie er sich ihr zuwandte. „Ja, komm zum Revier. Bis gleich. Ach Alexandra, ich bin ja so froh."

Fabrice ließ Guido Uhland in den Verhörraum kommen und konfrontierte ihn mit den Neuigkeiten.

„Wir haben Patrick Köhler in einem Kellerraum gefangen vorgefunden. Ihr Partner Dirk Norden und zwei Ihrer jungen Brüder sind ebenfalls in Polizeigewahrsam. Ein dritter ist im Krankenhaus in Breisach, weil er in einem Handgemenge angeschossen wurde. Also – haben Sie immer noch nichts zu sagen?"

Uhland sackte in sich zusammen. Es hatte jetzt ja doch keinen Sinn mehr.

„Ja verdammt, es ist alles vollkommen entglitten. Ich wollte niemals jemandem etwas antun. Ich wollte nur in das Haus, ich wollte den Schmuck und die Antiquitäten finden, die mein Großvater dort versteckt hatte. Dass das Haus gerade verkauft wurde, schien eine glückliche Fügung zu sein. So stand es eine Weile leer und ich konnte mich umsehen."

„Wie wollten Sie hineinkommen?"

Uhland hob die Schultern. „Irgendwie. Meine Güte, mit einem Dietrich vielleicht. Wäre schon gegangen."

„Dass Patrick Köhler den Schlüssel hatte, kam Ihnen dann aber schon ganz gelegen."

„Ja. Aber es war nicht der Plan, den Mann gefangen zu nehmen. Aber was hätten wir tun sollen? Freilassen ging doch nicht. Dann wären die Arbeiten am Haus weitergegangen."

„Sind sie doch sowieso."

„Wussten wir aber nicht im Vorfeld. Wie gesagt: Der Plan ist uns entglitten. Und die beiden jungen Brüder, die im Haus einfach nur nach dem Schatz suchen sollten, haben selbstständig gehandelt. Sie haben Laurent getötet, als der Idiot sie wegen Magalie unter Druck gesetzt hat. Und sie haben die deutschen Frauen verfolgt. Verdammt, das hatten wir ihnen nicht gesagt. Im Grunde wollten sie sich damit bei uns einschleimen, sind aber total über das Ziel hinausgeschossen."

„Über das Ziel hinausgeschossen, nennen Sie das? Mensch, es gab zwei Tote!", machte Fabrice ihm heftig klar.

„Ja, ich weiß. Es tut mir auch leid. Aber das mit Xavier war wirklich ein Unfall. Ich konnte doch nicht ahnen, dass der das Zeug nicht verträgt. Ich wollte nur wissen, ob er den Schatz gefunden hat und daran sollte er sich sich natürlich nicht mehr erinnern."

„Davon werden die beiden nicht wieder lebendig." Fabrice schüttelte verständnislos den Kopf. „Vorhin haben Sie noch darauf aufmerksam gemacht, dass Sie ein gottesfürchtiger Mann sind. Wie passt das zusammen?"

Guido hob die Schultern. „Ich bin beides. Bruder Lucian, der wirklich ein gottesfürchtiger Mann ist, der betet und immer nur Gutes will, der wirklich die jungen Männer auf den richtigen Weg führen will und ich bin Guido Uhland, der sich etwas mehr Wohlstand wünscht und der gemerkt hat, dass man mit Gutdenken kein Geld machen kann. So rutschte ich fast unmerklich immer weiter ab, schon in Stuttgart. Vielleicht ist das ja das Erbe meines Großvaters. Der war nicht gerade ein Gutmensch. Wenn Sie das Tagebuch lesen würden… Na ja, jedenfalls dachte ich: Jetzt hab ich's geschafft. Da wartet ein Schatz auf mich, den ich nur rausholen muss."

Fabrice stöhnte. Was war das für ein schizophrener Typ!

„Dann erzählen Sie mal alles von Anfang an. Was ist wann passiert und wer hat wann wen gekidnappt, unter Drogen gesetzt und sogar getötet?"

Alexandra war nicht zu halten. Sie lief hin und her und trieb Sidonia an, endlich mit ihr loszufahren.

Sidonia lachte. Sie konnte die junge Frau ja verstehen und freute sich selbst über deren Freude. Aber sie wusste auch, dass es überhaupt nicht nötig war, sich dermaßen zu überschlagen.

„Wir können ganz in Ruhe machen", erwiderte sie. „Die Männer müssen vom Breisgau zurückkommen. Sie brauchen sicher eine halbe bis dreiviertel Stunde und wir nur ein paar Minuten. Also Gemach."

„Ja, du hast ja recht. Aber ich kann es jetzt nicht mehr erwarten."

Sidonia sagte nichts dazu. Ob Alexandra wohl selbst wusste, dass sie in diesen jungen Mann verliebt war?

Sidonia machte sich in Ruhe fertig, wollte bewusst noch etwas Zeit hinauszögern, um nicht zu lange auf dem Revier warten zu müssen. Am Ende waren sie aber doch noch deutlich vor den Männern angekommen.

Als der junge Commissaire Philippe Allard dann mit Bruno und Patrick Köhler ankam, wusste Alexandra im ersten Moment nicht so recht, was sie von dessen Anblick halten sollte.

Patrick wirkte etwas verwahrlost, seine Haare waren in der relativ kurzen Zeit noch nicht länger geworden, aber sie wirkten ungepflegt. Und was trug er da für eine furchtbare orangefarbene Kutte? Doch da strahlte Patrick, winkte und Alexandra lief ihm entgegen. Und dann lagen sie sich in den Armen. Über Alexandras Gesicht liefen Tränen.

„Wieso weinst du?", fragte Patrick."

„Weil endlich alles wieder gut ist", sagte sie.

Es war die Anspannung vieler Tage, die sich nun endlich löste. Die Angst, die wich und der Erleichterung Platz machte.

„Was ist nur geschehen und was hast du da an?", fragte Alexandra.

Patrick grinste jetzt tatsächlich. „Tut mir leid, dass ich dir nicht etwas besser gekleidet und ordentlich frisiert unter die Augen trete. Diese idiotischen *Brüder des Lichts* haben mir den Fetzen gegeben."

Sidonia wandte sich derweil an Bruno.

„Die Sekte ist aufgelöst", berichtete er kurz. „Der Leiter ist bei der deutschen Polizei in Gewahrsam. Ich habe keine Ahnung, wie das jetzt weitergeht, denn er muss sich ja auch hier in Colmar rechtfertigen. Diese Brüder Baldur und Lucian, also Dirk Norden und Guido Uhland, haben ganz schön was auf dem Kerbholz. Angefangen von Veruntreuung, Betrug und sogar Drogenhandel, was ihnen bisher allerdings nicht nachgewiesen werden konnte, kommen jetzt noch Entführung und Mord oder Anstiftung zum Mord dazu."

„Wurde Laurent von ihnen ermordet?"

„Wer ihn wirklich getötet hat, weiß ich noch nicht. Aber die haben auf jeden Fall damit zu tun. Die jungen Brüder sind denen total hörig. Lass Fabrice und Philippe das mal ermitteln. Unsere Arbeit ist getan. Patrick ist gefunden und zum Glück lebend."

Kapitel 18
So., 20. Juni 2021
- der 7. Tag im Elsass – abends -

Fabrice Charpentier hatte die kleine Gesellschaft zusammengerufen, um das zu schildern, was seine Ermittlungen und die der Breisgauer Polizei ergeben hatten. So etwas hatte er noch niemals getan, aber seiner Meinung nach hatten die Gäste aus Deutschland ein Recht darauf. Bruno hatte ja tatkräftig bei der Aufklärung mitgeholfen und Patrick hatte viele Tage in Gefangenschaft verbracht. So trafen er und Philippe sich mit Bruno, Sidonia und Alexandra in einem kleinen Zimmer des Hotels Bougainville, das eigens für sie bereitgestellt worden war. Auch Magalie, die das Krankenhaus hatte verlassen dürfen, war dazu eingeladen worden.

Sidonia erkannte, wie Philippe die junge Frau ansah. Sie war sicher, dass aus den beiden noch ein Paar werden würde, wenn Philippe genug Geduld aufbrachte. Noch war Magalie nicht bereit dazu. Diese Dinge würden später ohne Sidonia ihren Lauf nehmen. Sie würde übermorgen das Elsass verlassen und die Reise, die sie geplant hatte, fortsetzen. Heute war sie zusammen mit Bruno die Weinstraße entlang gefahren und hatte alle die Dörfer besichtigt, die sie mit Alexandra nicht mehr hatte besichtigen können, weil dieser Anschlag auf sie verübt worden war, der ihnen solche Angst gemacht hatte. Nur, das Ziel dieses Anschlags, nämlich, dass sie ihre Suche aufgaben und das Elsass verließen, hatten die Täter nicht erreicht .

Jetzt saßen sie also alle bei verschiedenen Getränken und einer kleinen Käseplatte, die in der Mitte des Tisches stand, zusammen.

„Gut, dann erzählen Sie mal", forderte Bruno die Polizisten auf.

„Es ist alles ganz schön verworren. Den Drahtziehern selbst ist der Hergang des Ganzen ziemlich aus der Hand geglitten. Man muss sehen, was daraus wird. Dieser Guido Uhland hat tatsächlich mal Theologie und Sozialwissenschaften studiert. Er war als Streetworker tätig, wo er Dirk Norden kennengelernt hat. Zusammen eröffneten sie in Stuttgart einen Zufluchtsort für männliche Jugendliche, die sich zu Hause unverstanden, vernachlässigt oder schlecht behandelt fühlten oder die sogar straffällig geworden waren. Anfangs mit den besten Absichten. Sie bauten es zu einem Zufluchtsort weiter aus, so dass die Jugendlichen auch dort leben konnten, eine Art betreutes Wohnen. Da das Ganze eine private Einrichtung war, brauchten sie mit der Zeit mehr Geld. Einige Eltern konnten gut bezahlen, andere nicht. Außerdem zeichneten sie sich nicht unbedingt durch Bescheidenheit aus. Manche Jugendliche begannen wieder zu stehlen und weder Dirk noch Guido griffen ein. Man könnte sagen, die ganze Situation ist ihnen entglitten. Wie einem Polizisten, der zu lange undercover ermittelt und förmlich in die Scheinwelt hineingezogen wird.

Die Jungs wurden vollkommen abhängig von ihnen und taten alles, was erwartet wurde, auch stehlen. In Stuttgart bekam das Heim oder Kloster irgendwann einen schlechten Ruf, einige Eltern liefen Sturm. Aber mehr, als Aufsichtspflichtverletzung konnte man den Herren nicht nachweisen, die zogen weiter und schufen in der Nähe von Vogtsburg den Orden *Die Brüder des Lichts*. Zwei ihrer Jungs folgten ihnen aus Stuttgart."

Fabrice nahm einen Schluck seines Safts und Philippe übernahm das Wort. „Gleichzeitig hatte Magalie..." Er lächelte in ihre Richtung, „diese kaum erfüllbare Aufgabe von ihrem sterbenden Großvater bekommen. Sie wusste nicht, wie sie es anfangen sollte, einen Nachfahren des Empfängers ausfindig zu machen und bat ihren Bruder Jerôme und ihren guten Freund Laurent um Hilfe."

„Jerôme hing sich nicht besonders rein, aber Laurent schon. Ich glaube, er war ein wenig in mich verliebt", ergänzte Magalie leicht verschämt.

Und ob, dachte Sidonia, die sich gut an Laurents Gesichtsausdruck erinnern konnte, als er mit Magalie zusammengetroffen war.

„Wir wussten zuerst überhaupt nicht, wie wir es anfangen sollten. Wir kannten ja nur den Namen Pohlmeier und eine Adresse in Stuttgart, die auf dem Briefumschlag stand. Doch unter der Adresse gab es keine Pohlmeiers mehr. Kein Wunder, das Päckchen war über siebzig Jahre alt. Laurent kannte sich ein bisschen aus, weil er mal Ahnenforschung betrieben hat. Er versuchte, über Kirchenbücher und Einwohnermeldeämter herauszufinden, wohin die Familie gezogen war. Wir waren sogar einmal in Stuttgart und befragten die Leute, die jetzt in der Gegend wohnten. Na ja... das führt jetzt wohl zu weit. Auf jeden Fall fanden wir heraus, dass dieser Pohlmeier nur zwei Kinder hatte. Ein Sohn lebte wohl nicht mehr in der Gegend, war offenbar ausgewandert, aber das war uns sowieso egal. Wenn wir einen Nachfahren fanden, war unsere Aufgabe erledigt, die konnten sich ja dann untereinander verständigen. Diese Tochter hatte einen Uhland geheiratet. So kamen wir der Sache näher und fanden Anita Uhland, die Tochter von Hannes Pohlmeier. Anita war allerdings inzwischen eine alte Frau, aber sie hatte einen Sohn, der ebenfalls unter ihrer Adresse gemeldet war. Ich dachte damit, meine Aufgabe erfüllt zu haben. Dass alles ein bisschen anders war, habe ich erst jetzt erfahren.

„Haben Sie das Tagebuch nach Stuttgart geschickt oder haben Sie es ihm gebracht?", fragte Sidonia.

„Laurent hat es ihm gebracht. Wir wollten es zusammen tun, aber ich wurde krank und ich sagte ihm, er solle ruhig allein fahren. Klar hätte ich das Buch gerne selbst übergeben, aber ich wollte es auch nicht mehr hinauszögern. Außerdem hat Laurent soviel dafür getan, dass ich jetzt nicht misstrauisch wirken wollte, was ich auch wirklich gar nicht war. Ich dachte außerdem, wir würden den Mann vielleicht später noch mal aufsuchen. Einfach, weil diese Verbindung so interessant w ar. Aber daran war er wohl nicht interessiert. Heute wissen wir ja, was in dem Buch stand. Nämlich, dass Hannes Pohlmeier von der Front desertiert war und auf seinem Fluchtweg Schmuck und andere Wertgegenstände geplündert hatte.

Und dass er gar nicht mehr in Stuttgart lebte, sondern als Bruder Lucian im Breisgau. Ich weiß nicht, warum Laurent mir das verschwiegen hat."

„Ich sage es dir ja nicht gerne, aber Laurent scheint den Brief zuvor geöffnet und gelesen zu haben und hat versucht, einen Teil des Schatzes – wenn wir es mal so profan nennen wollen – quasi als Finderlohn einzuheimsen. Am Ende war er als Informant nützlich", erklärte Philippe.

„So ist es", übernahm wieder Fabrice das Wort. „Hannes Pohlmeier, Guidos Großvater, hat auf seiner Flucht eine Weile im Elsass sozusagen pausiert. Er hat sich in dem einsamen Haus in den Weinbergen einquartiert, doch zuvor hat er die Bewohner getötet. Deshalb waren die damaligen Bewohner so plötzlich verschwunden und nicht, weil sie durch einen geheimen unterirdischen Gang geflohen sind."

„Mein Gott, was war das für ein skrupelloser Mensch", entfuhr es Sidonia.

„Oh ja. Diesen Charakterzug scheint er seinem Enkel vererbt zu haben. Anders als geplant, konnte Pohlmeier seinen Weg direkt nach Stuttgart zu seinem Zuhause nicht fortsetzen, sondern musste abermals fliehen. Seine Beute aus den Plünderungen musste er zurücklassen. Doch er glaubte sie gut versteckt und hoffte, sie später holen zu können. Für den Fall, dass er es nicht schaffen würde, verpackte er sein Tagebuch und übergab es einem Kind – dem jungen Henry Fontaine, der es später verschicken sollte, wenn das Postwesen wieder funktionierte", berichtete Fabrice.

„Das war Magalies Großvater?", hakte Bruno nach.

„Genau. Aber er war ein Kind und vergaß es. Erst kurz vor seinem Tod fiel ihm das Tagebuch wieder ein. Und Hannes Pohlmeier war, soweit wir inzwischen wissen, tatsächlich nie mehr nach Stuttgart zurückgekehrt. Ob er auf seinem weiteren Weg starb oder ob er sich für ein anderes Leben entschied, ist uns nicht bekannt. Vielleicht kann man es herausfinden, denn er hat zwei weitere Decknamen benutzt, die er in seinem Tagebuch angegeben hat. Doch das ist nicht die Aufgabe der Polizei."

„Soviel zur Vergangenheit. Was die heutigen Vorkommnisse betrifft, begann natürlich alles damit, dass der Schatz des Hannes Pohlmeier in dem Landhaus nicht so leicht und schnell zu finden war, wie Uhland das erhofft hatte. Er beauftragte Laurent damit, ihm zu berichten, wenn sich etwas bei dem Landhaus tat. Wann die Pasquiers ausgezogen waren, damit er ungehindert hinein konnte oder wann die neuen Besitzer eintrafen. Dafür sollte Laurent gut entlohnt werden, also versprach er es. Das Schicksal nahm seinen Lauf – Patrick Köhler kam und kaufte im Auftrag seiner Firma das Haus", erzählte Philippe weiter.

„Oh ja, dort wurde ich überfallen und verschleppt", berichtete Patrick. Ich glaube, ich wurde anfangs unter Drogen gesetzt, denn von den ersten Tagen weiß ich nur sehr wenig. Sie zerstörten mein Handy und zwangen mich eine Ansichtskarte zu schreiben, so dass niemand misstrauisch wurde."

„Dadurch wurde ich aber gerade misstrauisch. Es war so untypisch für dich."

„Puh, darüber bin ich sehr froh. Ich habe dich auch absichtlich Alex genannt, war aber nicht sicher, ob dir das auffällt."

„Oh ja, das ist es. Und den Hausschlüssel hatten sie auch von dir, nicht wahr?"

„Ja klar."

„Und dann hat es immer länger und länger gedauert und sie konnten Sie nicht ständig unter Drogen halten. Freilassen konnte man Sie aber auch nicht, also wurden Sie in den

Keller gesperrt. Das Ganze sollte ja nur so lange dauern, bis der Schatz gefunden wurde. Dann sollten Sie freigelassen werden und Uhland und Norden wollten sich absetzen. Für die Suche in dem Haus brauchten sie aber Hilfe und so zogen sie die beiden jungen Männer, die sie aus Stuttgart ins Breisgau begleitet hatten, ins Vertrauen. Die waren natürlich Feuer und Flamme, dass ihre Idole sie für diese besondere Aufgabe auswählten.", berichtete Fabrice weiter.

„Und einer der Jünglinge wusste, dass ich im Keller festsaß. Der war dafür zuständig, mich mit Essen und Trinken zu versorgen. Sie haben ihm irgendeine Geschichte aufgetischt, dass ich das Kloster überfallen wollte oder so."

„Und der hat sich nicht gewundert, dass man ihn im Keller einsperrte anstatt die Polizei zu rufen?", warf Sidonia ein.

„Ach was, die waren Uhland und Norden so hörig. Die hätten sich selbst angekettet, wenn die das verlangt hätten", schnappte Fabrice etwas angenervt.

„Alles lief komplett aus dem Ruder, als Madame Werle nach Monsieur Köhler zu suchen begann und dabei auch noch Unterstützung durch Madame Okebe und Monsieur Feldmann fand. Laurent wurde beauftragt, die Überwachungsbänder auf DVD zu übertragen und Ihnen zuzuspielen, um Ihnen Angst zu machen. *Wir sind in deiner Nähe. Wir beobachten dich. Halt die Füße still und dir wird nichts passieren, sollte das ausdrucken"*, berichtete Fabrice.

„Dann sind sie auf die Idee gekommen, dass du, Magalie, von deinem Großvater vielleicht mehr erfahren hättest. Deshalb haben Uhland und einer seiner Gehilfen dich schließlich entführt", fuhr Philippe fort.

„Aber das war nicht der Fall. Ich wusste ja nicht mal, was in dem Tagebuch stand", warf Magalie ein.

„Genau. Um alle Spuren zu verwischen, warfen sie dein Handy weg", ergänzte Philippe. „Das haben wir leider auch nicht gefunden. Als du über die Landstraße gewankt bist, hat Uhland dich sogar beobachtet. Er hat gesehen, dass ein Autofahrer hielt, der einen Krankenwagen und Polizei rief. Er muss an der Gruppe vorbeigefahren sein, ohne dass jemand davon Notiz genommen hat."

„Auf jeden Fall verstand Laurent nun endgültig, dass er in verbrecherische Machenschaften verstrickt war. Dass diese Leute Magalie gekidnappt hatten, war für ihn zu viel. Deshalb suchte er sie bei dem Landhaus auf. Er geriet in Streit mit einem der jungen Mönche, die dort noch immer nach dem Schatz suchten und der tötete dann Laurent. Er erschlug ihn mit der Axt, mit der er zuvor die Laube zerstört hatte. Es ist ausgesprochen tragisch, dass einer der Jungs so eine Tat ausführte aus falsch verstandener Treue seinem Mentor gegenüber. Die beiden sogenannten Wohltäter hatten diese Treue nicht verdient. Sie verschwendeten keinen Gedanken an ihre Zöglinge, sondern planten nur für sich selbst, mit dem Geld auszuwandern", berichtete Fabrice.

„Dieselben jungen Männer verfolgten auch Sie beide, Mesdames Werle und Okebe, die Weinstraße entlang und schossen auf Ihr Auto, um Ihnen Angst zu machen. Sie waren gute Schützen, die in Stuttgart das Schießen gelernt hatten. Die Pistole hatten sie von Baldur ohne sein Wissen ausgeliehen. Der hat Sie ja auch im Keller damit bedroht. Jedenfalls wussten die beiden jungen Männer genau, dass sie Sie von weiteren Nachforschungen abhalten mussten.

Aber sie machten alles falsch. Für ihre Eigenmächtigkeiten bekamen sie obendrein Ärger von ihren Idolen, denn das zog nur die Aufmerksamkeit der Polizei auf den Plan", führte Fabrice weiter aus.

„Waren die beiden auch abends in der Gasse bei meiner Pension Madame Fournier?", fragte Sidonia.

„Nein, dass war Guido Uhland höchst persönlich. Er wollte tatsächlich zur Beerdigung von Laurent anreisen. Ganz nebenbei hat er Sie beobachtet. Und er hat gemeinsam mit seinem Lakaien den Pasquiers einen Besuch abgestattet."

„Die den Schmuck von Pohlmeier bereits gefunden hatten, richtig?", fragte Sidonia.

„Oui Madame, so war es. Es gab im Krieg wirklich eine Art geheimen unterirdischen Raum. Solche Zimmer gab es oft, um eigene Wertsachen vor den Truppen zu verstecken. Genau dieser Raum wurde von Pohlmeier selbst zugemauert, damit niemand sonst seinen Schmuck fand. Aber Pasquier war beim Errichten seiner Laube auf den Hohlraum und damit auf Schmuck, Kerzenständer und was weiß ich noch, gestoßen. Auf die Idee, dass es so sein könnte, war auch Uhland gekommen. Er verabreichte Karine und Xavier Drogen und presste aus ihnen heraus, wo die Gegenstände waren. Wie wir wissen, überlebte Xavier den Drogenkonsum nicht. Das war nicht geplant. Ein Mord war überhaupt nicht geplant gewesen."

„Puh – was für Verstrickungen", stöhnte Alexandra.

„Aber Pasquier hätte die Gegenstände auch abgeben müssen."

Fabrice hob die Arme. „Sicher. Aber er dachte eben: Was soll's, da kräht wahrscheinlich eh kein Hahn mehr nach. Und vermutlich wäre er auch damit durchgekommen."

„Leider hast du, Magalie, auch im Krankenhaus nicht erwähnt, dass der Soldat in dem Landhaus gewohnt hat. So tappten wir bezüglich des Zusammenhangs weiter im Dunkeln." Philippe lächelte die junge Frau an.

„Habe ich nicht? Aber das wusste ich doch, das hat Großvater ja erzählt." Sie konnte gar nicht glauben, dass sie das nicht erzählt hatte.

„Vermutlich warst du einfach noch viel zu durcheinander. Die Entführung, deine Verletzungen, die Drogen... Es war wohl einfach alles zu viel."

„Was passiert jetzt eigentlich mit Uhland und Norden? Und was mit dem Schmuck und den anderen Gegenständen?", fragte Alexandra.

„Letzteres kann ich Ihnen nicht beantworten, das habe ich auch nicht zu entscheiden. Vielleicht kommen die Sachen in ein Museum. Ob man es schafft, die Erben der Eigentümer ausfindig zu machen, bezweifele ich doch stark.

Was mit den ehrenwerten Brüdern passiert, kann ich Ihnen dagegen genau sagen. Die werden keine Freude mehr an dem Geld und dem Schatz haben. Die wandern ins Gefängnis", antwortete Fabrice.

„Und diese jungen Leute, die ihnen geholfen haben?"

Fabrice zuckte mit den Schultern. „Auf jeden Fall kriegen sie einen Prozess. Inwieweit sie überhaupt schuldfähig waren, muss man abwarten. Vielleicht muss das auch ein psychologisches Gutachten klären. Immerhin hat einer der beiden getötet. Es ist auf jeden Fall schön, dass Sie, Herr

Köhler, das Ganze gut überstanden haben. Zumindest körperlich. Seelisch wird das sicher noch eine Weile dauern", meinte Fabrice verständnisvoll.

„Wir werden erst mal Urlaub machen", dabei sah Patrick Alexandra an. „Wird schon. Wenn wir zurück sind, können wir den Umbau des Hauses in Angriff nehmen."

„Und wenn die Danner GmbH meint, dass die Arbeiten nicht so lange warten können, muss das eben jemand anderes machen", erklärte Alexa entschieden.

Patrick sah sie verwundert an. „Aber Alexandra, du hast dich doch auf die Einrichtung des Landhauses gefreut."

„Klar. Aber jetzt ist erst mal wichtig, dass es dir wieder besser geht."

„Warum war Uhland eigentlich hier? Warum hat er Magalie besucht? Das war doch riskant für ihn", fragte Sidonia plötzlich.

„Natürlich. Aber er wollte sicher gehen, dass sie ihn nicht erkennt. Ansonsten hat er sich ziemlich sicher gefühlt. Er hat uns alle unterschätzt", meinte Philippe und grinste breit. Dabei drückte er sanft Magalies Hand. Magalie würde auf jeden Fall Zeit brauchen. Sie war auf dem besten Weg gewesen, mit Laurent zusammenzukommen und der war ihr gewaltsam genommen worden. Obendrein musste sie verarbeiten, dass Laurent nicht ganz so vertrauenswürdig gewesen war, wie sie wahrscheinlich gedacht hatte.

Bruno nahm Sidonias Hand und drückte sie. Sie sahen sich an wie zwei alte Freunde, die sich wohl miteinander fühlten.

Zwei Tage später verabschiedeten sich alle voneinander.

„Was habt ihr jetzt vor?", fragte Sidonia ihre junge Freundin.

„Wir machen zwei Wochen Urlaub. Patrick war beim Arzt, zum Glück hat er gesundheitlich keinen Schaden genommen. Danner – also unser Chef – hat den spontanen Urlaub genehmigt. Er versteht, dass wir den jetzt brauchen. Aber wenn ich das Landhaus einrichten will, soll ich zumindest einen Entwurf schicken, damit er schon mal einige Dinge organisieren und benötigtes Material besorgen kann."

„Das ist aus seiner Sicht verständlich", meinte Bruno. „Er will natürlich nicht, dass zwei Wochen lang gar nichts passiert. Die Arbeiten daran haben sich ja bereits verzögert. Wie hast du dich entschieden?"

„Ich gebe die Inneneinrichtung ab. So sehr ich dieses Projekt geliebt habe, jetzt ist es mit soviel Ängsten und Sorgen und sogar Mord verbunden. Nein, jetzt ohne Übergang weiter daran zu planen, das kann ich nicht. Wenn Danner nicht warten kann, muss es jemand anderes machen."

Sidonia nickte. „Ja, das war eine gute Entscheidung. Sicher wird es bald ein neues Projekt für dich geben."

„Vielleicht bleiben wir sogar in Frankreich", plauderte Patrick weiter. „Ich könnte mir gut vorstellen, mich hier niederzulassen. Muss ja nicht das Elsass sein."

„So, könntest du?" Alexandra stupste ihn in die Seite. „Und wenn ich das nicht will? Unsere ganzen Freunde sind in Heidelberg."

„Die würden uns bestimmt alle gerne besuchen kommen. Aber es steht ja noch nichts fest. Ist nur so eine Idee. Wer weiß, es ist ja möglich, dass Danner noch weitere Häuser in

Frankreich erwirbt, wir könnten dort sogar die Leitung übernehmen."

„Jetzt galoppierst du aber mächtig davon. Deine Fantasie geht ja komplett mit dir durch", lachte Alexa.

„Auf jeden Fall entscheide ich nichts ohne dich", stellte Patrick klar.

Sidonia nickte. Sie war sicher, dass diese beiden ihren Weg schon gehen würden.

„Und du setzt deine Reise fort?", fragte Alexandra.

„Natürlich. Ich fahre jetzt weiter bis Lyon, bleibe dort ein paar Tage und fahre dann nach Carcassonne. WhatsApp mir mal, wo ihr landet. Vielleicht sehen wir uns einmal wieder."

„Das wäre wirklich schön. Du warst meine Lebensretterin. Und du auch, Bruno."

Bruno winkte bescheiden ab. „Das war doch nur mein Job. Die Rechnung bekommst du in Kürze."

„Wirst du noch Ärger bekommen, weil du Uhland gefesselt und eingesperrt hast?", fragte Patrick.

Bruno winkte großmütig ab. „Vielleicht etwas, aber das wird sich in Grenzen halten. Solche Dinge bin ich gewöhnt. Das diente einem höheren Zweck und zum Glück haben wir dich ja auch dort gefunden."

„Ich kann dir jedenfalls nicht genug danken. Falls du meine Aussage brauchst, melde dich."

Alexandra hakte sich bei Sidonia unter und zog sie zur Seite. „Ich finde es so schade, dass es für dich und Bruno kein Happy End gibt. Ihr seid so vertraut miteinander, ich finde, es hätte gepasst."

Sidonia lachte hell auf. „Ja, wir haben ja schon einmal einen Fall zusammen bearbeitet und wir waren in der Tat mal ein paar Monate zusammen. Aber glaub mir, wir haben unser Happy End. Wir sind beide Einzelgänger, wir haben unsere Pläne und Ziele, unsere Träume, die wirklich überhaupt nicht zueinander passen. Bruno und ich wollen in keiner Partnerschaft leben. Wir werden aber immer gute Freunde sein. Alles ist gut, Alexa. Für dich und Patrick freue ich mich."

Alexandra strahlte. Und mehr als diesen Blick brauchte es nicht, um zu erkennen, wie glücklich sie war.

Und dann trennten sich endgültig ihre Wege. Zumindest vorerst.

Sidonia stieg in ihren Twingo, schaltete das Navi ein und steuerte den Wagen durch Colmar Richtung Lyon.

Bruno brauchte kein Navi. Den Weg zurück nach Paderborn würde er mit geschlossenen Augen finden. So steuerte er seinen Mazda Richtung Grenze.

Patrick und Alexandra hatten sich dazu entschieden, Alexas Cabrio beim Hotel stehen zu lassen. Gegen eine Gebühr hatte man ihnen das erlaubt. So fuhren sie gemeinsam in Patricks Wagen aus der Stadt hinaus durch die Weinberge. Irgendwohin. Sie würden an jeder Weggabelung neu entscheiden. Dieses Ungeplante, Spontane, war ein ganz neues Gefühl für beide. Aber es fühlte sich gut an.

Danke....

Ein Buch fertig stellen kann niemand allein.

Deshalb ist es jetzt an der Zeit, mich herzlich zu bedanken:

Bei Gerhild Heinz und Regina Dresler-Staub für das aufmerksame Korrekturlesen und für manchen Anregungen, die die Geschichte bereichert haben.

Bei Karin Mackenbrock für das Zeichnen des schönen Titelbildes und der Straßenkarten, die Lesern und Leserinnen sicher helfen, sich in das Elsass zu versetzen.

Bei meiner Tochter Lydia Held für die technische Hilfe bei der Covererstellung.

Von Rotraud Falke-Held bei BoD erschienen sind unter anderem folgende Titel:

Was vergangen ist
Das Geheimnis des Hauses

ISBN: 978-3-7460-6326-3
Das Buch hat 330 Seiten

Die junge Tiertrainerin Judith Schlüter ist glücklich. Mit dem Kauf eines einsam gelegenen Hauses vor den Toren von Detmold erfüllt sie sich einen lang gehegten Traum.
Doch dann geschehen mysteriöse Dinge. Immer wieder sieht sie das Gesicht einer älteren Frau vor sich. Schließlich erkennt sie diese auf einem Foto bei ihrer einzigen Nachbarin Ellen Jacobi wieder. Zu ihrem Schrecken erfährt sie, dass es sich um die ehemalige Eigentümerin ihres Hauses handelt – um Thea Erdmann, die gemeinsam mit ihrem Ehemann fünf Jahre zuvor ermordet wurde. Verurteilt für diese Tat wurde deren Pflegetochter Bianca, die jedoch bis heute ihre Unschuld beteuert. Gemeinsam mit Ellen Jacobi beginnt Judith erneut mit Recherchen und stößt in ein Netz voller Intrigen und Lügen.
Was geschah wirklich vor fünf Jahren?
Was verschweigen einzelne Zeitzeugen und wie viel weiß die Hellseherin Sidonia?
Judith gerät schließlich sogar in Lebensgefahr.

Was vergangen ist... ist ein Krimi mit mystischer Färbung. Doch die Geschichte verliert sich nicht in mystischen Welten, so dass sie nicht nur für Mysteriefans lesenswert und spannend ist.

Der Journalist

ISBN: 978-3-7519-3091-8
Das Buch hat 352 Seiten

Die Kartenlegerin Sidonia sieht in den Karten ihres neuen Kunden eine Gefahr voraus.
Doch der Mann nimmt sie nicht ernst.
Einige Zeit später liegt er ermordet im Wald. Es handelt sich um den berüchtigten Journalisten Achim Nübel, der sich durch seine reißerischen Artikel viele Feinde gemacht hat. Auch Sidonia gerät in den Blickfang der Polizei, denn sie war neben einigen anderen Personen Gegenstand eines neuen Buches, bei dem er beabsichtigte, ganze Berufszweige zu diskreditieren.
Neben der Polizei begibt sich der Privatdetektiv Bruno Feldmann auf die Suche nach dem Täter und gerät in große Gefahr.
Nichts ist, wie es scheint. Und alles ist auf merkwürdige Art miteinander verflochten.
Als ein zweiter Mord passiert, müssen alle Karten neu gemischt werden.

Die Kartenlegerin Sidonia, die Leser bereits in dem Roman „Was vergangen ist…" kennenlernen konnten, tritt hier als Haupt-Protagonistin auf.

Das Portrait
eine Woche auf Texel

ISBN: 9783751905503

Das Buch hat 324 Seiten

Die Karrierefrau Marion Berthold überfällt vor ihrem 49. Geburtstag Nostalgie. Deshalb lädt sie ihre alten Freundinnen aus der Jugendzeit ein, mit ihr eine Woche auf der holländischen Insel Texel zu verbringen: Karla Michels und Marlene Siedhoff nehmen die Einladung gerne an. Die drei Frauen treffen sich bei Verena Huisman, einer Malerin, die ebenfalls zu ihrem alten Quartett gehörte und heute mit ihrer Familie auf Texel lebt. Die vier Frauen blicken in der Lebensmitte zurück und erkennen, dass sich viele Träume nicht erfüllt haben. Besonders Marlene steht vor den Trümmern ihres alten Lebens und muss von vorne anfangen. Auf Texel brechen Konflikte auf und neue Lebensentwürfe werden diskutiert.

Außerdem macht ihnen die junge Isabella Kiefer Probleme, die nach einem Schiffbruch auf Texel gestrandet und nach ihrer Genesung geblieben ist. Verena hatte sich um die junge Frau gekümmert, doch inzwischen ist sie zunehmend genervt von Isabellas extremer Anhänglichkeit.
Die Situation spitzt sich zu, als Kunstsammler aus Deutschland nach einem Portrait von Isabella fragen, das sie in einer Kunstzeitschrift gesehen haben.

Unversehens sehen sich die Frauen größeren Problemen gegenüber, als sie jemals geglaubt haben. Welches dunkle Geheimnis umgibt Isabella? Wovor hat sie solche Angst und warum wird sie offenbar verfolgt?

Die Trilogie „Die Hexenschülerin"

Die Geschichte beginnt in den 1980er Jahren. Bei der Renovierung der Burg Dringenberg machen Carolin und Nick einen ungewöhnlichen Fund. Im Rittersaal sind alte Aufzeichnungen aus der Gründungszeit des Ortes versteckt. Geschrieben wurden sie von dem Mädchen Clara, die 1322 als Zwölfjährige mit ihrer Familie in den neuen Ort zog. Clara hat eine gefährliche Gabe – sie ist hellsichtig. Aus Angst, als Hexe angesehen zu werden, versucht Clara ihre Gabe geheim zu halten. In dem neuen Dorf zieht die mysteriöse Odilia sie in ihren Bann. Sie bestärkt Clara darin, ihren eigenen Weg zu gehen. Doch der ist gefährlich. Odilia gerät bald in den Verdacht, eine Hexe zu sein. Und auch Clara als ihre Schülerin befindet sich in großer Gefahr....

Band 1:

Die Zeit des Neubeginns

Eine spannende Zeitreise ins Mittelalter

für Jugendliche ab 10 Jahren

und für Erwachsene

ISBN: 978-3-73224629-8

Das Buch hat 256 Seiten

Die Trilogie wird mit den Titeln „Die Zeit der Wanderschaft" und „Die Zeit der Rückkehr" fortgesetzt.

Außerdem erzählt der Roman „Die Erben der Hexenschülerin" die Erlebnisse von Claras Nachfahrin Luzia im 15. Jahrhundert.

Die Bücher sind bereits für Jugendliche ab etwa 12 Jahren geeignet und für Erwachsene, die gerne in vergangene Welten eintauchen.